该著作出版得到教育部人文社科规划课题（11YJA752019）资金和湘潭大学英语专业国家教学团队建设经费的资助，在此特表感谢！

斯蒂芬·克莱恩作品的
男性气质想象研究

舒奇志 ◎ 著

中国社会科学出版社

图书在版编目（CIP）数据

斯蒂芬·克莱恩作品的男性气质想象研究/舒奇志著．
—北京：中国社会科学出版社，2019.11
ISBN 978-7-5203-4994-9

Ⅰ.①斯⋯　Ⅱ.①舒⋯　Ⅲ.①文学研究—美国—19世纪　Ⅳ.①I712.064

中国版本图书馆CIP数据核字（2019）第200503号

出 版 人	赵剑英
责任编辑	郭晓鸿
特约编辑	张金涛
责任校对	王　龙
责任印制	戴　宽

出　　版	中国社会科学出版社
社　　址	北京鼓楼西大街甲158号
邮　　编	100720
网　　址	http://www.csspw.cn
发 行 部	010-84083685
门 市 部	010-84029450
经　　销	新华书店及其他书店
印　　刷	北京明恒达印务有限公司
装　　订	廊坊市广阳区广增装订厂
版　　次	2019年11月第1版
印　　次	2019年11月第1次印刷
开　　本	710×1000　1/16
印　　张	13.75
插　　页	2
字　　数	212千字
定　　价	69.00元

凡购买中国社会科学出版社图书，如有质量问题请与本社营销中心联系调换
电话：010-84083683
版权所有　侵权必究

目 录

绪论一 ··· 1

绪论二 ··· 31

第一章 男性气质的误读与逾越 ······················· 59
 第一节 女性凝视与男性气质的误读 ············· 64
 第二节 男性凝视与男性气质的逾越 ············· 77

第二章 男性气质的欲望表征 ························· 93
 第一节 男性气质的重复和差异生产 ············· 97
 第二节 男性气质的根源生产 ······················ 120
 第三节 男性气质的精神分裂生产 ················ 129

第三章 男性气质的种族意蕴 ························· 145
 第一节 男性气质的种族他性表演 ················ 149
 第二节 男性气质的种族伦理建构 ················ 163
 第三节 男性气质的种族颠覆踪迹 ················ 184

结 论 ··· 193

参考文献 ··· 202

后 记 ··· 215

绪 论 一

美国自然主义文学的先驱代表斯蒂芬·克莱恩（Stephen Crane，1871—1900）如一颗流星划过美国文学的天空，留下一道璀璨星光，成为美国文学史乃至世界文学史上一个不可忽略的名字。他出生和成长于美国内战后，经历异常丰富。少年时代开始写作，后以自由作家的身份谋生，为纽约城的各家报社撰稿，并受报社委托前往美国西部体验冒险和淘金生活，作为战地记者奔赴前线报道希腊—土耳其战争和美西战争，最后贫病交加客死异乡。

这位年轻人英年早逝，却才高八斗，在短暂的生命里给世人留下了弥足珍贵的文学遗产。他一生创作了 5 部小说，2 部诗集，300 多篇短篇故事、新闻报道和新闻随笔。战争小说《红色英勇勋章》（*The Red Badge of Courage*，1895）奠定了他的文学地位。贫民窟小说《街头女郎梅吉》（*Maggie, A Girl of the Streets*，1893）和《乔治的母亲》（*George's Mother*，1896）是他深入贫民窟探访的成果。这几部作品的影响力超过了《第三朵紫罗兰》（*The Third Violet*，1896）、《现役》（*Active Service*，1899）以及一部尚未完成的《奥罗蒂》（*The O' Ruddy*，1903）。诗歌集《黑骑手》（*The Black Riders*，1895）、《战争是仁慈的》（*War Is Kind*，1899）彰显了他的诗艺才华，开创了美国意象派诗歌创作的先河。克莱恩还是一位优秀的短篇小说家，写下了《萨立文县的故事及随笔集》（*The Sullivan County Tales and Sketches*，1892）、《小兵团》（*The Little Regiment*，1896）、《〈海上扁舟〉冒险故事集》（*The Open Boat and Other Tales of Adventure*，1898）、《〈怪兽〉短篇小说集》（*The Monster and Other Stories*，1899）、《维洛姆维尔故事集》（*The Whilomville Stories*，1900）、《〈雨中伤口〉故事集》（*Wounds in the Rain*，1900）等短篇故事，推动了美国短篇小说的发展。同时，身为新闻记者，克莱恩的新闻写作代表了19世纪末期新闻写作在美国文学现代化进程中的成就，其散见于各报刊的新闻报道被收入弗吉尼亚大学出版的《斯蒂芬·克莱恩作品全集》（1969—1975）十卷本的第八卷《斯蒂芬·克莱恩故事、随笔和新闻报道集》（*Stephen Crane: Tales, Sketches, and Reports*, 1973）和第九卷《斯蒂芬·克莱恩战争报道》（*Stephen Crane: Reports of War*, 1971）。

克莱恩的作品创作内容和形式多姿多彩，文类多元，可读性强，具备经典价值。一个多世纪以来，评论家们从浪漫传奇、现实主义、自然主义、印象主义、象征主义、视觉艺术等角度对其人其作展开探究，奠定了克莱恩在美国文学史上的经典作家地位。然而这位作家本人生来性情孤寂，情绪易变，个性不羁，令人猜度，因而评论家和传记家对其评价耐人寻味，使他成为19世纪末期最具争议性的美国作家。即使在今天，克莱恩的全貌也未能充分阐读出来，人们对他的了解仍局限于其战争小说以及几篇短篇故事和几首小诗上，他的"大部分作品尚待阐释，其人生经历与艺术创作的关系尚不够明了"[1]，其人其作仍具探究空间。基于此，本著作试图将克莱恩的创作置于19世纪90年代美国社会中产阶级白人男性气质危机的历史语境中，从男性气质研究视角考察其作品对于阶级、性属[2]、种族和民族范畴中男性气质的多维想象及其与历史语境的对话再现。

---

[1] Paul Sorrentino, ed., *Stephen Crane Remembered*, Tuscaloosa: The University of Alabama Press, 2006, p.1.

[2] 有关英文中的"sex""sexuality"和"gender"几个词的汉译国内学术界似乎并没有达成一致。"sex"多被译为"性、性别、生物性别"，"sexuality"多被译为"性别、性欲"，"gender"多被译为"性别、性属、社会性别"，因而具有重叠和混淆。福柯《性经验史》（*The History of Sexuality*）的译者佘碧平指出，在法文中，"le sexe"（"sex"）和"la sexualité"（"sexuality"）两个术语皆指"性、性欲、性别"，但福柯在《性经验史》的第二卷《快感的享用》中对这两个词作出了严格的区分。在福柯看来，la sexualité 这一术语出现较晚，最早可追溯至19世纪。该词的用法体现在与其他一些现象的关系确立中，如不同知识领域的发展（包括再生的生物机械论和有关行为的个体变种或社会变种），一整套（包括传统的和全新的）规则和规范的建立。这种建立依靠的是各种宗教、法律、教育和医学的制度，以及个体在赋予自己的行为、职责、快乐、情感和感觉、梦象以意义和价值的方式时所发生的变化（参见［法］米歇尔·福柯《性经验史》，佘碧平译，上海人民出版社2002年版，第592页）。由此可见，"la sexualité"/"sexuality"是与一系列话语相关的性别经验规则。根据《韦伯斯特英语语言百科全书字典》（*Webster's Encyclopedic Unabridged Dictionary of the English Language*）对"sex"一词的解释，"sex"强调的是男女或雌雄的种属特质，尤其是生殖功能。"gender"则是对人类性别从社会层面进行的界定，旨在对社会所赋予的人类特征进行文化考察（参见王晓路《性属/社会性别》，《外国文学》2005年第1期）。"gender"是体现"sexuality"领域内有关统治和被统治关系的许多结构方式之中的一种，与阶级、种族一起成为当今尤其重要的表现"sexuality"的三个核心轴（参见 Jefferey Weeks, "The Invention of Sexuality", *Sexualities: Critical Concepts in Sociology*. Vol. II. Ed. Ken Plummer. London: Routledge, 2002, p.16）。基于此，本书将"sex""sexuality"和"gender"这三个概念分别译为"性""性别"和"性属"，以示区别。但"gender studies"仍遵循惯例译为"性别研究"。

克莱恩创作的历史语境

克莱恩出生于美国内战后，成长于美国社会由前工业化向工业化时代转型时期，目睹和经历了美国社会在19世纪末期的高速发展和动荡变化。其所处的19世纪90年代是一个特殊时代，被誉为美国历史上最辉煌也最黯淡的时代，一个充满矛盾和对比的时代。在此世纪末的10年间，美国进入了快速发展的工业化时期，社会发展迅猛，社会生活和价值观念变化翻天覆地，整个时代令人惶惑不宁：劳资冲突和恶劣的工作环境给人们带来了焦虑感，移民问题引起了畏惧感，少数族裔、妇女政治、社会权益等问题招致了冲突感，不断深入的城市化和日益发展的科学技术造成了紧张感，等等。但这些纷扰促使美国由殖民地向帝国主义大国转变，从保守怀旧的19世纪向改革进步的现代主义时期迈进。在这个历史性转折中，美国的社群结构也在传统与革新之间濒临前所未有的挑战，尤其是中产阶级白人男性，他们曾拥有的维多利亚时期传统男性品质的主体地位受到了强烈冲击，并逐渐瓦解，他们的社会地位开始发生重要变化。

首先，美国内战的结束为美国社会的工业化进程扫清了障碍，推动了美国资本主义市场的纵深发展。此间发生的第二次科技革命也加速了工业化进程，使美国经济在内战后的30年里呈现罕见的发展势头。与此同时，美国城市化也进入鼎盛时期，在19世纪末形成了以城市为中心的经济体系，给美国经济重心、人口流向和城乡结构带来相应变化。大量的自耕农逐渐变成了城市人，更重要的是世纪末的美国社会生活变得更为错综复杂。美国人在看似表面稳定同质的过去与令人兴奋憧憬的未来间徘徊不定，"大多数美国人在工业化中经历了一个缓慢而痛苦的适应过程"[1]。

在此过程中，美国中产阶级白人男性感触尤深。劳动分工的精细化和专业化既让男性从作坊式的手工劳动中解放出来，也摧毁了美国前工业时期以父权制为基础的家庭经济模式，越来越多的男性失去了自己的商铺、农田和劳动成果。虽然城市化、从个人创业的资本主义向公司化资本主义的转变，

---

[1] Samuel P. Hays, *The Response to Industrialism*: 1885 – 1914, Chicago: The University of Chicago Press, 1957, p. 24.

以及官僚机构的兴起给中产阶级男性带来不同职业选择，但也削弱了他们在经济自治中所获得的独立感和成就感[1]，也使得男性的身份认同完全建立在资本主义市场中所积累的财富、势力和资本上[2]。对于大多数中产阶级男性而言，成为独立的具有男子气的企业家的梦想其实遥不可及，摆在他们面前的现实是维多利亚时期的男性自制准则开始失效，个人的价值感越来越少，竞争性却越来越强，他们曾拥有的经济安全感也在逐渐消失。历史学家库恩兹（Stephanie Coontz）分析道："当与人力无关的工作和政治秩序忽视个人价值、技能和名誉之时，男子气概就失去了与工作和政治的有机联系，失去了存在的物质基础。中产阶级男性失去了继续成为自主经营者的机会，技能工人则对管理模式不断屈服。这些都与传统男子气概定义相左。"[3]在这种无法获得自力更生的男子气概的情形下，中产阶级的男性气质将自我中心主义推衍至具有攻击性，会算计，能自我约束，能不懈努力等极端形式，即所谓的"市场中的男子气概"[4]。

与此同时，快速的工业化和城市化改变了男性的传统经济地位，产生了自动化生产线上的工人阶级和新的"脑力劳动"阶级——成天坐在办公桌旁从不运动的男性，导致男性身体逐渐失去了传统的强壮和粗犷，变得软弱无力，也使男性失去了从工作中获得危险感、冒险感和风险感的机会。随着19世纪末期西部边疆的关闭，这一时期的男性也不能像19世纪中期那些响应"到西部去，与你的国家一起成长"号召的许多男性一样奔赴西部去磨炼男子气概，重寻经济独立机会，建立男性自治庇护所，通过"地理的迁徙弥补社会升迁中的失败感"[5]。他们既失去了在西部寻求补偿男子气概的出路，在自然中考验他们和其他男性之间不同气质秉性的地理空间，也因为内战的结束失去了在战场中证明自身、展示男子气概的机会。

---

[1] 参见 Bret E. Carroll, ed., *American Masculinities: A Historical Encyclopedia*, Thousand Oaks, California: Sage, 2003, p. 118。

[2] 参见 Michael S. Kimmel, *The History of Men: Essays on the History of American and British Masculinities*, New York: State University of New York Press, 2005, p. 39。

[3] 转引自 Ibid., p. 44。

[4] Ibid., p. 39。

[5] Michael S. Kimmel, *Manhood in America: A Cultural History*, New York: Oxford University Press, 2006, p. 61。

不仅如此，中产阶级白人男性还遭到来自阶级斗争的压力。19世纪末期的工人运动日渐高涨，罢工浪潮此起彼伏，无产阶级和资产阶级之间的矛盾斗争已经空前激烈，不可调和。工人阶级开始竞争选举权，获取控制政治权利的男性舞台。他们的斗争赢得了随19世纪中后期移民浪潮拥入美国的欧亚非和拉美等地移民的支持。这些移民大大填补了美国工业化过程中的劳动力空缺，也成为美国工人阶级与中产阶级竞争获取城市控制权斗争的后援力量。

对这些中产阶级白人男性而言，一个更大的挑战是越来越壮大的女权运动。工业化和科技革命将妇女从繁重的家庭劳动中解放出来，给妇女带来了工作机会，帮助她们开始摆脱对男性的经济依赖，更重要的是冲击了她们的思想观念。一些中产阶级妇女争取到了大学教育的权利，开始成为牧师、社会活动家和科学家，成为时代的新女性，并发起了以争取男女平等为目标的妇女运动。以吉尔曼（Charlotte Perkins Gilman）和亚当斯（Jane Addams）为代表的女权运动先锋，从经济上和政治上带动了妇女的觉醒。她们开展的节育运动则使妇女拥有了对自己身体的控制权，使妇女具备了向男性特权发出挑战的能力。

女权运动革命性地颠覆了美国建国之初以农业、前工业化经济和父权社会体系为基础的欧洲世界观在这片新大陆上建立的性别等级，打破了一直以来被认定的所谓天定的自然秩序。许多男性嘲笑新女性，认为她们不再拥有传统美德，指责她们背离了性别本性。为了努力维护国家的父权秩序，反女性主义者极力反对女性争取平等权利的诉求，尤其反对给予妇女选举权，但是他们也被迫重新思考两性关系，反思自身的男性气质，试图重构自身的男性形象。

这一时期，中产阶级白人男性还受到族裔和种族问题的困扰。内战后的移民高潮引起了土生美国人和早期移民不同程度的恐惧和担忧，他们害怕移民危害美国共和政体和民主制度，担心移民给美国带来贫困、疾病和犯罪等社会问题，并认为移民侵蚀了美国作为新教国家的地位，对美国向基督教文明的迈进构成了威胁。实际情况是，移民的到来突显了族裔差别，摧毁了白人男性气质的单一标准，"既导致男性间的竞争，也形成了男性气质的竞争标准"[①]，冲击

[①] Bret E. Carroll, ed., *American Masculinities: A Historical Encyclopedia*, Thousand Oaks, California: Sage, 2003, p.150.

了白人男性气质的支配权。

这种支配权在建国之初就被写在美国的《独立宣言》里，黑人的种族身份和女性的性别身份被明确地列入种族和性别等级的从属地位。所以一直以来，白人形成了对黑人男性的刻板形象：既无男子气又粗鲁，且性贪婪和性亢奋，有着强烈的暴力和酗酒倾向。黑人男性气质也因此被认为是一种堕落野蛮和邪恶迷信的男性气质，对白人文化构成威胁，对白人的性别结构起着符号性作用①。内战后许多南方黑人试图通过向北迁徙来逃过南方实施的《吉姆·克劳法律》的制裁，逃过性别折磨和私刑处置。他们的向北迁移改变了美国城市的人口和种族结构，也使自身获得了成为新黑人的机遇。而且，随着越来越多的黑人奴隶获得自由，异族通婚在种族歧视仍然十分严重的情况下日益增多，这也令白人忧心忡忡，害怕"整个白人种族的繁衍生息面临衰废不育，最终被越来越多的有色种族所抵替"②，认为这对白人种族是不可言喻的灾难。他们相信种族融合破坏了白人种族的纯正性，侵害了白人男性气质，最终将导致白人种族溃崩衰败，因此在种族归属上他们强烈感受到白人男性气质的支配地位岌岌可危。

由此可见，19世纪90年代中产阶级白人男性的身份地位遇到了空前的压力，面临转换和变形。工业化和城市化带来的过度文明使他们的身体渐次衰弱，精神备受煎熬，许多中产阶级男性深受抑郁症困扰。大量针对男性问题的文章和手册应运而生，健美热席卷全国，越来越多的男性投身户外新鲜空气以缓解日常工作中的大脑疲劳。一些人倡导的"身体文化"大受欢迎，许多男性加入数以百计的以满足男性需求为目的的体育团体、强身派基督教复兴会、兄弟同胞会等组织机构。他们热衷体育锻炼，迷恋野营、狩猎、捕鱼等户外活动，期望恢复身体的强壮来提升男性气质；他们观看足球、棒球和拳击等体育比赛，以期感受身体野性的释放；他们同时又沉迷于消费文化气息浓厚的歌舞表演、百货公司和广告宣传中，以期自我塑形为适应时代的新男性；他们还阅读具有国民神话象征意义的有关拓荒者和荒野居民

---

① 参见 R. W. Connell, *Masculinities*, 2nd ed., Cambridge: Polity Press, 2005, p. 80。
② 转引自 Michael S. Kimmel, *Manhood in America: A Cultural History*. New York: Oxford University Press, 2006, p. 63。

的传记和畅销小说，以期在逃避现实的幻想中获得男性身份的认同。这些充满消费、休闲和娱乐形式的城市生活臆想和塑造出工业资本主义时期的男子气概。然而，这种强调娱乐消遣和轻松自在的消费文化风气与讲求男性自制的传统理想相互冲突，进一步破坏了中产阶级白人男子气概观的潜在内涵①。

城市和工业文化日益发达，却越来越无法给男性提供充满男子气的冒险机会，只能使"他们的男子气概被分解至无尽的经济和社会机会中"②。并且，工业化对男性品质的需求几乎都呈现女性化的特点：讲求生产节拍、提倡团队合作、具有接受领导的能力等③。工业化也使男性投身工作之时被迫成为缺席的家长和父亲，使男孩的社会化过程只能完全由女性角色——母亲、女性教师和主日学校的教师来履行，这样就导致了整个美国文化的女性化倾向。这种倾向在亨利·詹姆斯（Henry James）的小说《波士顿人》（*The Bostonians*，1886）里表现得淋漓尽致。

> 整个一代人都被女性化了；阳刚之气已经从世上消失；这是一个女性化的、神经质的、歇斯底里的、叽叽喳喳的、貌似虔诚的时代，一个充满空洞辞藻和虚伪格调、过分牵挂和矫情溺爱的时代。……敢闯能忍，知难而进、直面现实、承认现实的男性特性，是我想留住的，或者是我想寻回的东西。④

这种女性化倾向给中产阶级白人男性带来深深的恐惧感。他们开始远离女性，全身心投入以发展和崇尚活力、竞争和暴力的"男性"活动中，渴求体能充沛、生机勃勃、英勇无畏的男子气概，试图从不同途径来重构其男性气质。

---

① 参见 Gail Bederman, *Manliness and Civilization: A Cultural History of Gender and Race in the United States, 1880–1917*, Chicago: University of Chicago Press, 1996, p. 13。
② Michael S. Kimmel, *Manhood in America: A Cultural History*. New York: Oxford University Press, 2006, p. 47.
③ 转引自 Michael S. Kimmel, *Manhood in America: A Cultural History*. New York: Oxford University Press, 2006, p. 44。
④ Henry James, *The Bostonians*, ed. Richard Lansdown, London: Penguin Group, 2000, p. 260.

事实上,"男性气质"这个词是19世纪产生的一个新词,它源自"男子气"(manly)和"男性的"(masculine)的词义发展。历史学家常将"男子气"和"男性的"这两个词互换。但在19世纪,这两个词的内涵意义不尽相同。"男子气"指的是男性应该具备的品质和行为,包括了维多利亚时期中产阶级所认为的男性应该具备的令人尊敬的道德品质,隐含了"维多利亚男子气概的理想"和中产阶级所奉行的维多利亚的文化形式。而"男性的"一词在19世纪早期被用来区别属于男性和女性的东西,指的是任何男性都具有的特征,可以跨越阶级和种族的界限。因此,它是一个内容空洞、具有可变性的形容词,不包含道德和情感意义。有教养的维多利亚人很少用"男性的"一词来形容男性品质,而是用"男子气"一词来形容一个受人尊敬的男性。至19世纪中期,源自法语词汇的"男性气质"(masculinity)开始流行。根据1890年版《世纪词典》的定义,"男性气质"指的是"具有男性特点和男性状态;男性特点或品质"[①]。19世纪90年代,随着维多利亚文化形式的式微,"男性的"和"男性气质"这两个词被开始更频繁地使用,主要是因为这两个词可以传达出中产阶级男性正在重构的充满力量的男子气概(manhood)所包含的新品质[②]。

为了获得这种新品质,中产阶级白人男性首先开始从不同阶级的参照中寻求灵感。自19世纪早期,中产阶级将自身定义为一个阶级开始,就通过强调斯文教养和体面声誉来突显自身与其他阶级的区别,通过训练坚强性格和坚定毅力来摄取控制强大的男性激情的能力,并将这种能力视为男性谋求控制女性和下层阶级的力量和权威的源泉[③]。在与工人阶级的权力冲突中,中产

---

① 转引自 Gail Bederman, *Manliness and Civilization: A Cultural History of Gender and Race in the United States*, 1880 – 1917, Chicago: University of Chicago Press, 1996, p. 19。

② 参见 Gail Bederman, *Manliness and Civilization: A Cultural History of Gender and Race in the United States*, 1880 – 1917, Chicago: University of Chicago Press, 1996, p. 18。根据贝德曼的考证,到1930年,"男性气质"一词已经包含了20世纪美国人所熟悉的有关"男性"理想的各种品质——争强好胜、身强力壮、充满男性性感特征等。由此可见"男性气质"一词作为中产阶级表达强有力的男性气概的意识形态来取代维多利亚时期的"男子气"一词花费了好几代人的时间。更多有关"男子气的""男性的""男性气质"等词之间的关联和区别可以参见 Gail Bederman, *Manliness and Civilization: A Cultural History of Gender and Race in the United States*, 1880 – 1917, Chicago: University of Chicago Press, 1996, pp. 17 – 20。

③ 参见 Gail Bederman, *Manliness and Civilization: A Cultural History of Gender and Race in the United States*, 1880 – 1917, Chicago: University of Chicago Press, 1996, pp. 11 – 12。

阶级白人男性意识到在公共领域内他们拥有了新的竞争者,其社会权威受到了外部攻击,其男子气概从内部开始发生了变化。他们认为对公民权的行使,对冲突和骚乱的平息,对国家未来的构筑,都是男子气概的权威表征。然而,面对工人阶级和男性移民的挑战,他们却无能履行这些男性职责,无力行使男性权威。这种无能为力促使他们生发出加强和巩固其男子气概的迫切感[①]。他们发现曾经被他们嘲弄为低级落后的工人阶级男性气质竟然散发出陌生奇异的吸引力,因此他们开始利用工人阶级陌生化的男性气质来作为重构自身男性气质的素材。

但是,为了保持自身的权威地位,他们又从达尔文的生物学等科学理论中去寻找依据,将之运用于社会分析中,为阶级不平等、性别和种族不平等辩护。他们利用社会达尔文主义宣称在智力上男性优于女性,男性和女性是为不同角色需要演化而来的观点,即男性生来就具有竞争性,适合家庭外活动;女性则生来就需照顾小孩和承担家务,来支持针对女性的"家庭热",将女性的权力局限于家庭中,也为男性的性需求和快感是充满活力和自然的论调找到理由。他们宣扬白人男性气质是演化的最优产品,将白人男性气质树立为美国男子气概的规范,作为其他族裔男性气质的指引和发展方向,以此使种族和性别的不平等合法化。他们试图置白人男性统治于自然法则中,为种族歧视者针对非裔美国人的《反异族通婚法》和排除亚裔和东南欧移民的《反移民法》辩护。

在社会达尔文主义思想的影响下,许多进步时期的改革家都倡导在城市发起"美国化"运动,以求保持白人新教男性气质的霸权性,并指出这种男性气质模式是"推动国民生活向上发展和成功消除种族差别的关键点"[②]。社会达尔文主义者强调男性是具有竞争力和奋进的个体,只有标准化的白人男性气质才具备经济竞争能力,那些不能适应社会竞争和经济竞争的个人和种族应该被消灭掉。这种对个人经济竞争能力的强调促发了镀金时代的资本主

[①] 参见 Gail Bederman, *Manliness and Civilization: A Cultural History of Gender and Race in the United States*, 1880–1917, Chicago: University of Chicago Press, 1996, p. 14。

[②] Bret E. Carroll, ed., *American Masculinities: A Historical Encyclopedia*, Thousand Oaks, Califoria: Sage, 2003, p. 151。

义，也使帝国主义扩张合理化①。西奥多·罗斯福（Theodore Roosevelt）就是奉行社会达尔文主义的男性主义者的典型形象，代表了19世纪90年代美国公众所理解的充满活力的男子气概。他不仅展示了个人的权力，也展示了整个美国白人种族所共有的帝国主义式的男子气概②，被誉为美国自封的和自造的"真正男性"。他呼吁到西部去体验"艰苦生活"，拾回早期美国人所具备的"野蛮"品质，从过度文明的威胁中抢救出美国的男子气概。他主张扩张论，到海外开发美国男子气概的生产市场，试图带领美国白人男性走出男性气质危机的困扰，构建新型国民身份，以恢复白人男性的霸权地位。罗斯福的个人行为，因其行政权力，使男性气质与美国国民精神交汇在一起。其建构国民身份和扩张领土和文化疆域的规划和实践，凸显了白人男性气质与民族主义和沙文主义的媾和，继承和发扬了美国传统男性气质的权威性，迎合了中产阶级白人男性的渴求，代表了19世纪90年代美国男性气质主流意识形态的发展走向。

19世纪90年代美国男性气质的变化格局有着错综复杂的社会、历史和文化语境，促使当时的美国中产阶级白人男性在身陷重重困境中，竭尽全力维持和重树自身的男性权威。这种变化格局也深刻影响到了美国文学的发展和变革，为文学创作提供了一个既充满丰富色彩又包含种种矛盾危机的场域。这一时期的不少作家援笔成章，投身到重构男性气质的浪潮中。克莱恩就是其中的一个代表，他身临其境，颇感男性气质变化的压力。他运用自己的文学才华，以其新闻记者的敏锐性、个人经历的冒险性、文学想象的丰富性，围绕男性气质写下了各种类型的文学作品，构塑出一系列人物，参与男性气质话语建构的行动，在作品里刻下了19世纪90年代的历史语境印痕，并以一种创新精神试图开拓出一条维护男性创作权威的道路，展开了与19世纪90年代男性气质主流话语的对话和思考。因此，他被文学评论界公认为一位男性主义作家。

---

① 参见 Bret E. Carroll, ed., *American Masculinities: A Historical Encyclopedia*, Thousand Oaks, Califoria: Sage, p. 123。

② 参见 Gail Bederman, *Manliness and Civilization: A Cultural History of Gender and Race in the United States*, 1880 – 1917, Chicago: University of Chicago Press, 1996, p. 44。

克莱恩研究综述

克莱恩的作品，不管是新闻报道、小说、诗歌，还是短篇故事和随笔等，都反映了时代语境的内涵，充满了开拓实验的创新风格，一经面世就遭到纷纭众说，褒贬各异。对克莱恩其人也是如此，既有谩骂，亦有崇拜。这种始自19世纪90年代的纷争成为克莱恩研究的肇端，奠定了克莱恩研究的基调——克莱恩及其作品成为评论界一直争论不休的话题，克莱恩研究也经历了曲折不平的发展过程。

克莱恩研究始于1893年。其第一部小说《街头女郎梅吉》在当时的文学大家加兰德（Hamlin Garland）和豪威尔斯（William Dean Howells）的赞赏和提携下得以出版。这位年轻人的文学才华真正崭露头角，报刊媒体对这部作品的评头论足开启了克莱恩作品的最早评论[①]。但是真正吸引评论界目光且让克莱恩一举成名的是其《红色英勇勋章》。这部作品被作为经典战争小说载入美国文学和世界文学史册，从此奠定了克莱恩经典作家的地位。这一时期有关《红色英勇勋章》的评论数量相当多，却乏善可陈，鲜有学术批评价值。

虽然克莱恩生前声名鹊起，但是在他于1900年病逝后，人们似乎突然间忘记了这位青年才俊，有关他的研究动向也不断变化[②]，经历了几番反复和沉沦。1923年托马斯·毕尔（Thomas Beer）出版的传记小说《斯蒂芬·克莱

[①] 对于该作品的最早评论见于1893年7月的《杰维斯港联盟》（*Port Jervis Union*）。此评论认为作家在这部作品中很明显的目的就是表现出环境对于人物性格和命运的巨大影响。参见 Stanley Wertheim & Paul Sorrentino, eds., *The Crane Log: A Documentary Life of Stephen Crane*, 1871–1900, New York: G. K. Hall & Co., 1994, p. 85。

[②] 第一次世界大战的爆发给克莱恩作品评论带来了契机。一些批评家从战争本质出发挖掘出克莱恩战争小说的现实价值，另有一些批评家和现代主义作家从其作品中搜寻到艺术创作的灵感源泉。克莱恩的创作风格直接影响了康拉德、凯瑟、海明威（Ernest Hemingway）等，对德莱塞（Theodore Dreiser）、安德森（Sherwood Anderson）、桑德堡（Carl Sandburg），甚至是刘易斯（Sinclair Lewis）、罗伦斯（T. E. Lawrence）、菲兹杰拉德（F. S. Fitzgerald）等都产生了决定性影响。意象派诗人庞德（Ezra Pound）也十分崇拜克莱恩的诗歌艺术。这些现代主义作家将克莱恩视为自己的创作圭臬，称克莱恩为美国现代文学的先驱和"美国第一位意象派诗人"。参见 John Berryman, *Stephen Crane: A Critical Biography*, New York: Sloane, 1950, p. 264; David Halliburton, *The Color of the Sky: A Study of Stephen Crane*, Cambridge: Cambridge UP, 1989, p. 270; Richard M. Weatherford, ed., *Stephen Crane: The Critical Heritage*, London: Routledge & Kegan Paul, 1973, p. 25。

恩：一个美国作家研究》（Stephen Crane: A Study in American Letters）①以及 1925—1926 年福里特（Wilson Follet）编辑出版的《斯蒂芬·克莱恩作品全集》（The Works of Stephen Crane）12 卷本，重新唤起了人们对克莱恩的关注②，掀起了阅读和研究克莱恩作品的一个小高潮。到了 20 世纪 30—40 年代，克莱恩研究又转入低谷，很少有严肃性的评论出现。批评家们只是"不断把克莱恩看作一位具有广泛影响力的自然主义作家和社会批评家"③。第二次世界大战后，有些批评家开始从克莱恩的社会观以及艺术家身兼社会记录者和社会批评家的角色去探讨克莱恩创作的独特品质④，主要关注克莱恩作家地位的归属与其作品之间的关系问题。

克莱恩研究的现代复苏肇始于 20 世纪 50 年代早期，克莱恩作为美国重要作家的地位从此正式确定下来。这主要得益于传记作家贝利曼（John Berryman）和评论家斯多曼（Robert W. Stallman），是他们构建了克莱恩研究的现代批评模式。贝利曼的《斯蒂芬·克莱恩评传》（Stephen Crane: A Critical Biography, 1950）从心理分析的角度讨论了克莱恩的创作源泉、个性及其作品中的现实主义、自然主义和印象主义色彩，审视了克莱恩的讽刺表现手法，明确提出"克莱恩是一位非同一般的语言文体家"⑤的观点。贝利曼的传记影响深远。自其出版后，有关克莱恩的创作源泉、创作风格、表现主题、表现技巧等方面的评论文章层出不穷，并且在克莱恩批评史上第一次出现了关注作品艺术内容和形式甚于关注作家本人的局面。斯多曼主要从象征主义层面探讨了《红色英勇勋章》的主题意义，他对于作品人物宗教象征意义的解

---

① 托马斯·毕尔是第一位克莱恩传记作家，他撰写的克莱恩传记自出版以来就受到批评家们的质疑和诟病，认为其中包含了许多虚构成分。后世的克莱恩传记作家也对其传记素材的可靠性表示怀疑，却又将之视为可信资料，广泛运用于克莱恩传记写作及研究中，忽视了有关克莱恩的原始资料的真实性。直到 20 世纪 90 年代末期人们发现了该传记的打印草稿才最终确定该传记中许多克莱恩的信件以及其他作家的信件、书中记载的事件、毕尔有关克莱恩及克拉·克莱恩（Cora Crane）的内容纯属毕尔杜撰，因此准确地说这只是一本传记小说。参见 Wertheim, Stanley, *A Stephen Crane Encyclopedia*, Westport: Greenwood Press, 1997, p. 23。

② 1923 年还出版了另一本克莱恩传记：Thomas L. Raymond. *Stephen Crane*, Newark: Carteret Book Club, 1923。相比毕尔的传记，雷蒙德的影响力较小，但也先后于 1969 年、1973 年、1978 年再版。

③ Richard M. Weatherford, ed. *Stephen Crane: The Critical Heritage*, London: Routledge & Kegan Paul, 1973, p. 29.

④ Ibid. .

⑤ John Berryman, *Stephen Crane: A Critical Biography*, New York: Sloane, 1950, p. 283.

读打开了克莱恩批评的新局面①,这一局面延续了十来年。这一时期有关克莱恩的研究成果多以论文形式出现,并未出版研究专著,但瓦尔纳特(Charles Child Walnutt)的《美国自然主义文学:文学支流研究》(*American Literary Naturalism: A Divided Stream*, 1956)辟专章分析了克莱恩的印象主义和自然主义的关系,对克莱恩处理文学素材的方式进行了有力的个案研究。这种研究趋势盛行于20世纪五六十年代,使克莱恩的文学才华得到大力挖掘,克莱恩及其作品一度成为美国文学批评界的研究焦点。

在克莱恩研究中,一个明显的特点是许多研究均以评传形式出现。据统计,自贝利曼的克莱恩传记出版后,先后有十多部传记面世②。这些传记各有

---

① 1951年《红色英勇勋章》作为《现代文库》中的一本重新出版,在引言中斯多曼从象征主义层面解读了该作品,后以"Stephen Crane: A Revaluation"为题被收入1952年出版的阿尔德里奇(John W. Aldridge)编辑的论文集 *Critiques and Essays on Modern Fiction*,(1920-1951)中。斯多曼在对作品中"圣饼"(wafer)意象的解读时认为作品主人公最终被象征基督的吉姆·康林(Jim Conklin)的死亡所救赎,这一论点被后来的评论界津津乐道。

② 据笔者搜集的资料,这些传记主要有:Corwin Knapp Linson, *My Stephen Crane*, New York: Syracuse University Press, 1958. Ruth Franchere, *Stephen Crane, the Story of an American Writer*, New York: Thomas Y. Crowell, 1961. Edwin H. Cady, *Stephen Crane*, Cleveland: Meridian Books, 1962. Eric Solomon, *Stephen Crane in England; A Portrait of the Artis, t* Columbus: Ohio State University Press, 1964. R. W. Stallman, *Stephen Crane: A Biography*, New York: Brazillier, 1968. Jean Cazemajou, *Stephen Crane*, Minneapolis: University of Minnesota Press, 1969. James B. Colvert, *Stephen Crane*, San Diego: Harcourt Brace Jovanovich Publishers, 1984. Bettina Liebowitz Knapp, *Stephen Crane*, New York: Ungar, 1987. Mark Sufrin, *Stephen Crane*, New York: Atheneum, 1992. Christopher Benfey, *The Double Life of Stephen Crane*, New York: Knopf, 1992. Linda H. Davis, *Badge of Courage: The Life of Stephen Crane*, New York: Houghton Mifflin, 1998. George Monteiro, *Stephen Crane's Blue Badge of Courage*, Baton Rouge: Louisiana State University Press, 2000. Paul Sorrentino, *Stephen Crane, A Life of Fire*, The Belknap Press, 2014. 其中比较有影响力的有喀蒂(Edwin H. Cady)、斯多曼、考尔维特(James B. Colvert)、本菲(Christopher Benfey)、蒙特罗(George Monteiro)、戴维斯(Linda H. Davis)等人撰写的传记。相比贝利曼,喀蒂对于克莱恩的人生阐述更为集中紧凑,以克莱恩的个性和主要作品《红色英勇勋章》为线索展开克莱恩艺术创作的讨论,主题更为突出,是"具有启示性的研究"。斯多曼的传记则以资料详细、信息丰富、文字畅快著称,以新批评为视域为克莱恩研究提供了相当丰富的文献资料,但其中不乏不实之处和矛盾之处,且批评意识不够。考尔维特的传记配有多幅照片,谨慎、准确且全面地展现了克莱恩的人生,却未能深入展现克莱恩的艺术天赋。本菲强调了克莱恩从19世纪90年代早期的黑幕揭发派、作家、艺术家和摄影家之处所受的影响,对于克莱恩某些作品的解读充满真知灼见,但其中也不乏自相矛盾之处。蒙特罗则注重从大众文化的背景分析克莱恩作品创作的无意识潜能。戴维斯的传记可以说首次几乎脱离毕尔传记小说的影响,属于"大众"阅读型的实用传记,其中的评论"虽谈不上一针见血,却也辛辣尖刻,试图协调克莱恩的人生及其文学创作之间的关系"(参见 Stanley Wertheim, "Review on Badge of Courage: The Life of Stephen Crane", *Nineteenth - Century Literature* Vlo. 53, No. 4, March 1999, p. 545)。但学界认为该传记缺乏严肃的学术论证,对文学传记的创作未能进行严肃思考,在某种程度上没有体现知识分子的诚信(参见 James Nagel, "Review on Badge of Courage: The Life of Stephen Crane", *Stephen Crane Studies* Vol. 13, No. 1, Spring 2004, p. 24)。

侧重，也各有缺憾，但均从一定程度上确定了克莱恩的文学地位，展示了克莱恩其人、其艺术的歧义性。而且，评论界一直热衷于讨论其创新的艺术风格。第一部专著，所罗门（Eric Solomon）的《斯蒂芬·克莱恩：从仿拟到现实主义》（Stephen Crane: From Parody to Realism, 1966）就是从克莱恩仿拟技巧的运用探讨了克莱恩的艺术风格，认为仿拟技巧是正确衡量克莱恩艺术成就的标准[①]。皮泽（Donald Pizer）的《19世纪美国文学中的现实主义与自然主义》（Realism and Naturalism in Nineteenth-Century American Literature, 1966）、柯尔伯（Harold H. Kolb Jr.）的《生活的幻象：作为文学形式的美国现实主义》（The Illusion of Life: American Realism as a Literary Form, 1969）以及拉弗兰斯（Marston LaFrance）的《解读斯蒂芬·克莱恩》（A Reading of Stephen Crane, 1971）等，讨论了克莱恩想象力的复杂性、作品中表现出来的美国现实主义的微妙特征，以及克莱恩构思情节、把握反讽视角、形成个人风格的方式。这些评论将克莱恩从相对模糊的印象中拯救出来。克莱恩艺术风格研究的经典之作当属伯根（Frank Bergon）的《斯蒂芬·克莱恩的艺术风格》（Stephen Crane's Artistry, 1975）和内格尔（James Nagel）的《斯蒂芬·克莱恩与文学印象主义》（Stephen Crane and Literary Impressionism, 1980）。两位评论家作为形式主义研究的代表曾一致肯定印象主义绘画对其作品风格的影响作用；弗莱德（Micheal Fried）也进一步考察了克莱恩创作与其同时代画家之间的关联，阐释了克莱恩写作风格的特点及其对感官效果，特别是视觉效果的追求动机。他们的研究引发了评论界对克莱恩艺术风格的形式研究[②]，都认为克莱恩所处的历史语境、其创作宗旨和作品中的颜色感受等都表明印象主义是其艺术风格的一张标签。

有关克莱恩作品风格和艺术价值的探讨在21世纪的西方学界仍然是一个

[①] 索罗莫试图纠正学界对于克莱恩只是"一位通过少数几本作品爬上艺术高峰的幸运者，一位试图创作几本出色且难度较大的作品的新闻记者"的认识。他认为克莱恩是一位对流行文学传统进行仿拟并制造出独特现实效果的作家。他的研究肯定了克莱恩为创作所付出的长期的辛苦努力。但作者将克莱恩的仿拟艺术孤立起来，在具体的分析中并未协调好克莱恩仿拟与反讽的运用是如何相关的关键问题。

[②] 评论界从克莱恩作品的用词特征入手对其创作风格进行了文体学定位，或者采用跨学科的分析方法，全面概览克莱恩的艺术风格。也有不少评论从新闻写作与文学创作之间的关联，试图厘清克莱恩新闻记者身份和新闻写作对其艺术风格、文学地位甚至是美国现代主义文学所产生的影响。

重点。仅从2011—2018年美国斯蒂芬·克莱恩研究学会组织的全美美国文学研究学会的年会发言论坛的主题上就可见一斑,有关克莱恩与绘画、摄影和音乐艺术关系的讨论均是会议重要主题。21世纪的风格讨论,与形式主义研究相同,仍旧对克莱恩作品中的颜色意象、隐喻使用等颇感兴趣,但研究视角和方法均发生了变化,且聚焦的作品范围扩大,更强调从文化研究的纵深层面阐释克莱恩的艺术风格,多将克莱恩的作品风格与视觉文化、绘画艺术、摄影艺术的发展和美国现代主义产生的复杂性联系起来。一批研究者从克莱恩的新闻写作、小说创作、现实主义、词汇表达、风格模式等不同层面将研究触角深入克莱恩的艺术形式。如法格的专著《变革之巅:斯蒂芬·克莱恩,乔治·贝娄斯与现代主义》从文化发展和审美情趣的变化中揭示出克莱恩艺术风格与现代主义的复杂关系,认为其作品预示了接踵而来的现代主义运动的许多形式[1],彰显出其后的现代主义者在形式表现策略和实验风格上的特征。这种研究通过宏观的历史语境挖掘出形式生产的文化动机,推进了克莱恩风格的重新定位。盖斯齐尔则从19世纪末期的历史和哲学背景的大视野中,认为克莱恩运用颜色,"既表达了一种身体感受,也传达了一种精神经验",通过写作与视觉艺术的邂逅,"增加了文学表现的可能性"[2]。这种阐释不同于以往有关颜色的意象象征研究,道破了克莱恩文字表现视觉张力的内蕴,结合视觉研究和文学研究对克莱恩作品风格的形成做出了哲学思考和文化探索。皮泽指出,克莱恩以一种摄影般的真实手法,将自己鲜明的反讽和隐喻视角融于其中,运用颜色词再现出贫民的生活景象,"表明其作品与强调以色彩作为图画主要再现载体的艺术革新运动之间存在着直接联系"[3]。这一观点洞悉出克莱恩作品再现的真实性价值与19世纪末期摄影和绘画技术发展的互动性,横向地考察了其作品风格的文学和文化意义,赋予克莱恩作品风格新的理解视域。

---

[1] 参见 John Fagg, *On the Cusp: Stephen Crane, George Bellows, and Modernism*. Tuscaloosa: University of Alabama Press, 2009, p. 193。

[2] Nicholas Gaskill, "Red Cars with Red Lights and Red Drivers: Color, Crane, and Qualia", *American Literature: A Journal of Literary History, Criticism, and Bibliography*, Vol. 81, No. 4, 2009, p. 739.

[3] Donald Pizer, "Naturalism and Visual Arts", ed. Keith Newlin, *The Oxford Handbook of American Literary Naturalism*, Oxford University Press, 2011, p. 471.

另外值得一提的是泽灵格（Elissa Zellinger）的《斯蒂芬·克莱恩与怀旧诗学》一文，该文将目光投注到评论界关注甚少的克莱恩诗歌研究，从朗费罗和惠特曼对克莱恩诗歌创作的影响谈起，认为克莱恩的诗歌富于视感幻觉的形式革新呈现一种非个人化的、原始现代派（protomodern）的感性之美①，在主题表达和诗歌风格的承前启后上包孕了整个19世纪美国诗坛的创作特点。

除此之外，还有少数学者尝试从媒介研究的视角探讨克莱恩作品风格，分析克莱恩诗歌人物与印刷排版的关系，及其短篇小说再现的早期视觉媒体影响，开阔了对克莱恩作品风格的诠释思路。这些研究成果弥补了形式主义研究对克莱恩印象主义风格的片面和单向理解，从文学和文化的深层关系发掘出克莱恩艺术风格的社会和文化价值，尤其凸显了跨学科的研究特色，预示了克莱恩风格研究的当代走向。但是，也正如皮泽所言，在这些研究中，有关印象主义对克莱恩创作的影响作用仍然不够清晰，绘画艺术是怎样被克莱恩通过观念迁移运用到文学叙事中仍然是一个研究难点，有待学界同人继续探索。

文学研究的文化转向则引领评论界将研究目光从克莱恩作品的风格和形式转移到作品的文化意义上。例如，比尔·布朗（Bill Brown）从新历史主义角度讨论了克莱恩的物质无意识与19世纪末以娱乐业为现代主义和大众文化逻辑核心的意识形态之间的密切关系。还有不少研究成果从结构主义、后结构主义、心理分析、后殖民主义、新历史主义、女性主义、马克思主义等批评方法，透视克莱恩作品中有关贫穷、阶级、城市化、工业化、语言、自然、人性一直到意识形态、种族、性属等主题，多视角、多层面地阐发出对克莱恩作品的文化思考，这些研究成果可以归纳到阶级、种族、性属等几个范畴中。

早在20世纪80年代，甘德尔（Keith Gandal）就对克莱恩从中产阶级立场将贫民窟景观化的动机进行了分析，认为克莱恩的贫民窟作品为"中产阶级找到了新的方式去观察、感知和干预城市贫民生活。这不仅是中产阶级对

---

① 参见 Elissa Zellinger, "Stephen Crane and the Poetics of Nostalgia", *Texas Studies in Literature & Language*, Vol. 57, No. 1, Fall 2015, p. 305.

贫民窟忧虑的回应，也是对自身担忧的回应"①。这一观点颇具影响力。类似的研究从19世纪末期主流文化和亚文化之间的内在冲突审视《街头女郎梅吉》表现的巴华利贫民窟的阶级冲突，指出这种冲突再现出历史和现实之间的关系②；或者考察克莱恩作品对无家可归者的描写，认为作品中的无家可归现象导致了社会身份和自我界定的危机，其表征与当时的帝国主义话语密切相关③。布迪安塔（Melani Budianta）则指出新闻随笔《贫穷实验》通过将体验阶级差异的经历价值化，将读者带入贫穷的模拟体验中，迫使观看者和阅读者考问其自身自以为是的价值体系，但是作品潜藏了克莱恩对于阶级差异的矛盾心态④。皮藤格（Mark Pittenger）认为《贫穷实验》是跨越阶级交流再现的贫民窟文学，源自19世纪工业化对阶级关系和贫穷话语的不断延展和对阶级身份稳定性焦虑的不断加深⑤。克莱恩的作品通过对贫民窟的景观化再现，明确地"抵制了中产阶级的传统道德观念"⑥，是对中产阶级文化的虚伪和沉闷进行的回击。

但21世纪以来，以鲁南姆（John Loonam）、罗森（Andrew Lawson）、道宁（Robert Dowling）等人为代表的西方评论家则表达了更多不同观点。一些评论家认为克莱恩对于颠覆贫穷与道德的关系并不感兴趣，而是试图消除连接此二者的意识形态；另一些人从城市化、他者再现、科技进步等层面指出克莱恩作品将贫穷可视化的目的既让文本具有了摧毁性的表现效果，也扩大了贫民阶层和中产阶级之间的差别，明显地传达了"一种普遍存在的异化与

---

① Keith Gandal, *The Virtues of the Vicious: Jacob Riis, Stephen Crane, and the Spectacle of the Slum*, New York: Oxford Univesity Press, 1997, p. 13.

② 参见 Giamo, Benedict. *On the Bowery: Confronting Homelessness in American Society*. Iowa: University of Iowa Press, 1989, p. xviii。

③ 参见 Janet M. Whyde, "Encoding Imperialism: Homelessness in American Naturalism, 1890-1918", Diss. The Lousiana State Univesity, 1995, p. 2。

④ 参见 Melani Budianta, "A Glimpse of Another World: Representations of Difference and 'Race'", Diss. Cornell Univesity, 1992, pp. 84-87。有关克莱恩在作品中的矛盾心态另可参见 Giorgio Mariani, *Spectacular Narratives: Representations of Class and War in Stephen Crane and the American 1890s*, New York: Peter Lang Pub Inc, 1992。

⑤ 参见 Mark Pittenger, "A World of Difference: Constructing the 'Underclass' in Progressive America", *American Quarterly*, Vol. 49, No. 1, 1997, p. 30。

⑥ Keith Gandal, *The Virtues of the Vicious: Jacob Riis, Stephen Crane, and the Spectacle of the Slum*, New York: Oxford Univesity Press, 1997, p. 137.

隔离感"以及"精神缺失"①。罗森指出作品所再现的阶级模仿揭示了文化实践在阶级构成中起到的是"建构和解构自我,编织和解开身份之网"② 的作用。艾斯迪福（M. Q. Esteve）则认为作品中的阶级问题从更大范围上再现了19世纪末期民众形象与美国社会现实之间的矛盾关系,是"对进步—改革主义威胁的最后抵抗"③；还有一些人认为作品中作为外来者的中产阶级对贫民阶级的道德观其实产生了毁灭性的文化—心理影响,贫民阶级吸收中产阶级的道德宗教观是一种解决贫穷问题的有害方法。值得注意的是,21世纪的这些观点与以往的评论相比,打破了传统的决定论下的贫民阶级被动者的形象分析范式,强调贫民阶级成为中产阶级反观自身的他者视角。这些研究更加注重将克莱恩作品中的阶级问题置于一个更为宏观的文化范畴内进行探讨,侧重从阶级文化差异和阶级文化影响去全面深刻地读解出阶级主题的现实价值。

评论界有关阶级主题的探讨大多集中在克莱恩的贫民作品上,但也有个别评论将《红色英勇勋章》视为19世纪末美国社会的阶级隐喻再现,将作品中的部队体制解读为阶级分层隐喻,认为作品"不仅反映了南北方的历史冲突,也映射出新兴资本主义企业秩序与产业工人和小生产者之间的历史冲突"④。更有甚者认为《红色英勇勋章》将战斗中的战士比拟为产业工人,其产品就是死尸,而内战战场变成了充满各种冲突的生产车间,因而整部作品就是19世纪末期以工厂、阶级冲突闻名的城市环境的缩写⑤。这些解读将阶级主题的探讨拓展到了克莱恩的其他作品,但未免有过度阐释之嫌,不过也不失为以意识形态批评主导的研究尝试。

克莱恩作品中的种族主题也是一个重要的研究关注点。20世纪90年代以

---

① Michael Tritt, "The Tower of Babel and the Skyscrapers in Stephen Crane's 'An Experiment in Misery'", *ANQ: A Quarterly Journal of Short Articles, Notes, and Reviews*, Vol. 16, No. 2, 2003, p. 50.

② Andrew Lawson, "Class Mimicry in Stephen Crane's City", *American Literary History*, Vol. 16, No. 4, Winter 2004, p. 599.

③ Mary Esteve, *The Aesthetics and Politics of the Crowd in American Literature*, New York: Cambridge University Press, 2003, p. 97.

④ Andrew Lawson, "The Red Badge of Class: Stephen Crane and the Industrial Army", *Literature & History*, Vol. 14, No. 2, 2005, p. 54.

⑤ 参见 Annalee Newitz, *Pretend We're Dead: Capitalist Monsters in American Pop Culture*, Durham: Duke University Press, 2006, p. 17。

来，后殖民批评的盛行助推了评论界对于克莱恩作品种族意义的讨论，研究成果多从作品的叙事策略、文本结构、种族伦理困惑、种族意识形态等方面展开。如米切尔（Lee Clark Mitchell）从解构主义视角认为《怪兽》提出了"作为黑人的意义何在"这样一个并非简单而是尖锐的问题，指出作品叙事成功地将种族困境与修辞表达联结起来，再现出道德上虽超然，社会现实中却无法回避的种族伦理困惑[1]。翟尔斯（Ronald K. Giles）也认为这部作品通过叙事策略与文本隐含意义的相互交织讲述了一个有关道德勇气的故事[2]。内格尔（James Nagel）的分析明显受到结构主义的影响，认为文本的结构平衡性蕴含了社会、伦理和种族意义[3]。与此同时，越来越多的评论从文化批评的视角对种族主题进行考察。埃里森（Ralph Ellison）是首位关注该作品中私刑文化政治的评论家。在《斯蒂芬·克莱恩与美国主流小说》（*Stephen Crane and the Mainstream of American Fiction*）一文中他写道："《怪兽》将我们带回了内战后的美国氛围，毫无疑问也让我们意识到其中黑人的作用。作品内容新颖，就如同日报一样告诉我们有必要去了解其背景和隐含意义的时代性。"[4]在埃里森的启发下，一些评论家从19世纪末期的私刑政治，结合历史语境追踪了作品的种族意义。马歇尔（Elaine Marshall）将作品分析纳入19世纪末期的私刑案例中探讨了作品创作的社会资源，认为作品蕴含了克莱恩作为一名白人作家对于种族偏见中隐性暴力的思考，指出克莱恩通过创作该作品，"学会了怎样开始擦掉'黑鬼'一词的印记来将黑人视为平等人"[5]。麦克姆瑞（Price McMurray）以新历史主义的方法，从19世纪末期美国社会的种族意识形态入手，认为《怪兽》重新开启了关于黑人种族灭绝和白人慈善行为的思考[6]。

---

[1] 参见 Lee Clark Mitchell, "Face, Race, and Disfiguration in Stephen Crane's 'The Monster'", *Critical Inquiry*, Vol. 17, No. 1, Autumn 1990, pp. 175 – 176。

[2] 参见 Ronald K. Giles, "Responding to Crane's 'The Monster'", *South Atlantic Review*, Vol. 57, No. 2, May 1992, p. 46。

[3] 参见 James Nagel, "The Significance of Crane's 'The Monster'", *American Literary Realism*, Vol. 31, 1998, pp. 50 – 55。

[4] Ralph Ellison, *Shadow and Act*, New York: Vintage, 1995, p. 75。

[5] Elaine Marshall, "Crane's 'The Monster' Seen in Light of Robert Lewis's Lynching", *Nineteenth - Century Literature*, Vol. 51, No. 2, September 1996, p. 224。

[6] 参见 Price McMurray, "Disabling Fictions: Race, History, and Ideology in Crane's 'The Monster'", *Studies in American Fiction*, Vol. 26, No. 1, Spring 1998, p. 52。

近年来，有关种族主题的研究得到进一步拓展和补充，呈现以下几个特点。一是种族主题再现的类型学研究。娄洛多（Nick Lolordo）将克莱恩的地方小说《怪兽》归类为哥特小说，"一种种族化的哥特模式重现下讲述的有关美国小镇的故事"，作家对哥特手法的讽喻式处理及描写的小镇上可怕的人物形象，"既暴露也隐藏了相关社会关系的真实感和恐怖感"①。瑞克森（Lindsay V. Reckson）则将《红色英勇勋章》中的次要人物吉姆·康柯林归类为"黑人花花公子"形象，认为在叙事逻辑上这个种族模仿他者和祭祀他者的人物形象其作用在于帮助主人公在成为男子汉的激烈的心理社会化过程中协调自我认识、自我共性、白人性与自我差异②，从而发掘出这一人物的种族操演方式及其所承载的种族意义。二是种族主题的政治学思考。主要是深化《怪兽》中私刑政治的意义，认为作品在考察黑人种族身份问题的基础上其实是对构建种族化黑人形象的白人心理的剖析③，叙事中隐藏了"资本主义社会私刑的文化逻辑"④。这些观点对准整个资本主义文化逻辑的命题，洞见了种族主义的内在运作动力和根源，以小见大地批判了资本主义的文化弊端。三是种族主题的伦理研究。在伦理研究回归的势头下，评论家们也进一步表现出对克莱恩作品中种族伦理的关注，或认为《怪兽》故事本身及作者对于种族身份的不确定理解使作品包含的伦理观充满暧昧性⑤，或认为作品中反映的19世纪末期种族主义者的双重意识其实使种族同情的意义和作用并未成为解决奴隶问题的方法，反而转化为了社会问题⑥。还有一些评论者则从科技与种族伦理的关系触及种族主题，认为《怪兽》这部作品表明白人社会的权威在

---

① Nick Lolordo, "Possessed by the Gothic: Stephen Crane's 'The Monster'", *Arizona Quarterly*, Vol. 57, No. 2, 2001, pp. 34–35.

② 参见 Lindsay V. Reckson, "A Regular Jim Dandy: Archiving Ecstatic Performance in Stephen Crane", *Arizona Quarterly: A Journal of American Literature, Culture, and Theory*, Vol. 68, No. 1, spring 2012, p. 65。

③ 参见 Sheldon George, "Realism's Racial Gaze and Stephen Crane's 'The Monster'", *Synthesis*, Vol. 3, Winter 2011, p. 81。

④ Jacquline Denise Goldsby, *A Spectacular Secret: Lynching in American Life and Literature*, Chicago: University of Chicago Press, 2006, p. 113.

⑤ 参见 John Cleman, "Blunders of Virtue: The Problem of Race in Stephen Crane's 'The Monster'", *American Literary Realism*, Vol. 34, 2002, pp. 121–122。

⑥ 参见 Molly Hiro, "How It Feels to Be Without a Face: Race and Reorientation of Sympathy in the 1890s", *Novel*, Vol. 39, No. 2, Spring 2006, p. 180。

城市化进程中最终屈从于科技和机器的力量，同时科学技术给美国小镇的现代化生活带来了不可预料的后果①，也给黑人种族的命运带来了深刻影响②。这一新的视角扩大了种族主题的探讨范畴，对于理解当今科技与人伦的互动关系不无启示作用。四是种族主题探讨的族裔拓展。评论界对克莱恩作品中种族主题的探讨多集中在黑人种族，但21世纪以来，评论界也注意到克莱恩笔下的这一主题并非局限于黑人，有关墨西哥人的身份认同和爱尔兰人的形象在族裔研究的理论中也得以阐释，较好地丰富了克莱恩作品种族主题的研究。

总体来看，近年对克莱恩作品阶级种族主题的探讨虽然承继的是文化批评的传统选题，但研究的涉及面越来越广，其中的政治意义挖掘也越来越深。这在一定程度上佐证了文化批评对于文学研究的影响力度和未来纵深研究的挺进路径。但是评论界对于克莱恩作品中种族问题的研究重点仍然在其所表现的黑人问题上，在一定程度上忽视了19世纪末期美国种族主义社会中，白人男性气质的政治实践以及黑人种族问题作为一种边缘力量对于白人主流社会性属文化建构的冲击力。

克莱恩作品中的性属再现同样赢得不少评论家的青睐。很早就有评论家发表了关于作品中女性人物和男性人物表现特征的观点。贝利曼曾分析克莱恩对于女性的矛盾心理——一方面对老年女性特别关注，另一方面对女性又充满厌恶和恐惧③。斯多曼则指出"克莱恩笔下的男性均是缺乏女性的男性"④，格林（Carol Hurd Green）认为克莱恩笔下的男性与女性形成鲜明对照：男性之间相互理解，无须多言就能达成共识；女性之间则相互叱责，喜怒哀乐溢于言表⑤。甘德尔也认为克莱恩的作品受到了厌女症倾向的影响⑥。

---

① 参见 John Carols Rowe, *Literary Culture and U. S. Imperialism: From the Revolution to World War II*, New York: Oxford University Press, 2000, p. 155。

② 参见 Jonathan Tadashi Naito, "Cruel and Unusual Light: Electricity and Effacement in Stephen Crane's *The Monster*", *Arizona Quarterly*, Vol. 62, No. 1, 2006, p. 58。

③ 参见 John Berryman, *Stephen Crane: A Critical Biography*, New York: Sloane, 1950, p. 304。

④ R. W. Stallman, *Stephen Crane: A Biography*, New York: Brazillier, 1968, p. 59.

⑤ 参见 Carol Hurd Green, "Stephen Crane and the Fallen Women", *Stephen Crane*, Ed. Harold Bloom, New York: Chelsea House Publishers, 1987, p107。

⑥ 参见 Keith Gandal, *The Virtues of the Vicious: Jacob Riis, Stephen Crane, and the Spectacle of the Slum*, New York: Oxford University Press, 1997, p. 11。

对于作品中的女性人物，更多评论家从 19 世纪末期的美国历史语境出发，聚焦于《街头女郎梅吉》，从伦理批评、女性主义、性别研究等方面去探讨女性的命运归属。诸多评论家均从自然主义文学的表现原则、美学观、伦理道德观等方面探讨了梅吉等女性人物特征及其命运归属的社会因缘，还有一些评论则从女性主义或社会学视角分析了梅吉等女性人物的命运，并审视了当时的社会意识形态、社会问题与女性人物命运间的关联。

相比对女性人物的分析，评论界抓住了克莱恩创作的重要特征，关注到其作品大多以男性人物为主人公这一特点，公认克莱恩是一位男性主义作家，并多从勇气、英雄主义、男子气概等主题展开对克莱恩战争作品的探讨，特别是对《红色英勇勋章》中男性人物的讨论，从不同层次阐释作品中英雄主义概念的内涵，主人公勇敢与懦弱的行为逻辑、勇气与反讽和荒诞密切相关，勇气和男子气概的动因，等等。这些评论，如西佛（Michael Schaefer）所言，"对于克莱恩作品中的讽喻理解是准确的，然而评论家们对于克莱恩所表现的英雄主义的神秘性并没有做出深入探讨"①。

在对英雄主义的探讨中，评论界很早就将之与男子气概的概念关联起来。《红色英勇勋章》出版不久，就有评论家认识到克莱恩所表现的战争英雄变成了"令人轻视的傻瓜，完全失去了男子气概的高贵品质"②，但这一观点并未得到进一步展开。在结构主义和心理分析的影响下，一些评论以文本性为讨论基础，多将《红色英勇勋章》视为去政治化的书写，认为作品没有反映出战争的原因和国家的需要，只是讲述了一个年轻人成长为男人的故事。这些评论主要围绕文本结构特点认为作品表现了主人公获取男子气概的斗争过程，但是对于斗争结果却意见不一。一部分人认为主人公如文本所说获得了男子气概，成为男人；另一部分人则认为主人公根本没有发生任何变化。例如，沙纳汉（Daniel Shanahan）将该作品解读为工业社会的隐喻和类比，认为作

---

① Michael Schaefer, "'Heroes Had No Shame in Their Lives': Manhood, Heroics, and Compassion in *The Red Badge of Courage* and 'A Mystery of Heroism'", *War, Literature & the Arts*, Vol. 18, 2006, p. 104.

② John Northern Hilliard, "The Hideousness of War: Stephen Crane and *The Red Badge*" (1896), in *Stephen Crane: A Critical Bibliography*, ed. R. W. Stallman, Ames: Iowa State University Press, 1972, p. 103.

品将带来国民灾难的内战表现为国民建立新的国民个性、国民自豪感甚至是国家发展方向的试金石，指出小说结尾主人公不仅成为男人，也成为一个时代英雄，找到了一种社会归属感。① 冷茨则通过对照作品的文本性和互文性，认为故事结尾主人公在男子气概上并未发生根本变化，战争神话否决和贬低了这位公认的英雄②。另有评论则从有效的社会控制源于自由丧失的观点出发，指出主人公从一个具有独立和民主思想的新兵转变为遵循秩序的附属品③。这些评论虽然涉及男子气概的概念，却并没有将之作为一种个人和社会的性别特征深入挖掘。

在将《红色英勇勋章》视为一部男性书写的作品时，也有很多评论试图从克莱恩创作的历史话语和历史语境中去挖掘作品中男性人物和男性叙事的内涵意义。凯普兰（Amy Kaplan）从新历史主义的视角指出，克莱恩对战争的景观化书写既重新定义了战争小说，又是对美国内战历史的修正和对19世纪90年代历史意识形态的批判，并认为这种景观化策略"动摇了'真正男人'的身份特征，且将之重新社会化"④。克伦登宁和科伦（John E. Curran Jr.）也认为克莱恩在其战争小说中以不断修正、重释和辩证的方式挑战现实，隐含了对男子气概构成要素的不断鉴定。海贝格（Alfred Habegger）和贝尔（Michael Davitt Bell）则从作品的叙事性出发，结合男性人物的言语行为探讨了主人公的成长历程，认为克莱恩以反讽式的自我意识和叙事含混性，颠覆了现实主义和自然主义的男性叙事权威。本德（Bert Bender）进一步探究到作品中历史话语和性别话语的再现关系，从克莱恩所受达尔文演化论思想以及威廉·詹姆斯演化心理学的影响上，指出作品书写了在男性身体和精神本质中关于性别选择和战斗法则之间的交织关系，并坚定地表现了人物的本能

---

① 参见 Daniel Shanahan, "The Army Motif in *The Red Badge of Courage* as a Response to Industrial Capitalism", *Papers on Language and Literature*, Vol. 32, No. 4, Fall 1996, p. 409。

② 参见 Perry Lentz, *Private Fleming at Chancelorsville: The Red Badge of Courage and the Civil War*, Columbia: University of Missouri Press, 2006, p. 260, p. 264。

③ 参见 Robert M. Myers, "'The Subtle Brotherhood': The Construction of Military Discipline in *The Red Badge of Courage*", *War, Literature & Art*, 1999, pp. 128–141。

④ Amy Kaplan, "The Spectacle of War in Crane's Revision of History", *New Essays on The Red Badge of Courage*, Ed. Lee Clark Mitchell, Cambridge: Cambridge University Press, 1986. Beijing University Presss, 2007, p. 101.

和情感，突出了主人公在达尔文演化论环境中生存下来的事实，从而达到了嘲弄演化论思想的目的。① 阿洛泰比（Hmoud Alotaibi）则认为作品通过主人公头脑中充满的如男性气质、英雄主义、希腊神话传说、历史传统教诲等当时主流社会的价值观阐述了自然和社会对于个体的决定性影响。②

在这些对男性人物和男性叙事的诠释中，有些评论关注到了19世纪90年代美国男性所面临的困境——男性气质危机，却未能将之深入自己的评论中进行拓展。随着现实主义文学和自然主义文学研究的不断深入，瑟尔泽（Mark Seltzer）发现在自然主义文学中，大众生产和大众消费的文化形式（包括文学、视觉和科技形式）与身体和机器的关系十分密切。他将克莱恩的作品置于此话语中，认为《街头女郎梅吉》反映了女性身体和社会机器技术之间的不断协商③，而《红色英勇勋章》讲述了两个故事："一个是关于男性歇斯底里以及身体性别界限和身份之间进行协商的内部故事，……另一个是关于社会惩戒和机械化，即自然身体在工业化和公司化中的脱离以及惩戒性的集体身体生产的外部故事。"④

瑟尔泽的评论虽然简要，却从文化研究的视角将克莱恩作品引入19世纪末美国社会男性气质研究的范畴中，对克莱恩研究产生了深远影响。此后，评论界开始注意将克莱恩的作品与19世纪90年代男性气质危机语境相结合来考察文本意义的生产与历史语境之间的关系。这一研究动态在2000年后进一步深化，更多评论明确地从男性气质的概念，借助如性别研究、族裔研究、伤残研究、身体研究、互文性研究等新的文化研究理论，采用比较研究、历史研究和跨学科研究等方法，结合克莱恩作品的阶级、种族和性别意义，深入探究克莱恩男性书写的历史动机和历史意义，涌现了不少具有代表性的研究成果。

首先，从男性气质的角度开掘出克莱恩男性书写动机中的阶级和审美的

---

① 参见 Bert Bender, *Evolution and the "Sex Problem"：American Narratives During the Eclipse of Darwinism*, Ohio：Kent University Press, 2004, pp. 65–67。
② 参见 Hmoud Alotaibi, "The Power of Society in *The Red Badge of Courage*", MA Thesis, Cleveland State University, 2009, p. 32。
③ 参见 Mark Seltzer, *Bodies and Machines*, London：Routledge, 1992, p. 96。
④ Ibid., p. 162.

历史要素。例如，厄维特森（Matthew Quinn Evertson）通过对比罗斯福时代与克莱恩的作品背景时代，审视了 19 世纪 90 年代有关男性气质的主流和非主流的历史对话，认为克莱恩以一种不拘一格的生活方式和思想观念向文雅的"罗斯福时代"的道德规范提出了挑战[1]。窦德利（John Dudley）则从自然主义美学观出发，认为克莱恩的作品旨在书写一种男性游戏，体现了"陌生化、焦虑感和获得男子气概的典仪"[2]。绍齐特（Eric Schocket）则认为克莱恩的新闻随笔以"易装癖"来体验贫民生活，赋予流浪汉和工人阶级新的意义，其部分动机是要寻求中产阶级"被延异的男性气质"[3]。很显然，这些评论均从不同角度表明克莱恩的男性书写实际上是 19 世纪 90 年代美国性别历史语境下的美学产物。

其次，从男性气质的历史话语中考察克莱恩作品中的种族形象塑造。有学者认为《怪兽》中黑人和白人的互动关系隐含了白人男性气质所面临的母性化威胁，讽刺了罗斯福倡导的奋发型白人男性气质观[4]。另有学者从美国国家男性形象的高度，认为《怪兽》是玛丽·雪莱《弗兰肯斯坦》（*Frankenstein*）的黑人版。作品将弗兰肯斯坦式的黑人形象与美国中产阶级白人男性对男性气质的幻觉和焦虑、男性之间的关系、美国国家的男性形象学交织在一起，成为一个反种族主义的寓言[5]。还有学者认为《怪兽》中的白人医生形象有别于 19 世纪 90 年代主流文化的男性气质形象，承载了克莱恩对当时流行的"优生学上"的男性气质的理想化理解[6]。这些解读的着力点实际上是白人男性气质问题，锁定的是 19 世纪 90 年代美国男性气质危机给美国主流种族意识形态所造成的影响。这一有关种族主题研究的转向反映出西方性

---

[1] 参见 Matthew Quinn Evertson, "Strenuous Lives: Stephen Crane, Theodore Roosevelt and the American 1890s", Diss. Arizona State University, 2003, p. Ⅳ。

[2] John Dudley, *A Man's Game: Masculinity and the Anti-Aesthetics of American Literary Naturalism*, Tuscaloosa: The University of Alabama Press, 2004, p. 55。

[3] Eric Schocket, "Undercover Explorations of the 'Other Half', or the Writer as Class Transverstite", *Representations*, Vol. 64, No. 1, 1998, p. 120。

[4] 参见 William M. Morgan, *Questionable Charity: Gender, Humanitarianism, and Complicity in U. S. Literary Realism*, New Hampshire: University Press of New England, 2004, p. 98。

[5] 参见 Elizabeth Young, *Black Frankenstein: The Making of an American Metaphor*, New York & London: New York University Press, 2008, p. 69。

[6] 参见 Carey Voeller, "Masculine Interludes: Monstrosity and Compassionate Manhood in American Literature, 1845–1899", Diss. University of Kansas, 2008, p. 129。

别研究对文学研究的影响所在，也是西方评论界在男性气质研究的趋势下对克莱恩作品重新做出的阐释。

最后，从19世纪90年代的性别历史语境重读经典作品《红色英勇勋章》，突出其中的性别意义、历史意义和社会意义。这些重读不囿于成见，打破以往评论对该作品的英雄主义、勇气和男子气概等主题的理解，提出了不少新见。大多数评论家认为这并非一部去政治化的作品，而是表现了主人公在男性气质和女性气质的对抗中对性属和自我身份的追寻①，"推翻了［克莱恩］那个时代赋予男性气质的理想观念"②。在此研究范畴中，隆恩（Lisa A. Long）、特拉维斯（Jennifer Travis）从伤痛政治书写所进行的探讨，以及佩蒂格鲁（John Pettegrew）的文化批评分析值得一提。隆恩结合身体研究、叙事理论和历史研究认为《红色英勇勋章》中有关身体伤痛和残缺的描写反映了当时社会的文化疾患，直指内战后白人男性气质的不可见伤痕，为美国历史和国民身份提供了转变基础③。特拉维斯则认为克莱恩采用以内战为背景的男性感情伤害话语，重新矫正并最终重塑了国民男性气质的修辞表达，将主人公个人的痛苦重构为国民的自我模式，实现了对"男性战士"和"男性作家"的去神话化④。佩蒂格鲁将也男性气质视为一种文化疾患，强调克莱恩的作品突出表现了主人公的男性气质退化转变，既呼应了19世纪末期美国主流文化在以达尔文生物演化论思想为宏大知识语境时以"动物野蛮的本能构塑规范化男性气质核心精神"的做法⑤，也同时对之予以讽刺和批判。

---

① 参见 Charles Johanningsmeier, "The 1894 Syndicated Newspaper Appearances of *The Red Badge of Courage*", *American Literary Realism*, Vol. 40, 2008, p. 246; Kristin N. Sanner, "Searching for Identity in *The Red Badge of Courage*: Henry Fleming's Battle with Gender", *Stephen Crane Studies*, Vol. 18, No. 1, Spring 2009, p. 3; John Anthony Casey, "Searching for a War of One's Own: Stephen Crane, *The Read Badge of Courage*, and the Glorious Burden of the Civil War Veteran", *American Literary Realism*, Vol. 44, 2011, p. 4.

② David Yost, "Skins Before Reputations: Subversions of Masculinity in Ambrose Bierce and Stephen Crane", *War, Literature & the Arts*, Vol. 19, No. 1, 2007, p. 256.

③ 参见 Lisa A. Long, *Rehabilitating Bodies: Health, History, and the American Civil War*, Philadelphia: University of Pennsylvania Press, 2004, p. 26。

④ 参见 Jennifer Travis, *Wounded Hearts: Masculinity, Law, and Literature in American Literature*, Chapel Hill: University of North Carolina Press, 2005, pp. 25 – 26。

⑤ John Pettegrew, *Brutes in Suits: Male Sensibility in America*, 1890 – 1920, Baltimore: The Johns Hopkins University Press, 2007, p. 17.

评论界对性别历史语境的关注赋予了原被认为纯属克莱恩想象之作的经典战争故事更多的文化隐喻意义，从这一语境对克莱恩进行重读，打开了克莱恩研究的新思路，进一步展示出克莱恩男性书写和战争书写的历史价值，从宏观的文化视角，结合微观的文本分析，揭示出作家创作与历史语境的必然关联。但是克莱恩的男性书写与19世纪90年代的男性气质危机之间的相互观照并没有得到系统挖掘。

国内文学界对于克莱恩的名字并不陌生，但是对于克莱恩的了解和研究都十分有限，大多局限在《红色英勇勋章》这部经典作品上。据笔者掌握的资料，国内有关克莱恩的评价主要始于20世纪70年代末期，这一态势与美国自然主义文学在中国的接受状况密切相关。张合珍在《美国自然主义文学在中国》一文中指出，自然主义数十年来在中国被打入冷宫，被当作"异端邪说"对待，甚至成为堕落流派的代名词，是由国内文坛长期以来理论上的偏颇与僵化给外国文学研究带来的混乱和损失造成的。[1] 由于受国内文坛意识形态的影响，美国自然主义文学经常是被忽略和回避的一块田地，在国内经历了复杂和曲折的接受过程。克莱恩作为自然主义文学的先驱，其文学地位无人能撼，因此20世纪70年代以来，在国内各类美国文学史或教材的编撰中，在讨论自然主义文学一节里，克莱恩的名字总能占上一席之地。董衡巽、朱虹在其1978年编写的《美国文学简史·上册》中非常简要地介绍了克莱恩的创作，认为在《街头女郎梅吉》中"克莱恩以极大的勇气揭穿了资产阶级文学关于'富裕、幸福'的美国社会的谎言……［其］弱点是不够深刻，受自然主义创作思想的限制，［只是］客观地描写劳动人民酗酒打骂、生活无着等精神空虚现象，而且满足于停留在这些现象上"[2]，并指出在《红色英勇勋章》中作者的兴趣不在故事情节，而主要表现一个普通士兵在战争中的具体感受，其新颖的写法对20世纪的资产阶级反战小说有一定的影响。[3] 杨为珍和张永昊编写的《外国文学家小传·第一分册》（1982），吴富恒主编的《外国著名文学家评传（三）》（1990）也包括了克莱恩介绍，但都只有1000字

---

[1] 张合珍：《简论斯蒂芬·克兰作品中的自然主义》，《杭州师院学报》（社会科学版）1982年第3期。

[2] 董衡巽、朱虹：《美国文学简史·上册》，人民文学出版社1978版，第203页。

[3] 参见董衡巽、朱虹《美国文学简史·上册》，人民文学出版社1978版，第203—204页。

左右。初次给予克莱恩小说创作较为详细评介的是王长荣的《现代美国小说史》(1992)。该书辟有专节"美国自然主义小说的先驱——斯蒂芬·克莱恩",比较全面清晰地介绍了克莱恩的生平,囊括了克莱恩的所有小说创作,突破了国内对克莱恩的有限认识,并称克莱恩是现代美国小说史上的一位"奇才"①。朱刚主撰的《新编美国文学史·第二卷》(2002)从克莱恩的生平介绍开始,将克莱恩的小说创作、短篇小说、诗歌写作和有关克莱恩的主要评论观点结合起来,凸显了克莱恩创作在美国文学史和美国文学批评史上的地位。

国内有关克莱恩的学术研究始于20世纪80年代。张合珍的《简论斯蒂芬·克兰作品中的自然主义》(1982)是国内首篇专门研究克莱恩的论文。此后,张合珍陆续发表了有关克莱恩研究的系列论文,涉及《街头女郎梅吉》《红色英勇勋章》《海上扁舟》《蓝色旅馆》《老兵》《怪物》以及克莱恩的诗歌等作品评论。但其研究仍然囿于传统的自然主义文学观,多从环境、遗传、宿命等关键词切入克莱恩的作品主题和风格,对克莱恩研究并未有突破性的贡献。另有一些研究也主要关注的是克莱恩的印象主义风格、自然观、人性观等,如克莱恩小说创作与印象主义之间的关系及其中的自然主义和现代主义倾向,《红色英勇勋章》中动物意象的运用及意义,《红色英勇勋章》中的战争和英雄主义主题,《海上扁舟》中的个人主义主题,等等。从国内现有的克莱恩研究成果看,成果形式以期刊论文为主,目前尚无克莱恩研究的博士学位论文和专著,整体研究的关注点比较有限,真正具有学术价值的论文为数不多,且其中不乏低层次的重复研究,并且所探讨的作品主要是《红色英勇勋章》。可喜的是,个别学者已经开始从文化研究等新的视角展开了对克莱恩作品的探讨。杨金才的《评〈红色英勇勋章〉中的战争意识》结合作品的历史意识和叙事特点阐释了作品的文化政治意义,认为作品"隐含了对美国文化中现代军事化的批评"②。张放放试图运用拉康的精神分析理论解读《红色英勇勋章》中主人公的各种心理冲突,指出克莱恩以反讽英雄典型的方式

---

① 参见王长荣《现代美国小说史》,上海外语教育出版社1992年版,第74页。
② 杨金才:《评〈红色英勇勋章〉中的战争意识》,《外国文学研究》1999年第4期。

达到了抨击战争社会的目的①。申丹的《克莱恩〈一个战争片段〉中的艺术阉割与反战内涵》从叙事学角度认为作品以女性化总体叙事策略、对敌人的置换、对主人公尊严的颠覆、对战争意义的解构，将主人公中尉塑造为一个"被艺术化手法加以阉割的女性化人物"②，从一个新的层面展现了克莱恩的创作特点。胡亚敏通过对照分析《红色英勇勋章》的故事模式与美国英雄神话故事模式，得出了作品"解构了美国英雄神话"的结论。舒奇志的克莱恩研究系列论文将研究笔触深入克莱恩作品的阶级和种族主题与19世纪90年代男性气质危机的互动上，视角比较新颖，对克莱恩的贫民窟小说、新闻随笔和地方故事进行了考察和探讨。方成的专著《美国自然主义文学传统的文化建构与价值传承》则在自然主义文学的宏观层面上辟有专章，从美学、意识形态批评和心理分析等方面对克莱恩主要作品进行了阐释，颇有力度地挖掘了克莱恩自然主义文学创作的深层动机。这些研究给国内克莱恩研究带来了新的转机。但是，从总体上看，国内克莱恩研究多为聚焦研究，缺乏总体观照，所以在国内有关克莱恩的研究具有巨大空间，若要与国际克莱恩研究接轨，尚需国内同人努力。

国内外克莱恩研究的已有成果充分展示了克莱恩作品的丰富性，尤其是与男性气质相关的研究成果表明克莱恩作品中的男性气质问题已经引起了评论界的重视。这些评论将克莱恩作品的人物特征表现与文化语境结合起来，打开了克莱恩作品文化批评研究的新窗口。但这些评论多散见于某些论著或论文中，且多集中于某部作品，各自从某个侧面切入克莱恩的作品，对于克莱恩作品中的男性气质问题，以及克莱恩对于19世纪90年代男性气质危机的思考，缺少系统探讨和论证。而且由于多将男性气质问题视为文本解读的历史背景，这些评论在不同程度上忽略了克莱恩作品本身所包含的男性气质话语在阶级、性属和种族主题上的动态生成关系，对于19世纪90年代男性气质话语和历史语境在克莱恩作品中的再现、生效和变化方式尚需整体把握和挖掘。而从阶级、种族等角度展开的对克莱恩作品的研究成果，又在一定

---

① 参见张放放《〈红色英勇勋章〉中英雄典型弗莱明的心理解读》，《外国文学研究》2005年第5期。

② 申丹：《叙事、文体与潜文本——重读英美经典短篇小说》，北京大学出版社2009年版，第239页。

程度上忽视了男性气质话语。其中一些评论由于没有真正认识到19世纪90年代美国社会转型期间男性传统主体文化地位的瓦解给美国社群以及克莱恩本人所带来的影响，不免对克莱恩作品产生误读。因此，本著作试图从19世纪90年代美国男性气质的历史语境入手，从男性气质的角度整体考察克莱恩作品中对于男性气质的多维想象，旨在揭示出克莱恩作品创作与历史话语和意识形态的交叉关系。

绪 论 二

男性气质定义与当代西方男性气质研究

从根本上讲，西方文明和文化的发展是父权和男性本位主义不断滚动的历史，西方哲学的发展都是奠基于男性主体对自身经验的理解。在这种哲学的主流传统中，女性的性别、情感和身体具有标记属性，男性气质"像空气一样——你一直在呼吸着它，却未意识到它的存在"[①]，非标记性和规范化的品质，等同于人类的合理性，男性成为人类思想的代言人。然而，随着女性意识的觉醒和女性角色的改变，这种以厌女症为导向的哲学体系导致了女性主义的产生，带来对性别的新认识，瓦解了西方传统主流哲学对女性性别的隐匿。女性主义思想和行动的一个直接结果就是揭示男性的权力地位和实践，寻求"性别公正"，促成了男性理性主体的去神秘化。女性主义将男性和男性气质置于批评的聚光灯下，兴起性别研究学科。这一学科研究的初始动机虽然是表现女性弱于男性，但随着女性角色发生改变，男性身份的新空间被开辟出来。同时，对不同性别偏好的不断容忍，以及将男性界定为争强好胜和身强力壮的定义的式微，也为男性寻求自身身份开辟了更多空间。

性别研究将男性气质突显出来，将男性及男性气质问题化，诱发了对现代男性气质"危机"的大众恐慌。男性气质的根源、结构及其动力再现引起了社会科学、人文科学、生物学和其他学科领域的浓厚兴趣。自20世纪后半叶以来，男性气质研究逐渐成为一门新兴的独立的研究体系，着重研究男性的行为、实践、价值观和判断力等，尤其关注建构和（再）生产

---

① 转引自 Tim Edwards, *Cultures of Masculinity*, London: Routledge, 2006, p.1。

男性气质的方式和途径。男性气质研究在与女性主义的冲突、对话和结盟中得到进一步发展。但是直到 21 世纪,人们才真正认识到男性气质存在的价值和意义,有关男性和男性气质的问题才真正成为晚期资本主义社会的"热门政治"①。

虽然男性气质研究已成为颇受学术界关注的研究动向,但有关男性气质的定义,学术界并没有达成一致,且公认很难给"男性气质"一个确切的界定。心理学理论认为男性和女性拥有各自内在的生理驱动力,他们对于性别的认识来自对俄狄浦斯的认同过程和对本能欲望的压抑。因此,心理学理论十分强调男性在儿童时期的性别社会化过程给男性心理带来的冲突和不确定感,并认为正是这些冲突和不确定感,使男性一直需要力证自身的男性身份。与此类似,性角色理论认为男性和女性通过社会化过程形成自身的性别范式,男性气质是男性和女性差异的社会表现,社会机构对于男性气质的构筑具有重要影响。心理学和性角色理论在过分强调社会化过程的作用时忽视了男性和女性差异中的权力关系,只是一种静态的描述性的性别身份理解方法。相比而言,女性主义对于男性气质的阐释比较独到。大多数女性主义者站在批判父权制的立场上,将男性气质与男性的团体行为、态度、个性特征——如侵略性和竞争性——联系起来,以此说明男性对女性的统治和压迫,并将男性气质本身作为对立于女性主义目标的社会问题。女性主义的理解显然存在某些问题和偏见,却是从对立面对男性气质作出的界定,对男性研究的发展起到关键的推动作用,如在女性主义有关暴力和文化色情化的研究的影响下,"性别危险论"在男性气质研究中一直占有重要地位,也是一种普遍观点。②

从本质上说,男性研究的目的也是解构对社会性别和生理性别的单一理解,是对性别化的权力关系发起的挑战。它注重理解男性气质的建构方式,着重研究男性和女性之间以及男性之间的权力关系保持问题。早在 1987 年布罗德(Harry Brod)就将这种男性研究界定为男性气质研究,指出其研究内容

---

① Fidelma Ashe, *The New Politics of Masculinity*: *Men*, *Power and Resistance*, New York: Routledge, 2007, p. 1.

② 参见 Chris Beasley, "Mind the Gap? Masculinity Studies and Contemporary Gender/Sexuality Thinking", *Australian Feminist Studies*, Vol. 28, No. 75, 2013, p. 118。

是独特的男性经验，而非作为人类经验的普遍范式。① 该研究明确的一点是男性气质如同女性气质一样是一种关系建构，需在与"他者"的关系中进行界定，脱离了性别关系的整体就无法理解男性气质的意义。默思（George L. Mosse）对男性气质的界定是一种身心合一说。他认为男性气质自一开始就被视为身体和灵魂的整体，是外在形象和内在品格融为一体而构成的核心整体，是每个部分各司其职的完美构塑。② 怀特赫德（Stephen Whitehead）则注重男性气质的文化语境。在他看来，男性气质是存在于具体的文化组织场所中的行为、语言和实践，通常与男性相关，在文化上界定为非女性。男性气质既具有积极意义，为男性身份的意义提供理解方法；也具有消极意义，因为男性气质不是"他者"，男性气质和男性行为不是基因模式或生物学倾向的简单结果。③ 越来越多的学者认同男性气质是在阶级、种族、族裔和性别等张力和互动中得以展演的多元化存在的观点。康奈尔（R. W. Connell）是其中的突出代表。从反对男性气质本质论出发，康奈尔强调男性气质的社会实践过程与关系以及性别秩序的历史动力学，将男性气质定义为性别关系系统内的行为结构，提倡动态地考察男性气质和女性气质，以便观察到性别身份的碎片性和变化性。他以男性气质与女性气质和特定社会中社会阶级之间的不同关系为基础，将西方男性气质的多样性表述为支配性、从属性、共谋性与边缘性四种不同类型，并指出任何历史时期都存在不同的和相互竞争的男性气质。④ 伽蒂纳（Judith Kegan Gardiner）则强调男性气质的怀旧性，认为男性气质是一种怀旧形态，总是处于迷失、丧失和将要丧失中。他说道："男性气质的理想模式总是存在于与每一代人共同前进的历史中，并试图以退回到过去来摆脱每一代人的掌控。"⑤ 麦金斯（John McInnes）认为男性气质是在承认男

---

① 参见 Harry Brod, *The Making of Masculinities: The New Men's Studies*, Boston: Allen and Unwin, 1987, pp. 39 – 40。

② 参见 George L. Mosse, *The Image of Man: The Creation of Modern Masculinity*, New York: Oxford University Press, 1998, p. 5。

③ 参见 Stephen M. Whitehead & Frank J. Barret, eds. *The Masculinities Reader*, Cambridge: Polity Press, 2001, p. 16。

④ 参见 R. W. Connell, *Masculinities*, 2nd edition, Cambridge: Polity Press, 2005, p. 73。

⑤ Judith Kegan Gardiner, *Masculinity Studies and Feminist Theory: New Directions*, New York: Columbia University Press, 2002, p. 10.

性和女性平等的世界里，最终为男性优越性辩护的意识形态，是一个模糊性别社会关系分析的概念。①

由此观之，男性气质确实是一个不确定的概念。学术界对其界定虽各有侧重，但都将定义深深扎根在社会机构和经济结构的历史之中，并与权力的妥协联结在一起。总的来看，男性气质不是单一的和静态的存在，而是多元过程的总和。它离不开不同个体、群体、机构和社会等多种关系，是将权力与想象中的男性身份和实际的男性身份纠结在一起的复杂过程，最终成为一种动态的、有关存在的社会建构和历史形塑的定位。作为一种关系建构，男性气质需要女性气质或者女性化的/［不同的］男性气质来将自身建构成合乎规范模式的或主流的男性气质。② 所以，男性气质体现出性别关系的位置、男性和女性通过实践确定这种位置的实践活动，以及这些实践活动在身体经验、个性和文化中产生的影响。③ 具体而言，男性和男性气质是由年龄差异、阶级状况、社会地位、族裔种族、性别特征、民族文化等话语范畴构塑的，男性的性别化特征只存在于社会结构和社会差异中。男性气质研究自然涵盖了以上话语范畴，呈现多层次分解的特点，是"一张破碎之镜的折射之物"④。

波伏娃（Simon de Beauvoir）在《第二性》（*The Second Sex*）中曾写道："男人从来不用将自身表现为某一性别的主体，不言而喻他是个男人。"⑤ 这种原来被认为是隐性的男性事实正是男性气质研究着力探讨和研究的内容。20 世纪 50 年代以来，男性气质研究吸收了结构功能主义、马克思主义、心理分析、结构主义、后结构主义和后现代主义等多种理论，并在这些理论的推动下，成为一门新兴的、独立的、有关男性经验和男性身份的跨学科研究。其发展历程在学术界普遍看来，如同女性主义一样，经历了三个阶段。

第一阶段始于 20 世纪 70 年代，侧重男性的性角色研究，重点探讨男性气质的社会建构本质，以及男性气质对社会化、性角色习得和社会控制的依

---

① 参见 John McInnes, *The End of Masculinity: The Confusion of Sexual Genesis and Sexual Difference in Modern Society*, Buckingham and Philadelphia: Open University Press, 1998, p. 59。

② 参见 Irit Rogoff, "Studying Visual Culture", *The Visual Culture Reader*, Ed. Nicholas Mizoeff, London & New York: Routledge, 2002, p. 32。

③ 参见 R. W. Connell, *Masculinities*, 2nd edition, Cambridge: Polity Press, 2005, p. 71。

④ Tim Edwards, *Cultures of Masculinity*, London: Routledge, 2006, p. 1。

⑤ Simon De Beauvoir, *The Second Sex*, 8th edition, New York: Alfred A. Knopf, Inc., 1965, p. XV。

赖，这种依赖的特点及其对男性心理和健康所造成的伤害，男性角色表现问题和男性在试图严格遵守男性意识形态的主要期待中所付出的代价等。在性角色理论影响下，研究者坚持以种族、性别和性属等范畴的中心性和不可还原性作为分析基础，虽然注意到了社会变化因素，但未能将这种变化视为历史、实践和结构之间的互动，而且性角色理论框架从根本上说是静态的，本身就具有很大的局限性，因此以这种性角色范式为指导进行男性气质研究同样表现出局限性。

从20世纪80年代早期开始，男性气质研究进入第二阶段的发展中。由于已经意识到性角色范式理论的局限性，这一阶段的男性气质研究注重的是男性权威作为男性表现主要方式的问题，其研究内容更加具有政治性和革命性。以卡瑞甘（Tim Carrigan）、康奈尔和李（John Lee）为代表的研究主体，关注的是男性权力及其复杂多样的意义和运作模式，坚定地视男性气质为孕育多层意义、具有竞争性和权威性的一个政治概念。在他们看来，男性气质具有多样性，不同男性气质的实践形式并非固定类型，而是处于相互竞争的动态关系中。[①] 他们将男性气质复数化，提出了"霸权男性气质"的概念。这一概念大大开阔了男性气质的研究思路，突出了对不同男性气质的理解以及男性气质霸权的形成和争夺的实际方式，即父权社会秩序的政治手段，将男性气质研究与阶级、种族、族裔、性属等范畴连接起来，使男性气质成为一种多元存在，为男性气质研究注入了活力。尤其是康奈尔将男性气质视为社会实践中动态的运作机制，将对男性气质的社会实践和社会分析建构为一个真正具有社会学意义的理论体系，在全球范围内对男性气质研究产生了深远影响。与此同时，福柯（Michel Foucault）的专著《性别史》（*The History of Sexuality*，1976—1984）对西方性别史进行了现代生物政治学的考察，挑战了心理分析和生物学有关性别的普遍性观点，认为规范化和变异性性别之间的区别是由文化决定的，且与历史相关。他的观点给性别研究带来革命性影响，铺垫了第三阶段男性气质研究的理论基础。

第三阶段的男性气质研究始于20世纪90年代，研究重心是男性身份在

---

① 参见 R. W. Connell, *Masculinities*, 2nd edition, Cambridge: Polity Press, 2005, p.76。

占支配地位的自我话语实践中的生效方式、男性身份与权力和权力抵抗的关系，从男性气质与权力、身份、话语、性表演的关系，以及与性气质的互为条件性等，探讨男性气质中所蕴含的阶级、族裔、种族、年龄、宗教、文化和国民性等社会属性。其理论学说越来越接近酷儿理论，强调黑人和拉丁裔男性研究，以及对话语主体的福柯式理解。

当前西方男性气质研究明显呈现后结构理论的影响痕迹，特别受到福柯、拉康（Jacque Lacan）和巴特勒（Judith Butler）等人的后结构主义理论影响，在讨论男性气质规范性、表演性和性别等问题上更是如此。后结构主义有关自我、主体性、身体和性别身份构成的理论打破了层级制，瓦解了主流意义，解构了二元对立的思考模式，其心理分析十分强调个体在主流话语和性别话语中复杂的心理投注。在后结构主义的概念支配下和对于文化要素的关注下，男性性别/性属关系和身份构成的社会和文化分析获得新的研究视野，强调其中阶级、性属、族裔和代际疆界的定位，认为"性别/性属实践既由种族主义、阶级霸权、男性统治、异性恋性别歧视、同性恋恐惧症和其他压迫形式的殖民化过程构塑，又构塑出这些殖民化过程。简言之，男性气质是不同权力形式、阶级分层、欲望和主体身份构成等要素相交的关键点"[①]。因此在这一阶段，男性气质研究更加关注男性之间的关系及其积极潜力，以及男性之间由种族、阶级、性属和其他差异带来的不同影响，甚至是年龄、国籍和机构场所中的权力关系等。男性气质被认为是男性"表演"而非"拥有"的属性，即男性是以不同的方式，依靠他们所能获得的一些资源来"表演"男性气质，并由此进入某个男性社群或被这个社群接受来获得一种归属感。[②] 在男性身份的建构和表演过程中，男性气质的重要性在于帮助主体在其所处的文化界域内确定具有流动性的自我，并通过话语在社会网络中为这种流动、易变和具偶然性的主体提供指导，将男性优势和权力合法化。

进入21世纪以来，不少研究者将男性气质的研究进一步细化，提出了"怪异男性气质"一说，这一概念明显受到了性别研究中怪异论的影响。"怪

[①] Christian Haywood & Mairtin Mac an Gahil, *Men and Masculinities: Theories, Research and Social Practice*, Buckingham: McGraw-Hill International, 2003, p. 5.

[②] 参见 Stephen M. Whitehead & Frank J. Barret, eds, *The Masculinities Reader*, Cambridge: Polity Press, 2001, p. 18, p. 21.

异男性气质"指的是男性在展演其性别身份时其方式有别于"正常"方式或其所处社会未能接受的方式。怪异男性气质是"边缘化的，受忽略的，受嘲弄的，或社会不予重视的"的一种声音①，但能表明关系建构中男性表征的政治和社会立场。这是男性气质研究的新动态。同时男性气质的研究也推动了性别研究的发展，全球著名的男性气质研究学者荷恩（Jeff Hearn）通过多年研究提出了"性类"（gex）②这一新的概念来表达性别研究的宏大性，认为"性类"是个类指概念，涉及与性（sex）、性别（sexuality）和性属（gender）的各种关联。这个概念刚好与当前一系列的研究相呼应，反映了后结构主义和后建构主义对男人/男性/男性气质和身体这些概念的理解既是物质的，也是话语的。③

在男性气质的建构上，身体的作用不可或缺。所以男性气质研究的第一个任务就是理解男性身体及其与男性气质之间的关系。虽然学术界对于女性身体的关注明显多于男性身体，但这并不表明女性比男性更具形体表现性。男性和女性以及形体表现性之间的关系并非在程度上，而是在特征上具有差异。这些差异更多地蕴藏在性别、形体表现和权力的关系中，而非直接的生理决定论中。因此，有关男性身体的研究更多地集中于男性之间的差异，男性气质的多元性，以及男性和女性之间的差异上，并从男性气质建构和再生产的不同场所中寻求差异的根源，从特定社会中男性气质的变体和层级性中探讨男性之间的差别所在。④

当前有关男性身体在构塑男性实际经验中的作用的讨论并不多，但很明显现象学的身体话语和权力话语下的身体研究，如同对女性身体研究一样，对男性身体研究也产生了重要影响，其中梅洛-庞蒂的"主动身体"观和福

---

① 参见 Giuseppe Balirano & Paul Baker, *Queering Masculinities in Language and Culture*, 1st edition, London: Palgrave Macmillan, 2018, p. 8。

② 关于"gex"这一概念国内尚无翻译，笔者根据这一概念的指涉意义试译为"性类"。

③ 参见 Helle Rydstrom & Jeff Hearn, "Men, Masculinities and the Conundrum of 'Gex': An Interview with Jeff Hearn by Helle Rydstrom", *NORA—Nordic Journal of Feminist and Gender Research*, Vol. 25, No. 2, 2017, p. 150。

④ 参见 David Morgan, "You Too Can Have a Body Like Mine: Reflections on the Male Body and Masculinities", *Men and Masculinities: Critical Concepts in Sociology*, Vol. III, ed. Stephen M. Whitehead, London & New York: Routledge, 2006, pp. 122 – 123。

柯的"被动身体"观以及女性主义身体观影响最大。梅洛-庞蒂秉承胡塞尔、萨特等人的现象学理论，从身体经验出发，始终关注知觉和被知觉的关系。身体在其论述里成为某种主客和心物交融的东西，是一个积极主体。梅洛-庞蒂用身体意向性取代了意识意向性，用身体主体取代了意识主体①，突出了身体的主体性和可见性。这种"主动身体"观给男性身体研究带来启示，使研究关注到种族、经济和性别变化中男性具身化经验的差异性。与梅洛-庞蒂不同的是，福柯的"身体"通过"文化身体"的概念得以表达。在福柯看来，医学凝视中被客体化的身体，弑君行为中囚犯的身体，各种惩罚形式中对身体的规训，都是从文化上对身体进行建构。在福柯的话语中，身体成为铭刻性的身体和权力交锋的场所。福柯考察的是身体和权力之间的关系，以及语言和社会实践随着时间推移对自然身体的形塑功能。这种身体观使男性身体研究关注到社会权力对于身体的影响。女性主义者波多（Susan Bordo）、巴特勒、戈洛茨（Elizabeth Grosz）和扬（Iris Marion Young）揭示了在西方社会女性的个性和自主权因其身体特征而无法得到承认的方式，并构建出女性身体的解放模式来实现对具有限制性的父权理想的超越。女性主义的身体研究启发了男性身体研究对于男性性别建构方式的理解，也促使男性关注女性凝视下的男性身体表现。② 尤其是在穆尔维（Laura Mulvey）女性主义"视觉愉悦"影视理论的影响下，一些研究者开始从男性身体的被凝视探讨男性气质的再现问题，包括偷窥式的女性凝视中男性身体的情色化和客体再现、作为男性凝视中的情色客体的男性身体、作为菲勒斯能指的男性身体、男性受虐狂、男性形象的再现与性别歧视和种族歧视的关系等，这些研究充分认识到男性身体和男性气质的景观意义。③

这种男性身体经验在福柯、拉康、德勒兹（Giles Deleuze）和伽塔里（Felix Guattari）后结构主义主体论有关欲望主体的讨论中得到贯连，实现了

---

① 杨大春：《感性的诗学：梅洛-庞蒂与法国哲学主流》，人民出版社2005年版，第189页。
② 有关女性主义与男性气质研究的关系另可参见 Judith Kegan Gardiner, *Masculinity Studies & Feminist Theory: New Directions*, Columbia University Press, 2002; Peter Francis Murphy, *Feminism and Masculinities*, Oxford: Oxford University Press, 2004。
③ 具体研究内容可参见 Mandy Merck, ed., *The Sexual Subject: A Screen Reader in Sexuality*, New York: Routledge, 1992, p. 261。

西方哲学从"我思"主体到"身体"主体的转折。后结构主义主体论强调对男性身体的凝视中潜藏着对男性主体意义接受和拒绝的生产过程，隐含了男性主体的建构过程和建构欲望。在福柯看来，所谓"性别经验"实质上是欲望历史或欲望主体的历史，性别本身就是话语建构，欲望只是权力自身对身体入侵的刺激物，它服务于权力。根据福柯的观点，理解性欲望就必须理解权力、性别和性，因为权力构塑了性别经验。换言之，"性"和"性别"都是社会历史建构的，依赖于具体历史语境中具体的权力构成。怀特赫德指出，福柯的这种知识/权力话语体系表明"男性"一词是"具有历史特征的权力/知识关系的产物；是一个政治化的概念，揭示出渗透在社会领域中知识的二元秩序"[1]。从福柯的理论看，男性的性别是被创造出来的，并非拥有深层真理而需通过自我审视方可发现的本质。[2] 拉康的后精神分析理论修正了弗洛伊德精神分析的无意识观和压抑论，从强调意义在语言系统中构成的后索绪尔语言模式，突出了作为语言产物亦即"象征秩序"的主体建构[3]。拉康主体的意指实践继承了弗洛伊德"俄狄浦斯情结"的决定作用，以菲勒斯能指意义再现出主体的缺失和欲望，以达到维护父权法则的目的。拉康认为男性主体拥有菲勒斯，所以他们在免于阉割中来定位自身的男性地位，并在对他者的阉割中认识自身的缺失[4]，从缺失中构建欲望。德勒兹和伽塔里则对弗洛伊德和拉康等以"俄狄浦斯"为基础的精神分析学进行了批判，并结合马克思主义的生产概念，以"生成观"为指导，进一步发展和更新了西方哲学传统中的欲望概念，给欲望一个全新的阐释——欲望是一种具有生产性、创造性的力量，欲望就是生产、创造、实验。他们进一步发展出欲望生产、欲望机器概念，建构了以"反俄狄浦斯"为宗旨的精神分裂分析学，实现了从欲望

---

[1] Stephen M. Whitehead, ed., *Men and Masculinities: Critical Concepts in Sociology*, Vol Ⅲ, London & New York: Routledge, 2006, p. 73.

[2] 参见 Timothy Beneke, "Deep Masculinity as Social Control: Foucault, Bly and Masculinity", ed., Michael S. Kimmel, *The Politics of Manhood: Profeminist Men Respond to the Mythepoetic Men's Movement (and Mythepoetic Leader Answer)*, Philadelphia: Temple University Press, 1995, p. 153。

[3] 参见 Tony Jefferson, "Theorizing Masculine Subjectivity", ed., Stephen M. Whitehead, *Men and Masculinities: Critical Concepts in Sociology*, Vol. III. London & New York: Routledge, 2006, pp. 13 – 14。

[4] 参见 Kristen Campbell, *Jacques Lacan and Feminist Epistemology*, New York: Routledge, 2004, p. 69。

缺失到欲望生产的欲望转向，将传统的静态的欲望概念发展为一个动态的具有流动性的概念。这样，德勒兹和伽塔里的主体变成了充满激情和欲望的主动者的身体，是打满各种强度印记的表面，是分裂的自我——精神分裂者，是"无器官身体"，是进行欲望生产的身体主体。

福柯、拉康、德勒兹和伽塔里的主体论和欲望观揭示了男性本体和欲望之间的关联，强调了主体—社会的共生体系，以及欲望在此体系中的中心地位——欲望是一种超越认知、缘由和理性的力量。[①] 在他们的论述中，欲望并不是一个表示力比多和性别的概念，而是一个有关（自我）生产的概念，是自我创造的根本要素，作为一种原始动力和一种独立于语言表达或阐释的无意识行为，在主体的身份建构中起着重要作用。对男性而言，欲望并非简单的由话语驱动的需求或缺失，而是男性立足社会，成为个体或男性/男人的生成要求。如怀特赫德所言，"男性主体在内在本质上并非就是男性/男人，只有在将自身置于男性/男性气质话语中才变成了（原文为斜体）男性"[②]。所以，"男性气质作为一种基本而幻觉的存在，是一种暂时性的关系建构，难以琢磨，又易于瓦解。主体只有在他者的凝视和接受中以及自我本身的叙述中才能理解自身的男性身份"[③]。福柯、拉康、德勒兹和伽塔里的主体论所探讨的关键点正是男性主体在追求男性气质的"理想"再现中，欲望对于男性主体的中心作用，体现出"男性""男性主体""男性本体"等概念成为主体在建构和保持男性性别身份的不断循环中相互依存和自我维护的要素。

男性气质虽然可以从某些行为、态度和实践的模式中得到确认，但它总是处于变化和主观利用中。巴特勒认为，男性气质具有瓦解和颠覆"规范理想"的潜能。[④] 男性气质的话语身份建构成为以瓦解和颠覆来实施抵抗的支点。除了知识二元体系的运作外，男性气质的相关意义一直与时间和空间密切相关。因此，任何一种男性气质都同时处于众多关系结构中，它们可能有

[①] 参见 Stephen M. Whitehead, ed., *Men and Masculinities: Critical Concepts in Sociology*, Vol Ⅲ, London & New York: Routledge, 2006, pp. 72 – 73。

[②] Ibid., p. 71.

[③] Ibid., p. 74.

[④] 转引自 Alan Peterson, *Unmasking the Masculine: "Men" and "Identity" in a Sceptical Age*, London: Sage, 1998, p. 130。

着不同的历史轨迹。康奈尔提出的包含权力关系、生产关系和欲力投注的三重性别结构模式，阐释出男性气质作为社会实践的社会组织形构类型，并指出，性属与种族和阶级等其他社会结构互相关联，它们之间的相互作用发展出各种男性气质之间的进一步关系，而且性属也与民族在世界秩序中的地位相互作用。[1]

有关阶级和性别的关系问题从20世纪后半叶开始成为男性气质研究中的一个讨论热点。[2] 阶级这一概念指的是许多社会等级制度或社会分层体系中的组成层级，是社会学研究中的一个优先范畴，强调社群生活中社会阶级的表现情况。大卫·摩根（David Morgan）认为阶级体现了社会学分析的核心要素，阶级分析注重的是作为社会结构产物的不平等现象，而非个体属性的在场或缺场。对阶级的客观和主观理解、作为阶级本身的定义和为阶级而阶级的定义、阶级的双极模式和更为复杂的等级制度、阶级与地位、以个体为基础的阶级和以家庭或家人为基础的阶级、阶级观的历史定位等阶级分析范畴都蕴含了阶级与男性气质的相关性。从性别的社会实践看，阶级影响着阶级实践和男性气质。阶级的男性气质形式最常见地体现在男性是阶级权力的掌握者，男性处于政治、经济、教育和文化组织的最高层。此外，男性气质的阶级划分体现为不同阶级的男性往往彰显出具有集体性的和具体化的男性气质，如中产阶级男性气质和工人阶级男性气质。[3] "霸权男性气质"的概念汇合了阶级和性属两个要素，体现出男性气质的阶级权利关系。在阶级剥削关系中，工业劳动强调男性气质的必要性，男性气质不仅一直是一种谋生手段，也是宣扬男性优越性的工具[4]，成为阶级关系中的性别政治载体。派克（Karen D. Pyke）也认为阶级是有效地将不同形式的男性气质归入主流和从属地位的权力形式：上层阶级男性占优势地位的男性气质与底层阶级男性的从属性男性气质，是在以阶级为基础的性别体系中互相建构起来的。以阶级为基础

---

[1] 参见 R. W. Connell, *Masculinities*, 2nd edition, Cambridge: Polity Press, 2005, p. 75, p. 80。

[2] 20世纪有关阶级和性别关系问题的讨论热点完全在女性及其在传统阶级分析的边缘地位问题，有关阶级分析中男性的地位问题并没有触及。摩根认为应该考虑男性气质和阶级关系的相关性，他的《阶级和男性气质》一文是对此相关性的探讨，弥补了这一讨论热点所忽略的问题。

[3] 参见 David Morgan, "Class and Masculinity", *Handbook of Studies on Men and Masculinities*, eds. Michael S. Kimmel & Jeff Hearn, Thousand Oaks: Sage Publications. 2005, pp. 165–177。

[4] 参见 R. W. Connell, *Masculinities*, 2nd edition, Cambridge: Polity Press, 2005, p. 55。

的男性气质给男性提供了不同的人与人之间的权力机制。在实践中，这种机制（再）构塑和认可了主流和从属的男性气质形式。[①] 由此可见，阶级是考察男性气质话语的一个重要方面，也成为研究男性气质的一个具体载体。

　　与阶级类似，学术界认为男性气质的意义在很大程度上依赖于对种族的理解，种族的意义也与社会性别和生理性别相关。身份政治研究的盛行更是将男性主体置于种族和男性气质的交叉位置。许多学者结合种族身份研究和性别身份研究的方法，具体探讨男性怎样同时对待自身种族和性属，种族和男性主体性的重叠是如何在历史和文化中具体建构的，种族差别的逾越和认同与男性表演的心理和道德内涵的关系是什么，文化局限性对于种族男性身份的界定情况和界定程度怎样，影响理解种族和男性气质主体的具体再现及实践是什么，等等。[②] 学者们一致认同种族男性特征是社会和心理局部互动的根源和产物，是大众再现形式和政治意识之间的协调结果，也是男性表演技术性的表征。从种族语境解读男性是一项具有辩证性和干预性的研究工作，是试图在具体的权力关系建构中理解男性的研究工作。

　　事实上，男性气质研究的领域十分广泛，在某种程度上与自然科学和科技的不断发展相关，但其研究成果多集中在文化、文学和媒介研究领域，更多呈现社会学的研究色彩，尤其在社会科学和性别政治领域内更是如此。这些成果对文学研究领域中关于男性气质的研究颇有启迪作用。康奈尔指出，男性气质是在特定时间和特定场所形成的，且总是顺应变迁，是一种历史属性[③]，所以男性气质本质上具有可塑性。学术界多将这种可塑性和可变性置于"男性气质危机"的讨论中来对之展开不同层次的论述，但康奈尔对于"男性气质危机"表达的逻辑性提出了质疑。他认为作为一个理论术语，"危机"预设了一个紧密结合的系统的存在，这个系统可以被危机的后果破坏或修补。但男性气质不是这种意义上的系统，而是处于一系列性别关系中的实践形构。逻辑上不能说一种形构出现危机，只能说它瓦解或变形，所以合乎逻辑的说

---

　　① 转引自 Bettina Van Hovan & Kathrin Hörschelmann, eds., *Spaces of Masculinities*, London & New York: Routledge, 2005, pp. 31–32。

　　② 有关该方面的具体研究内容可参见 Harry Stecopoulos & Michael Uebel (eds.), *Race and the Subject of Masculinities*, Durham: Duke University Press, 1997。

　　③ 参见 R. W. Connell, *Masculinities*, 2nd edition, Cambridge: Polity Press, 2005, p. 185。

法应是性别秩序作为一个整体出现了危机，或者说有一种危机倾向。① 康奈尔的质疑不无道理。爱德华兹也指出，准确地说，男性气质本身就是一种危机，至少包含了危机的倾向。② 一方面，它可以指男性地位在如工作、家庭、教育或者是再现领域等相关机构中被削弱的状况；另一方面，更准确的是，指男性在这些地位转换中的经历。

许多研究者通常以19世纪90年代美国男性气质的变化格局来佐证男性气质危机的再现。早在20世纪60年代历史学家就以"男性气质危机"之说来概括表达19世纪末和20世纪初美国社会出现的男性气质和男性身体方面的紧张感和忧虑感。"男性气质危机"这一提法后来被学术界广泛接受，且引起学术界对20世纪之交美国中产阶级男性一直重视甚至是迷恋的男性气质话题的关注。

卡洛尔（Bret E. Carroll）在其著作《美国男性气质：历史百科全书》（*American Masculinities: A Historical Encyclopedia*，2003）中回顾了有关19世纪末期美国男性气质危机的状况，指出有关男性气质危机的说法最初是由弗雷德里克森（George M. Fredrickson，1965）、麦克高文（James McGovern，1966）、海汉姆（John Higham，1970）和罗伯兹（Gerald Franklin Roberts，1970）提出的。弗雷德里克森揭示了内战后发展起来的有关艰苦生活的社会理想意义，却未明确社会性别的概念。麦克高文发现揭露黑幕派记者菲利普（David Graham Phillip）的人生经历和其作品中充满的刚健男子气之间存在内在关系，海汉姆则注意到19世纪末期美国文化对"强身派基督教"的广泛兴趣。罗伯兹也在一篇未发表的论文中提到一股"男子气概热"一直延续至进步时期。相比之下，女性主义学者道格拉斯（Ann Douglas）1977年则提出19世纪末期美国的男子气概被女性化过程所侵扰的观点。这些观点在20世纪70年代末和80年代早期被学界接受，反映出美国社会在内战后的变化给稳定的和一成不变的男性特征带来了挑战。但至20世纪80年代末和90年代，许多评论家开始质疑这些有关19世纪末期男性气质危机的说法，认为这些说法是建立在过时的、将男性和女性隔离开的社会性别理解中，缩小了男性经历的范围，

---

① R. W. Connell, *Masculinities*, 2nd edition, Cambridge: Polity Press, 2005, p. 84.
② Tim Edwards, *Cultures of Masculinity*, London: Routledge, 2006, p. 4.

忽略了19世纪末和20世纪初亲女性主义男性的存在。随着1993年洛特安杜（E. Anthony Rotundo）的《美国男子气概：从独立革命到现代时期的男性气质转型》（American Manhood: Transformations in Masculinity from the Revolution to the Modern Era）一书的出版，男性气质研究重新得到关注，有关19世纪90年代美国男性气质危机的观点又开始有了新的说法。

在这些说法中，金梅尔、康奈尔和贝德曼的观点具有代表性。金梅尔认为此时期的男性气质危机源于社会生活的现代化和有组织的女性运动的兴起。[①] 康奈尔则指出这一时期的男性气质是欧美贵族男性气质破裂的产物，逐渐被新的支配形式所取代，并衍生出一系列从属性和边缘性的男性气质。这是由女性对性别秩序的挑战，工业资本主义中性别分化的积累过程，以及帝国的权力关系所引起的。[②] 贝德曼虽然不同意以"危机"二字来标示19世纪末期中产阶级男性所关注的男子气概问题，但他同样认为19世纪90年代美国社会、经济和文化的变化聚合在一起，对中产阶级关于男性身份、男性身体和男性权力的保持和获取产生了深刻影响。[③] 评论界的观点虽然不尽一致，但历史学家和社会学家大多认为这一时期的美国男性经历了历史上第一次严重的"男性气质危机"，并由此表明男性气质研究在很大程度上就是男性气质危机研究，它更为注重的是男性气质作为一种话语形式，在社会进程和文化发展中的转换变形方式，及其与阶级、性属、种族等其他话语之间的交锋和互动方式，从中揭示出男性气质所蕴含的意识形态意义。究其本质，男性气质研究终归是性别研究下的产物，因此其研究方法仍然归属于性别研究的范畴。

性别研究观照下克莱恩创作中的男性气质再现

康奈尔在《论性属》（Gender, 2009）一书的前言中指出，性属是衡量个人生活、社会关系和文化环境的重要维度，是人们面对有关正义、身份甚至

[①] 参见 Michael S. Kimmel, Manhood in America: A Cultural History, New York: Oxford University Press, 2006, p. 52。

[②] 参见 R. W. Connell, Masculinities, 2nd edition, Cambridge: Polity Press, 2005, p. 191。

[③] 参见 Gail Bederman, Manliness and Civilization: A Cultural History of Gender and Race in the United States, 1880–1917, Chicago: University of Chicago Press, 1996, p. 11。

是生存等实际困难和问题的场所。①"性属"一词自20世纪70年代以来已经成为英语语言中的一个普通词汇,指的是"个体和群体行为活动范围内的社会关系"②。性属作为一种特殊的社会结构形式,其研究虽然发端于女性主义研究,但其发展与整个国际学术思潮的此起彼伏密不可分,与各种社会运动的潮涨潮落相辅相成,成为"一个发展中的领域,经常在与政治气候和知识政治的关联中不断处于重建和重新定位"③。随着西方少数族裔和非西方的女性主义学者的参与,性别研究逐渐地演变出同性恋研究、双性恋研究、跨性研究等分支。从广度上看,其研究对象不再局限于白人妇女,而是囊括了不同文化、不同地域、不同种族、不同国籍的女性和男性。从深度上看,性别研究从女性研究对女性和男性的考察衍生为从男性研究对整个西方父权的颠覆性思考和学术性批判,呈现交叉性和跨学科的研究特色,与文化研究、种族研究、酷儿理论研究、区域研究、后殖民研究等领域交相辉映。

性别研究的兴起使性属这一概念成为基于性别差异形成的社会组织的代名词。性属代表的不仅是生理上的差异,而且是一种让身体上的差异产生意义的知识体系、对身体形成种种监控的机制。在这种无所不在的监控机制中,性属与宏大叙事、权力关系、社会规范、空间伦理共谋,使男性和女性必须通过话语和日常生活中的行动来构建和维持自身的性别权利。所以,性别研究经常与其他如阶级、种族、族裔、国籍、年龄、身体、性取向等社会定位标志水乳交融来探究性别主体的欲望再现,以及主体与他者的交往特征等。

由于性别和身体的孪生关系,性别研究与身体研究如影相随般地结合起来,考察社会性别和生理性别的对立和互补。尤其在当代视觉文化转向的情境中,身体作为社会互动的载体和自我呈现的视窗,成为一种视觉语言。性和性别的社会建构在文化的视觉再现中得以完成,因此性别研究开始注重的行为方式——人类生存基本形态之一——与性别主体和身体主体之间的交流内涵,通过挖掘身体主体观看和被观看的意义,彰显出主体对性别在社会定

---

① R. W. Connell, *Gender*, 2nd edition, Cambridge: Polity Press, 2009, p. ix.
② Ibid., p. 10.
③ Philomena Essed, David Theo Goldberg & Audrey Kobayashi, *A Companion to Gender Studies*, Malden, MA: Wiley-Blackwell, 2009, pp. 8-9.

位层面上的差异存在的思考。这样，有着深远西方哲学渊源的"凝视"概念成为性别研究不可忽略的一个关键词。"凝视"并非字面上所呈现的被他人看到或注视别人的意思，而是指被他人的视野所影响。有关这一概念的探讨一直是法国现象学和心理分析的重要内容，从萨特，经列维纳斯和梅洛-庞蒂，到福柯和拉康都对"凝视"概念给予了理论观照。这些理论观照可以归结为四类：一是萨特和列维纳斯对凝视的存在主义解读；二是拉康对凝视的精神分析阐释；三是福柯对凝视的权力话语界定；四是梅洛-庞蒂对凝视的现象学解释。

萨特的凝视概念强调他者的凝视是一种看不见的现象，只在运动中展示出来。这种论述对主体间性的分析起到了决定性的贡献作用。在萨特凝视理论的影响下，列维纳斯同样从存在论出发，通过他者的概念扩展了对凝视的伦理学认识，将有关凝视的论述融会在他对于"他者之脸"的概念阐释中，将注意力导引到主体在他者出现面前的深刻的伦理转化。拉康将精神分析对于凝视概念的阐述首次与视觉文化连接起来，强调自我被置于他人视觉领域之中的方式以及自我看待自身立命安身的方式都是由他人看待自我的眼光折射而成。自我的再现源自自我对于他人与自我关联的认识，这种自我再现包孕了凝视的关系以及权力的运作。因此，拉康的凝视包含了欲望的视线活动和权力的视线活动，呼应了福柯对于视觉的权力话语的论述。福柯强调的是凝视的政治意义，认为凝视是一种视觉性工具，利用这个工具，可以使现代社会无法脱离客观的调查、监督和政治管理，以建构知识体系的霸权地位。[①]

究其本源，不管是拉康的欲望凝视还是福柯的权力凝视，其意义都是通过身体社会学得以展示，与梅洛-庞蒂关于知觉和行为的身体现象学密切相关。在梅洛-庞蒂看来，主体通过自己的身体加入了甚至是内生于一个自身永远也开发不完的世界之中。自我身体的觉醒唤醒了呈现于身体上的对世界的经验，身体成了灵魂看世界的视点。[②] 而视觉是一种在所见之物中达到自

---

① 参见廖炳惠编著《关键词200：文学与批评的通用词汇汇编》，江苏教育出版社2006年版，第115页。

② [法]安德烈·罗宾耐：《模糊暧昧的哲学——梅洛-庞蒂传》，宋刚译，北京大学出版社2006年版，第15－16页。

身、找回自己的行动①,因此,在梅洛-庞蒂的论述中,看和被看是同一过程,是被他称为视觉现象学的"第一个悖论"。在《眼与心》中,他这样写道:"我的身体同时既是能见的,又是所见的。身体注视着一切事物,它也能注视自己,并在它当时所见之中,认出他的能见能力的'另一边'。它在看时能自视,在触摸时能自触。"②这种悖论突出的是主体与视觉对象之间见与可见的互动关系,梅洛-庞蒂强调的是感觉参与意义的生产,具有自反性。③所以,通过凝视主体看见身外世界之时,也将自身呈现给世界,并且看见了自身,即我在他者那里看到了自己,也在看他者的行为中,将自己转化为自我审视的对象。前者是指他者性在视觉中向我的转换,后者是通过看来确认自身的存在及其与世界的关系。④我既是看的主体,也成为被看的客体。梅洛-庞蒂这种对于凝视的身体现象学阐释使凝视成为反观的视线活动,通过看与被看的重叠揭示了凝视的复杂性和文化意义,也将凝视置于欲望的运动之中。这种欲望运动"统领并动摇了具有意识意向性的主体"⑤,使其转型为具有身体意向性的主体。

然而"欲望"这一概念本身在西方哲学中也经历了流变。欲望自柏拉图以来就被视为一种主体的匮乏和被动的存在,这一解释被西方哲学界大多数思想家和哲学家所认可和追寻。在叔本华与尼采的哲学中,欲望是自己得不到的东西和总是希望占有的东西。黑格尔将之进一步发展为"欲望即欠缺,它只能被他人的欲望所满足"。在弗洛伊德的理论中,欲望和"无法与母体结合的匮缺感"即"俄狄浦斯情结"密切相关。拉康则将欲望这个概念与象征秩序、想象界等概念相结合,利用镜像理论将自己虚拟出的欲望投射至他者身上,他的"欲望即他者的欲望"的浓缩陈述更是将这一观念推向极致。这些欲望概念均以克己禁欲精神作为取向来成就社会秩序建构不可或缺的条件。

---

① [法]安德烈·罗宾耐:《模糊暧昧的哲学——梅洛-庞蒂传》,宋刚译,北京大学出版社2006年版,第90页。
② [法]莫里斯·梅洛-庞蒂:《眼与心》,刘韵涵译,中国社会科学出版社1992年版,第129页。
③ 同上书,第137页。
④ 参见周宪《视觉文化的转向》,北京大学出版社2008年版,第92—93页。
⑤ Rudolf Bernet, "Gaze, Drive and Body in Lacan and Merleau-Ponty", *Psychosis*: *Phenomenological and Pschoanalytical Approaches*, eds., Jozef Corveleyn & Paul Moyaert, Leuven (Belgium): Leuven University Press, 2003, p.95.

但是，在德勒兹的思想体系中，欲望这一概念围绕生成观得到了颠覆性的修正。

"生成"是贯穿德勒兹全部思想的一个核心概念，并与他和伽塔里合作提出的"欲望生产""欲望机器""无器官身体""逃逸线""精神分裂分析""解辖域化"等概念一起，构成了德勒兹差异哲学和流变思维的特质。德勒兹的生成论是对于西方传统哲学中有关认同和存在的主导性和不合理性论述的矫正。德勒兹拒斥以静态的差异结构作为认知世界的基点，关注结构的动态生成。在他看来，所有生命都处于生成状态，每个事件只是明显的完整体系内的一个连续的变化流中的独特和暂时的生产过程。[①] 因此，生成是发生于特定事物变化间的纯粹运动，是变化的动态形式，但这并不意味着生成是两种事物之间的一个阶段或中间物，而是一种变化动力。事物的生产，是内在于事物构成中差异的持续生产或永恒的生产性回归，所以在不断循环的生产过程中，每个事件都是一个起点，又是一个终点和中间点。

基于这种生成观，德勒兹认为欲望是积极的，具有生产性。所有文化、家庭、社会/个体以及资本主义经济机制本身都根植于欲望的物质性和创造性，因此欲望即欲望生产，同自然或生产活动并存，是一种没有束缚的、自由流动的能力。它不仅创造了现实世界——人的自然环境和社会条件，生产出个体同自然界和社会的真正的、深刻的联系，而且创造了个体自身，所以欲望生产也是社会生产，二者具有同一性。但是，欲望生产是一个矛盾的过程，它可能受到来自内部（无器官体）和外部（社会）的压制。欲望的生产和欲望的压制并存，欲望生产作为一个过程是不间断不固定的，是主体在无器官体[②]上自由地迁移、漫游，是非地域化、非准则化的"游牧民族"[③]。

这种无器官体上的欲望生产由一系列不同生成组成。德勒兹和伽塔里将

[①] 参见 Adrian Parr, ed., *The Deleuze Dictionary*, Edinburgh: Edinburgh University Press, 2005, p. 22。

[②] 所谓无器官体（Body Without Organs, BWO），指的就是物性化和去本质化的身体主体。它"不是一个没有器官的躯体，而是一个没有组织的躯体，一个摆脱了它的社会关连、它的受规戒、符号化的以及主体化的状态，从而与社会不关联的，解辖域化了的躯体，因此它能够以新的方式进行重构"（参见程党根《主体之命运：从"我思"主体到"身体"主体》，《南京社会科学》2008年第12期），并且成为生成的场所，欲望生产、流通和强化的场域，欲望的所在地。

[③] 冯俊：《当代法国伦理思想》，同济大学出版社2007年版，第248页。

之描述为生成动物、生成女性、生成不可见性、生成少数性、生成他者等，究其本质，包括了差异与重复的生产和身体美学，是从差异的重复中走向身体自我。为了说明其中的重复生产，德勒兹转向了弗洛伊德的精神分析理论，将弗洛伊的"死亡本能"概念视为一种具有肯定性作用的根源性原则参与欲望生产①，将死亡本能理解为戴着面具的重复和重复的肯定性，认为重复的根源就在神秘的死亡本能中。死亡本能因此变成了生命的能动力量，构成了德勒兹在生命丧失过程中认识生命存在差异性的一个基本出发点。

与此同时，欲望生产中的身体主体或欲望主体也变成了一个精神分裂症者，受控于欲望，成为欲望的"肉身化"。在德勒兹和伽塔里的论述中，精神分裂症者并不是作为医院临床实体的精神分裂症患者。"医院的精神分裂症患者是由于欲图未能成功而导致精神崩溃的人"②，精神分裂症者则"是一个奇怪的主体，没有确定的身份，漫步于无器官身体之上，却又停留在欲望机器的边缘"③。所以精神分裂症者不是一个静态的实体，没有自己固定不变的本质，其身体呈现"无器官"、无政府的状态，展现出不受意识、理性支配的欲望自由涌现的动态过程，以及欲望生产的最原始状态，是一种普遍的原始生产。④

德勒兹和伽塔里有关精神分裂症者的论述，将他们的欲望生产概念与他们在对弗洛伊德"俄狄浦斯情结"的批判和对拉康的精神分析的背叛中发展和构建出来的精神分裂分析联结起来。在其合著的《反俄狄浦斯》中，德勒兹和伽塔里明确表示，精神分裂分析是由去辖域化和去符码化的运动产生的，其主要目的和任务就是将欲望从心理分析所制定的家庭的和俄狄浦斯的欲望再现中解救出来。弗洛伊德的精神分析理论强调无意识的欲望本能，特别是

---

① 在弗洛伊德看来，人有两种本能——爱欲本能和死亡本能。在自我建构中爱的本能起到自我保存的作用，死亡本能则是将有机生命带回无机状态的本能。弗洛伊德坚持采用同一性哲学的方法强调爱欲本能作为主导原则引导本我上升到自我的过程，死亡本能是为了说明爱欲本能而预设的对立面。然而德勒兹改造了弗洛伊德的死亡本能观。

② Gilles Deleuze, *Negotiations*: 1972 – 1990, *Trans. Martin* Joughin, New York: Columbia Univeristy Press, 1995, p. 11.

③ Gilles Deleuze & Felix Guattari, *Anti – Oedipus*: *Capitalism and Schizophrenia*, *Trans. Mark Robert Hurley*, Minneapolis: University of Minnesota Press, 1983, p. 5.

④ 参见程党根《主体之命运：从"我思"主体到"身体"主体》，《南京社会科学》2008年第12期。

性欲本能，是心理过程与心理实在的基本冲动。但是，德勒兹和伽塔里认为无意识的欲望机器，特别是性欲机器，才是心理过程和心理实在的基本冲动，是改变个人命运，决定生理、社会、技术、工业等发展的永恒动力。① 所以，精神分裂分析既分析欲望机器，又分析其所对应的社会困境，它不仅是对心理分析的批判，也是一种社会历史批判，是对资本主义的反思②，深入了欲望产生的根本之处。

德勒兹的欲望生产概念在超越西方哲学对于欲望的静态理解之时，给性别研究带来一个全新的视域，尤其是其中对于性属生成的理解和界定，使性别研究能够以一种动态生产观关注到在性别关系的转型中性别自身的变化动力，突破了性别研究对于性别关系变化的一些传统认识。

性别的本质是一种关系建构，所以性别研究考察的就是身体自我和他者之间的交流互动，因而他者/他性不可避免地成为性别研究的一个重要方面，特别是涉及不同性别属性的讨论时，这一概念出现得尤为频繁。事实上在现代世界的现实政治中，他者的问题就是自我或主体的身份问题，对他者的诠释直接揭开了对自我的理解，可以说他者是自我或现代性本身合法的论证。

他者/他性的概念可以追溯到黑格尔的著作，可以在认识论研究、文化身份研究以及精神分析中见到，在萨特、拉康、德里达和赛义德（Edward Said）的著作中找到论述，因此他者的概念具有含混性。仅从西方现象学的发展脉络看，有关他者的阐释也各有不同言说。胡塞尔、海德格尔的他者仍处于同一性中，他者与自我是一种对称关系，萨特看到的是他者与自我的斗争，梅洛-庞蒂把他者肉身化，从意识哲学中脱身出来，而列维纳斯则从伦理学的角度奠定了真正的他者哲学，使他者成为绝对他者，实现了对现象学认识论和现象学存在论的超越。

在列维纳斯的著作中，其哲学思想的重要主题就是他人问题、他人地位、他人命运等命题。从将他者定义为上帝或无限的象征开始，列维纳斯将笛卡儿的无限上帝转变为他自己的他者。在他眼里，无限者就是他者；它的他性

---

① 参见于奇智《欲望机器》，《外国文学》2004年第6期。
② 参见黄文前《德勒兹和加塔利精神分裂分析的基本概念及其特点》，《国外理论动态》2007年第10期。

就是超越性或外在性,因为它是处在主体的力量之外和之上的,是为主体的力量所不及的。①"他者之所以为他者并非因其特征、面貌、心理,而正是因为他性才成为他者。"② 他者是我之所不是,所以主体只有通过欲望与语言来接近他者、朝向他者、超越他者,才能完成从生存到生存者的过程。在这一过程中,主体开始为他者而存在,为他者负责,将自身诞生为一个伦理主体,将生存者与生存者之间的关系建构为一种伦理关系,而非主客体之间的认识关系。这样,列维纳斯就将自我和他者的关系纳入了伦理学的探讨中。他所指的伦理关系就是接近他者,与他者相遇的关系,并且在这种关系中,自我和他者形成一种不对等的对应关系,"他者优先于我,自我屈从于他者"③。

列维纳斯的他者哲学进一步通过"脸"这一核心概念得到淋漓尽致的展现。在他看来,"脸"是我们在日常生活中最经常遭遇到的"他者"形式,其作用在于揭示"差异"背后的"同一"。但脸并不是对象或现象,而是某个无限超越的、不可同化的"他者"的表达。它仿佛是来自另一个世界的召唤、震慑、命令,使我们得以瞬间脱出于日常的、惯性的、"经济"的世界秩序之外。自我与他者的关系就体现在以面对面的方式发生的双向交流过程中,他者是通过脸将原初的不可还原的关系呈现给自我,所以他者的一切凝聚都体现在"脸"上。在列维纳斯的论述中,"脸"这个词既指又不指真正的人类面孔。脸作为他人身体最富有表情的一部分,是最容易看见的,但脸不只是被看见。看见脸意味着使之成为感知意识的意向对象,然而脸虽然被描述成好像为某种视觉所把握,但它也是某种无法为视觉所把握的东西,包含了因自我与他者遭遇的矛盾本性所带来的问题。因此,脸具有抽象性,成为他异性的表征,代表了一种要求和需要,代表了义务和道德价值。"他者的脸"以无限者的形式诉说出他者他异性的不可取消性。对他者的脸的回应显示出自我的责任感,所以,脸的概念决定了列维纳斯的他者论本质上反映的是他

---

① 参见〔英〕柯林·戴维斯《列维纳斯》,李瑞华译,江苏人民出版社2006年版,第43页。
② Emmanual Levinas, *The Levinas Reader*, ed., Séan Hand, Malden: Wiley-Blackwell, 1989, p.48.
③ 莫伟民:《列维纳斯主体观研究》,《列维纳斯的世纪或他者的命运:"杭州列维纳斯国际学术研讨会"论文集》,杨大春、Nichohas Bunnin、Simon Crithley主编,中国人民大学出版社2008年版,第138页。

者优先的伦理主体观，即自我的主体性是通过与他者的关系来界说的，具有他性的他者构成了伦理主体性的前提。这种伦理主体性，在列维纳斯看来，强调自我与他者的伦理关系是由社会结构构成的①，是主体在与他者面对面的相遇中身份的历时性社会生产②，所以自我与他者的关系是一种伦理性的相遇或真正的相遇。由此可见，通过"脸"这一介体，列维纳斯对于他者的思索始终与"世界"紧密关联在一起，为性别研究对于自我和他者关系的考察提供了一个伦理学的视角。

"凝视""欲望生产""他者的脸"等概念使性别研究深入了主体与世界的存在互动关系中，也是本著作考察克莱恩作品中男性气质书写的关键词。

克莱恩创作的历史语境决定了其作品与男性气质主题的密切关联。这种男性气质主题不仅照应了当今性别研究的理论关注点，而且承载了19世纪90年代的阶级、性属、种族和民族话语的历史意义。19世纪末期，男性气质危机的表征表明整个美国社会的性别化与以性别为中心的管理控制机制设置并行。这一背景使克莱恩的作品打上了强烈的性别印记，并且将作品形式当作了内在的意识形态加以表征。他的各类作品，小说，短篇故事、新闻随笔，甚至是诗歌创作，都散发出浓厚的男性主义色彩。从内容上看，不管是他的贫民窟作品《巴华利故事》，有关内战的小说和系列短篇故事，有关美西战争的新闻报道，还是有关西部冒险的故事和以其家乡为原型的地方故事，以及倾诉克莱恩心声的诗歌写作等，都表明"克莱恩加入了19世纪90年代美国大众［男性气质］奋进运动涉及的三个主要方面：战争、西部和贫民窟"③。在这种参与中，克莱恩通过作品对男性气质的多维想象，再现出19世纪90年代男性气质危机的表征，以及男性气质主流意识形态对于美国国民身份建构的深远影响。从作品的表现方式看，克莱恩有意打破了传统的窠臼，与19

---

① 参见 Tim Woods, "The Ethical Subject: The Philosophy of Emmanuel Levinas", *Ethics and the Subject*, ed., Karl Simms, Amsterdam: Rodopi, 1997, p. 53。

② 参见 Jeffrey Thomas Nealson, *Alterity Politics: Ethics and Performative Subjectivity*, Durham: Duke Univeristy Press, 1998, p. 40。

③ Keith Gandal, *The Virtues of the Vicious: Jacob Riis, Stephen Crane, and the Spectacle of the Slum*, New York: Oxford Univesity Press, 1997, p. 13。

绪论二

世纪末期的文化表现形式相得益彰，并"通过独特的形式表现出一个国度的困惑"[1]，描摹出美国文学从现实主义经历自然主义至现代主义的发展踪迹。其作品中的男性气质再现从内容、思想和形式等层面上绽放出主体在性别话语中与自我、他者、社会、世界等方面的碰撞思考，言说出美国人在一个看似充满繁荣景象的时代里，对危机重重、变化莫测、纷扰动乱的社会转型的忧虑感，表达了克莱恩对于19世纪90年代主流意识形态男性气质观的反省。

这种忧虑和反省首先包孕在克莱恩的贫民窟作品中。这类作品的共同主题是探讨男性气质在阶级关系中的互动问题。19世纪90年代美国中产阶级在与工人阶级的权力冲突中，意识到其男子气概从内部开始发生了变化。随着维多利亚时期的男子气逐渐消逝，许多中产阶级男性开始发现昔日他们不屑一顾的工人阶级粗野的男性气质有着巨大的吸引力。有些人甚至开始挪用工人阶级崇尚的活动，并将工人阶级的男子气概作为中产阶级男性气质重构的素材，试图从不同阶级的参照中寻求男性气质的重构品质。他们开始深入贫民窟观看底层阶级的文化风情。克莱恩加入这种考察队伍，在其作品中记录下了贫民窟的陌生化世界，表达了对于中产阶级试图通过他者视角重构男性气质的思考。而且在表现手法上，克莱恩明显地追随了19世纪视觉文化的发展态势，将视觉图像的生产方法植入文学作品的字里行间，利用照相术式的表现手段在日益增强的图像支配性中，展现出可见性描写的深入化和复杂化，强化了主体在对社会生活各个领域的洞察斡旋中所感受到的日渐加重的身份不安感，突出了对身体的逐步认知。[2] 因此，克莱恩的作品充斥了不同阶级间的"凝视""偷窥""回眸注视"等视线活动，并通过这种视线活动，将底层阶级塑造为宿命论式无可奈何却又具威胁性的人物，同时也通过视线的文化和阶级内涵，衬托出作品的男性气质主题——男性气质建构中中产阶级和底层阶级的交往特征。

克莱恩作品的男性气质主题还蕴含在其围绕中产阶级男性气质建构的历史话语所撰写的一系列战争小说和短篇故事中。这些作品既积极回应了其所

---

[1] June Howard, *Form and History in American Literary Naturalism*, Chapel Hill: University of North Carolina Press, 1985, p.73.

[2] 参见 Karen Jacobs, *The Eye's Mind: Literary Modernism and Visual Culture*, New York: Cornell University Press, 2001, p.2。

处时代主流意识形态的男性气质观,也传递了他对19世纪90年代试图从南北内战的英雄主义中重构爱国主义和国民身份的思考。在这些作品中,克莱恩抓住了19世纪90年代美国白人男性力图以内战后的南北和解统一过程来重唤维多利亚理想,复苏维多利亚性别秩序意义,修复被过度文明所耗竭的男性力量,再塑充满活力的男性形象的心理欲望,传达出他们在内战带来的心理伤痕逐渐愈合后,又在工业化和城市化带来的过度文明里陷入身体和精神异化的困境。这些战争作品反映了美国国民通过世纪转型期的现实来记忆和过滤其战争经历,并以此重构其男性气质的心理历程,再现出男性气质复活的复杂性,也交织着19世纪90年代的性别建构话语,彰显出男性气质的不同欲望生产方式,隐含了克莱恩对于走出男性气质危机的探索途径,在对时代语境中的英雄主义观和男性气质观作出回应和反省之时,表征出作品的男性气质主题。

克莱恩还将作品的男性气质主题再现置于19世纪90年代美国社会的种族话语中,以种族他者的男性气质表演对白人男性气质构成的威胁为再现基点,对白人男性气质的种族话语和种族伦理关系的建构形式进行探讨。在其《维罗姆维尔故事集》和一些西部故事中,克莱恩塑造了不少种族他者的形象,通过白人主体与种族他者/他性的相遇,在"他者的脸"中潜藏了不同男性气质间的竞争,凸显了白人主体对于种族他者的伦理困惑,隐含了白人与其他种族伦理关系建构的矛盾心态,衬托出中产阶级白人男性的性别身份危机感。在这些作品中,中产阶级白人男性总是试图从达尔文的生物学和当时有关人类发展的心理学理论中,找到科学依据来巩固其白人男性气质的优越性,构塑出种族他者的刻板形象,以求抵制种族威胁,保持自身的种族权威地位。但是,种族他者的男性气质,以其可见性和不可见性,形成了不同男性气质的竞争标准,解构了白人男性气质标准的唯一性。这种严峻的种族话语既暴露出白人自身的性属和种族身份危机,也揭示出白人男性气质建构中种族他者的他性作用。克莱恩因此将作品的性别主题推向了对种族伦理关系的思考,印刻出美国男性气质建构中的种族痕迹。

总的来看,克莱恩在其创作中,通过对19世纪90年代美国社会转型期的阶级、性属、种族等话语维度的经纬交织,谱写出男性气质的主题,想象和构塑出男性气质话语与 19 世纪 90 年代美国社会的政治经济语境、意识形态、文化符号生产和国民身份建构之间的互动关系及其共时性关系网络。本著作选取其作品中与阶级、性属、种族、国民精神等话语关联突出的几部代表作，贫民窟小说《街头女郎梅吉》、新闻随笔《贫穷实验》、战争小说《红色英勇勋章》、地方小说《怪兽》，拟从中窥探克莱恩对于男性气质的再现及对于男性气质危机问题的思考。

克莱恩的这几部作品均完成于 19 世纪 90 年代美国男性气质危机的大语境中。在作品创作的形式和内容上，克莱恩既秉承了美国现实主义文学的创作本质，又背离了 19 世纪中期文雅现实主义的写作传统，以一种从形式到内容的先锋写作，印记下 19 世纪 90 年代男性气质话语的时代痕迹。《街头女郎梅吉》和《贫穷实验》分别创作于 1893 年和 1894 年，成为克莱恩男性写作的肇端之作。两部作品均以克莱恩体验贫民窟的亲身经历为蓝本，记录了克莱恩对于当时社会贫穷问题的关注，成为美国文学史上表现贫穷问题的经典之作。《街头女郎梅吉》虽然以女性人物梅吉为主人公，但主人公的故事发展与 19 世纪 90 年代美国社会男性气质危机的语境紧密缠绕。通过女主人公对中产阶级男性气质的凝视活动，作品展示出传统女性气质在男性权利话语式微的运作方式下的嬗变历程，女性气质和男性气质的对应建构关系在阶级话语中的抵牾碰撞，以及最终导致底层阶级代表梅吉在中产阶级男性气质危机中失去自身主体性地位的悲剧结局。《贫穷实验》则以中产阶级代表男青年的阶级易装体验，表征出不同阶级男性气质的差异性和造成这种差异性的阶级根源。男青年的易装，帮助他在贫民旅馆与贫民阶层的同眠共寝中，通过近距离凝视和偷窥贫民阶级男性身体，感受贫民身体能指符号在中产阶级审美观中的意义生产和变化过程，加深了男青年有关阶级话语对男性气质支配力的理解。这两部作品均通过"凝视"的视线活动传递出中产阶级对阶级流动性的担忧，渗透了阶级与男性气质之间的互动效应。1895 年出版的《红色英勇勋章》被作为经典战争小说载入世界文学宝库。作品对于战争的描述具有普遍性意义，但是作品副标题"美国内战的一个片段"（"An Episode in the American Civil War"）的命名彰显出作品对于美国内战的记忆再现。内战新兵弗莱明成为英勇士兵的故事藏匿了 19 世纪 90 年代男性气质危机与内战记忆话语和国家统一话语的相关性。主人公以古希腊英雄为典范自我塑形男人的历程再现出男性气质欲望生产的不同层面。作品在男性气质"欲望生产"的书写中，承载了中产阶级白人男性对自身男性气质衰变的彷徨和矛盾心理，以及在此衰变中对男性气质活力的追索期盼，从性别和男性气质的关系中表达了克莱恩对于19世纪90年代美国国民男性气质文化符号生产的主张和意见。1898年发表的《怪兽》则以十分鲜明的种族对比，以白人医生与黑人马夫之间的故事，蕴含了世纪之交国民身份现代化转型时期美国白人男性气质与黑人男性气质之间的交锋和较量。黑人马夫的毁容事件，深度展示了美国中产阶级白人在种族威胁的论调中面临的彷徨和困惑，以及白人社群内部对于种族伦理关系建构的不同态度，折射出种族与男性气质的相交性。克莱恩在描绘白人与"他者的脸"的相遇中，显示了对种族威胁的伦理思考，暗含了种族他者的男性气质在白人男性气质建构中的他性功能，以及对美国在帝国主义海外扩张中国内国际种族关系未来发展状况的预测。从创作时间看，这几部作品刚好代表了克莱恩短暂写作生涯中的不同阶段，覆盖了19世纪90年代男性气质危机的讨论话题，隐现了克莱恩有关整个19世纪90年代男性气质问题的思考路线。因此，本著作力图从对这几部作品的解读中探察和回答以下问题：克莱恩怎样利用贫穷问题表现出男性气质危机中中产阶级与底层阶级的交往特征，男性气质与女性气质的相互影响，以及不同阶级交流中男性气质的内涵意义与阶级话语的互动关系？在克莱恩笔下，19世纪90年代美国社会男性气质意识形态话语的运作方式与男性气质文化符号生产之间有何关联？美国白人男性气质政治实践与种族他者男性气质的他性表演及其他性之间存在何种张力和交锋？这种张力和交锋对于白人男性气质的建构存在何种影响？克莱恩有着怎样的男性气质观？其本人对于主流男性气质意识形态有着何种思考？本研究试图通过对这些问题的探究，从阶级、性属、种族几个方面，分析和讨论克莱恩作品对于男性气质的想象，克莱恩参与男性气质重构的具体文学表现，挖掘出克莱恩的人生经历、时代语境和艺术创作之间的关系，揭示出克莱恩作品中再现的男性气质对于美国国民身份建构的深层影响和意义所在。著作主体部分共包括三章。

第一章以小说《街头女郎梅吉》和新闻随笔《贫穷实验》为主，从男性气质的阶级想象中，分析阶级分层和男性气质之间的关系。这两部作品均再现了19世纪末美国的主要社会问题——贫穷问题。作品在以观看为主要视角将贫民窟景观化时，融进了中产阶级和底层阶级的双向互动，并从不同阶级间的凝视中，一方面再现出贫民阶级女性对中产阶级男性气质的误读，这种误读给传统女性气质所带来的毁灭性后果，男性气质危机的消解特征等；另一方面，再现了中产阶级男性对于贫民身体的社会化和阶级化过程，探究到阶级差异产生和男性气质危机之间的关联。借用梅洛-庞蒂的知觉现象学和身体观为分析视角，本章将探讨视觉主体在跨越阶级的凝视活动中被客体化的过程，挖掘出在这种跨越阶级的视觉活动中所蕴含的性属内涵对于社群建构的意义所在，揭示出男性气质危机中中产阶级与底层阶级的主体间性和身份认同问题，以及男性气质危机中美国社群的阶级交往和建构特征。

第二章将《红色英勇勋章》的创作置于19世纪90年代内战集体记忆的再现和国家统一的语境中，结合性属生产和男性气质的关系，考察作品对于19世纪90年代男性气质意识形态重构话语的动态回应。从德勒兹的生成论和欲望生产理论出发，本章将分析《红色英勇勋章》中的男性气质文化符号生产的主题，认为克莱恩在这部作品中再现了真实战争和想象战争之间的关联，在将主人公作为男性气质文化符号生产的载体时，透过内战记忆书写出男性气质的欲望生产方式。作品既从重复和差异两方面展现了男性气质的创造性生产，也从死亡本能溯源了男性气质的产生根源，并以精神分裂的方式再现出男性气质的超越生成。整体上，这部作品吻合了当时美国社会对于内战的集体记忆，更重要的是，隐含了19世纪90年代美国现实社会中男性气质文化符号的欲望生产过程，折射出19世纪末期南北方统一话语语境下美国国民身份建构过程中的意识形态的运作方式，潜藏了克莱恩对于这些方式的思考。

第三章以《怪兽》为分析文本，以列维纳斯的他者论和面孔论为指导，解读作品中白人男性气质和黑人男性气质之间的张力和交锋，探讨在可见性政治中男性气质与种族的关系。19世纪末期，黑人男性气质的他性表演突出了黑人的性属可见性和种族可见性，瓦解了白人性和白人男性气质的非标记性，白人种族的优越性受到威胁。作品展现了奉行父权制种族主义和融合论种族主义的白人男性主体的男性气质政治实践，及其在企图保持白人种族优越性时所陷入的重新思考种族关系和性属关系的窘境。作品在拒斥和接纳黑人男性气质的分歧意见中，蕴含了美国白人男性气质建构中黑人男性气质的种族颠覆踪迹，以及克莱恩对美国国民身份建构中白人男性气质话语和黑人男性气质他性功能的反思。

　　白人男性气质话语贯穿了美国社会的历史进程和主流意识形态，在塑造美国国民身份方面意义重大。本著作以男性气质为研究中心，通过男性气质与阶级、性属、种族、民族话语的互动关系，考量克莱恩作品再现的男性气质对于19世纪90年代美国国民身份建构的影响表征、19世纪90年代美国社会转型时期国民身份建构的复杂性及矛盾性，以求探究到在19世纪90年代的美国社会中，男性气质作为介入性文化力量，渗透至社会历史进程和社会结构重组过程中的作用，以及克莱恩对于中产阶级白人男性气质意识形态建构的心态写照。

第一章　男性气质的误读与逾越

美国自建国以来，就将其国家发展和繁荣昌盛与经济富裕的命题紧密结合在一起。克雷夫科尔（St. John de Crevecoeur）、富兰克林（Benjamin Franklin）、杰弗逊（Thomas Jefferson）都曾在其著作中阐释了美国国民身份建构与经济繁荣之间的相关性，在他们的论述中，美国是一个没有穷人的国度。然而，这只不过是一种乌托邦的意识形态。现实情况是，在建国的最初两个世纪里，美国人理所当然地认为大多数美国人身陷贫穷的煎熬中。贫穷本是成千上万的移民，怀着希望之光或失落之感踏上新世界大地时，企盼能够逃离的社会问题。但是对于落户陌生土地的第一批移民和一代又一代的边疆开拓者而言，贫穷一直是他们无法逃脱的厄运。从19世纪中期开始，随着内战结束和工业化的到来，美国的经济经历了不断重复的循环发展，阶级间的裂痕越来越巨大，阶级战争替代了内战，使得贫穷在美国已经变成一个社会问题。其形式之新、规模之大，引人注目。至19世纪后半叶，城市贫民窟的迅猛发展，使美国人再次发现贫穷问题正随着工业化、城市化和移民潮的到来，换上了一副新面孔入侵美国。美国学者沃纳（Sam B. Warner）指出："1870—1890年的中心事件便是城市被分割为两个部分：老内城和新外城，贫民窟城和郊区富人城，希望与失败之城和成功与享乐之城。"[①] 许多城市呈现贫富悬殊和对比鲜明的两番景象：一边是贫民窟数量与日俱增的城市中心，破烂不堪；另一边是街道林立和草坪遍地的城市郊区富人移居地，和谐繁盛。

---

① Sam Bass Warner, Jr. *Streetcar Suburbs: The Process of Growth in Boston* 1870 – 1890, Cambridge: Harvard University Press, 1978, pp. vi – viii.

这种贫穷与繁荣之间的巨大反差成为19世纪末期美国社群不得不面对和思考的新问题。这一时期快速的工业化、技术革新、资本集中、城市化和移民浪潮，已经给美国社群带来了令人压抑、拥挤不堪、丧失个性甚至是深感被阉割的生活方式。尤其对于美国中产阶级男性而言，他们昔日由美国建国者以农业和前工业化经济以及父权社会体系为基础的欧洲世界观在新大陆重建的"自我奋斗型"（self-made man）男性形象——富有责任感、具有公共特权和家庭权威——也已经受到了方方面面的挑战。与此同时，无序工业变化的不断侵蚀使社会阶层的界限日渐模糊，"中产阶级"的意义变得越来越不确定。所以，中产阶级既开始极大地怀疑自身的文化和文明价值，又试图排除自身的阶级身份焦虑感，重新确立自身的阶级身份和阶级地位。他们将眼光投向繁荣和贫穷的反差中，企图从中寻获解决自身问题的答案。

　　在对贫穷问题的认识上，传统的宗教观点强调贫穷是上帝给予人类的考验和恩赐，是伪装的祈福，促使富人行善，促使穷人获得温良恭逊和感恩图报的美德。但是更多的人认为，贫穷就是对人们缺乏勤奋和效率的惩罚，是懒惰和罪愆的明显后果。[①]中产阶级一方面认为贫民阶级的生活方式威胁着他们传统体面生活的规范标准，称贫民窟居民为"危险的阶级"，视贫民窟为社会动荡的渊薮；另一方面他们对贫民阶层的生活方式和道德准则又表现出极大兴趣，开始深入贫民阶层进行调查，开展慈善运动，以期从贫穷问题中找到他们"再塑自身男性气质的契机和重析美国文化的新起点"[②]。不少媒体也开始对贫穷问题予以关注。《纽约论坛报》《图表日报》等报纸以及《弗兰克·莱斯理周刊》和《哈泼斯周刊》等杂志都匀出相当多的版面发表有关贫民窟的文章。一些如《论坛》《竞技场》一样的严肃杂志也发表了许多探讨通过慈善解决贫穷问题的文章。1890年，雅戈布·理斯（Jacob Riis）的报道《另一半人怎样生活》（*How the Other Half Lives*）以摄影图片的形式展示出

[①] 参见 Robert Hamlett Bremner, *From the Depths: The Discovery of Poverty in the United States*, New Brunswick: Transaction Publishers, 1992, p. 16。

[②] John P. Loonam, "Always With Us: Images of Poverty in American Literature", Diss., *City University of New York*, 2004, p. 2.

"穷人已成为市场商品"①,不仅引发了中产阶级对贫民的同情,也引起了中产阶级对贫民窟的兴趣。1892年和1893年,《斯克莱布诺》杂志发表了以"大城市里的穷人"为大标题的一系列文章,率先发起从大范围对城市贫穷问题进行考察的活动。诸如通讯记者、犯罪小说作家、小说家、摄影家、揭露黑幕派以及社会改革家等中产阶级知识分子加入考察队伍。报纸、杂志、导游指南等也专门介绍贫民窟之行,组织参观贫民窟,使游览贫民窟成为盛行一时的旅游活动。虽然在这项活动中,考察者和参观者各怀心思,但其共同的目的是观看社会中存在的强烈反差和社会试图逃避的矛盾。如邓洛普所言:

> 实际上,这一活动只是单纯的旁观,旁观那些低于自己阶层的人们。一个探访者极少听到他目睹的那个世界的人说上一句话,而贫民区之行的过程中,探访者在察看那些懒洋洋的人或沉睡者时会尽量避免语言上的交流。这不仅因为探访者身上的衣服表明他们属于另外一个世界,还因为他们同那种现实差距太大。他们听到的只是自己熟知的那个世界中权威性的言辞。②

克莱恩也成为考察队伍中的一员,他以记者身份深入贫民窟进行调查,又以贫困学生的身份租住到纽约曼哈顿区体验生活,写下了令人震惊的贫民窟小说《街头女郎梅吉》,叙述了贫民窟女孩梅吉在受到男友诱惑失身后,被迫流落街头沦为妓女的故事。他还实施了一个大胆行动,把自己装扮成流浪汉住进贫民廉价旅馆,混迹于贫民之中,亲身体验贫民感受,写下了《贫穷实验》的新闻随笔,以第三人称的视角记录了自己在贫民窟中的所见所感。

---

① John P. Loonam, "Always With Us: Images of Poverty in American Literature", *Diss.*, *City University of New York*, p. 9.
② [美] M. H. 邓洛普:《镀金城市:世纪之交纽约城的丑闻与轰动事件》,刘筠、顾笑言译,新星出版社2006年版,第171页。

克莱恩的这两部作品成为美国文学史上表现贫穷问题的经典之作①，一个原因在于两部作品在表现内容上均打上了强烈的性别标记和阶级标记，所塑造的人物来自底层阶级，与自然主义文学集中表现消除工人阶级间性别倒错，以及控制如种族退化、公共卫生条件恶劣和卖淫等社会问题带来的威胁的主题保持一致②；另一个重要原因在于作品的表现形式与19世纪视觉文化的发展密切相关。19世纪20—30年代，立体照相机和幻透镜等光学仪器的发明拓展了视觉研究的领域，视觉开始被理解为身体主观的生理现象。同时，受维多利亚时期颅相学和面相学的影响，人们相信身体的表象可以作为揭示内在个性的一系列符号和代码。因此，照相术按照外表形象将人类身体分类的做法和"破解身体之谜"的意图，给城市中产阶级带来安慰，被中产阶级利用为一种社会控制手段③，广泛运用于新闻广告业，加速了大众消费的图像生产。这些大量生产的视觉图像，突出了白人掌管的美国与种族或移民他者

---

① 美国文学中表现贫穷问题始于19世纪40年代后期。19世纪前半期文学作品对于贫穷问题的忽视，是因为一直到19世纪中期由于工业化和移民浪潮贫穷问题才变得十分明显。其实在很早的时候，大城市已出现了贫穷地带，作家们没有在作品中反映这一问题并不是贫穷不为人知，而是他们没有发现这一问题在文学中的表现价值。至19世纪后半期文学作品受到工业和农业萧条、政治动乱、严重的劳动力市场动荡等社会环境的影响，但作品对于贫穷的表现仍充满浪漫色彩。例如贝拉密（Edward Bellamy）的乌托邦小说《向后看：2000－1887》（Looking Backward: 2000－1887）和豪威尔斯的《新财富的危机》（A Hazard of New Fortunes）并没有试图去弱化由贫困带来的丑陋和痛苦，他们认为令ദ인感到苦恼的是奢华和贫困之间的巨大差距，幸运者对于不幸者的忽视，以及在严酷竞争中毫无希望从根本上改善自己的处境。但是19世纪90年代理斯的摄影报道作品给表现贫穷的文学作品带来了巨大影响，贫民窟小说开始盛行。如爱德加·福瑟特的《男人们干的坏事》（1889）一书描写了一个贫民窟舞厅、一个贫民窟小店、一间桌球室，以及拥挤喧闹的巴华利街道里到处是衣衫破旧的青年人在大声喊叫，"卖橘子和香蕉的摊贩"在大声叫卖，就像是在进行一场口头的击剑比赛似的。凯特·道格拉斯·维金的《田莫西的追求》描写的是一间出租房内住着"脏兮兮的，睡眼惺忪的女人们，懒散地靠在窗边"。豪威尔斯的《新财富的危机》（1890）里的主人公巴思尔·马迟，兴高采烈地坐上火车，看到的是"欢快的丑陋——巴华利街区奇形怪状、别致独特、冷酷无情的画面"，他被由移民面孔组成的混合画面和一些标牌、墙面上刺眼的形状和颜色所迷住。H. H. 波亦森的《社会抗争》（1893）反映了意大利人居住的"巷子里，人们肤色黝黑，戴着耳环，说话时愤怒地打着手势，很明显不是美国人的做派"。詹姆斯·W. 苏立文的《纽约出租屋的故事》描写的是爱尔兰人的守灵和葬礼，几间血汗工厂、意大利人的水果摊，等等。参见 Robert Hamlett Bremner, *From the Depths*: *The Discovery of Poverty in the United States*, New Brunswick: Transaction Publishers, 1992, p. 87, p. 102. Keith Gandal, *The Virtues of the Vicious*: *Jacob Riis, Stephen Crane, and the Spectacle of the Slum*, New York: Oxford University Press, 1997, pp. 39－40。

② 参见 Irene Gammel, *Sexualizing Power in Naturalism*: *Theodore Dreiser and Frederick Philip Grove*, Calgary: Univeresity of Calgary Press, 1994, p. 36。

③ 参见 Michelle Henning, "The Subject as the Object: Photography and Human Body", *Photography*: *A Critical Introduction*, ed., Liz Wells, 3rd edition, London & New York: Routledge, 2004, p. 164。

之间产生的新冲突，并以此刺激、支持和正当解释美国西部扩张、工业化和城市化等"进步"形式。① 克莱恩在贫民窟考察中并未使用照相机，但他采用文字形式表现出来的对视觉经验再现的特殊兴趣（这一点被许多评论家关注），表明他同那些摄影纪实家一样，参与了可见性生产。② 而且在加兰德的文学表现思想的影响下③，克莱恩意识到照相术在再现"真实"方面的弱点，认为只有文学（原文为粗体）才能揭示人类在贫民窟里挣扎的真实的复杂性。④ 因此，在《街头女郎梅吉》和《贫穷实验》中，克莱恩试图以文字化的图像生产对贫穷问题给予关注，十分突出地将贫民窟景观化，在给读者带来强烈的视觉冲击时产生了独特的美学效果，并将阶级差异和男性气质的相互关系隐藏在这种视觉冲击和美学效果中。作为克莱恩表现贫穷主题系列作品的代表作⑤，这两部作品将底层阶级的身体处境构想为中产阶级探究男性气质的一个新鲜而陌生的参照领域，透过"看"这一行为现象，书写出19世纪末美国男性气质危机中不同阶级的互动关系。《街头女郎梅吉》从主人公梅吉女性凝视的视线活动中，再现出贫民阶级女性对中产阶级男性气质的误读，以及这种误读给传统女性气质带来的毁灭性后果。《贫穷实验》则通过男青年凝视的视线活动，再现出中产阶级男性对贫民身体的社会化和阶级化过程，以及经由男性气质逾越认识到的阶级差异和男性气质危机之间的关联。由此，克莱恩传达出从中产阶级立场对男性气质危机进行的自反性思考。这种思考并非单向度的，而是在以观看为主要视角将贫民窟景观化时，融进了中产阶

---

① 参见 Larry J. Reynolds, "American Cultural Iconography: Vision, History, and the Real", *American Literary History*, Vol. 9, No. 3, 1997, pp. 389 – 390。

② 这种可见性生产在19世纪末随着照相技术和大众流通新闻技术的改进和推广被越来越多地利用，视觉关系与地理、社会、心理和政治关系被连接起来。参见 Mary Esteve, *The Aesthetics and Politics of the Crowd in American Literature*, New York: Cambridge University Press, 2003, p. 104。

③ 1891年加兰德在新泽西滨海埃文城（Avon – by – the – Sea）作了有关文学表现方面的演讲，指出将豪威尔斯的现实主义称为"照相术式的"表现很"荒唐"，因为"照片在视角、光线和声音等方面都会给人以错觉"。1892年夏天，理斯也在滨海埃文城作了演讲，克莱恩对这些事件都进行了报道。

④ 转引自 Matthew Quinn Evertson, "Strenuous Lives: Stephen Crane, Theodore Roosevelt and the American 1890s", *Diss.*, *Arizona State University*, 2003, p. 113。

⑤ 克莱恩有关贫穷主题的作品还包括小说《乔治的母亲》（*George's Mother*），新闻随笔和报道《奢华实验》（*An Experiemnt in Luxury*）、《暴风雪中的男人们》（*The Men in the Storm*）、《在煤矿深处》（*In the Depths of a Coal Mine*）等。

级和底层阶级的双向互动,并通过不同阶级间的凝视和逾越活动,表现出男性气质危机中中产阶级与底层阶级的主体间性和身份认同问题,再现出男性气质危机中美国社群的阶级交往和建构特征。两部作品均从凝视的角度,结合阶级话语,分别彰显出男性气质危机中产阶级男性气质的误读和逾越主题。

第一节 女性凝视与男性气质的误读

《街头女郎梅吉》在题材的选择上并无甚新意,故事情节与当时流行的贫民窟小说无甚差别,讲述了贫民窟女孩梅吉总是遭到无情的贬斥、拒绝和放逐,一直到死亡的故事。但这个故事却通过视觉再现给读者带来巨大震撼,产生了独特的美学效果。内格尔认为,克莱恩作品的这种艺术效果和主题表现与文学印象主义密切相关。甘德尔指出,克莱恩借用了当时流行的感伤派诱奸故事的情节,将诱奸者的阶级身份从上层阶级变换为底层阶级,以贫穷景观展示了底层阶级作为阶级弱势群体的创伤[1],也有评论注意到作为个体的梅吉与群体之间的视觉交换[2]。但是这些评论忽略了一个重要方面:素以男性书写著称的克莱恩,在其第一部作品中,虽然以女性人物为主人公,但在讲述主人公梅吉的故事时,对于女郎梅吉的言语描写远远少于女童梅吉和其他人物如吉米、皮特、母亲,甚至是次要人物娜尔等。长大成人的梅吉几乎是以沉默者的形象展现在读者眼前,其主体间性并非以言语主体,而更多地以视觉主体来传达。这一点为我们解读这部作品打开了一个新视角。从作者的性别属性和阶级属性、社会的性别属性和作品人物的性别属性和阶级属性来看,这部作品开启了克莱恩对于男性气质危机的思考。克莱恩将梅吉建构为男性气质的对应物,女性气质的理想化身,以梅吉的凝视表现了男性气质危机中传统女性气质对于男性气质跨越阶级的误读,以及这种误读所带来的毁灭性后果。

---

[1] 参见 Keith Gandal, *Class Representation in Modern Fiction and Film*, New York: Palgrave MacMillan, 2007, p. 97。

[2] 参见 Lorna K. M. Brittan, "Pressured Identities: American Individualism in the Age of the Crowd", Diss., Princeton University, 2003, pp. 31–38。

第一章 男性气质的误读与逾越

在贫民窟里长大成人的梅吉被比喻为"泥潭里的一朵花"①，得到了毗邻小伙子的关注和议论。这一隐喻传递了梅吉生物学上的性吸引力②，更重要的是，这种花儿一样的身体标记使梅吉成为传统女性气质的能指符号，被期待生产出符合传统他者欲望的所指意义。此时的梅吉身体意向性是符合传统所指意义的：当她哥哥希望她不管是去"当婊子"，还是"去做工"时，"她凭着女性的本能，厌恶前一种抉择，于是便决定去找工作"③，在一家制衣厂当缝纫工，并安于这种生存状态。然而，这种稳定性在梅吉对皮特的凝视中开始崩裂，其所指代的传统女性气质在马克·瑟尔泽所言的"身体—机器"情结中因对男性气质的误读而受到侵蚀④，逐渐发生嬗变，导致梅吉错误地建构了一种主体与他者的生存关系。

梅吉在家中第一次见到皮特。在她的观察中，皮特的形象具有生物学上的性别意义和性别的社会意义：

> 他坐在约翰逊家的一张桌子上，穿着方格裤子的双腿荡来荡去，神气冷漠又迷人。他的头发梳得油光光的，蜷曲着耷拉在前额上。狮子鼻向上翘着，好像不愿碰到下面又短又硬、竖得笔直的小胡子似的。蓝色的外套是双排纽扣的，镶着黑边，纽扣直系到皱巴巴的红领带上。一双漆皮皮鞋看上去像是两件兵器。⑤

皮特的外表不像一般贫民窟小说里俗套的英俊潇洒的诱骗者。厄维特森指出他好斗的形象类似达尔文《人类的起源》里对于鸟类的描写——"雄性

---

① Stephen Crane, *Prose and Poetry*, ed., J. C. Levenson, New York: Library of America, 1984, p. 24.

② Matthew Quinn Evertson, "Strenuous Lives: Stephen Crane, Theodore Roosevelt and the American 1890s", Diss. Arizona State University, 2003, p. 165.

③ Stephen Crane, *Prose and Poetry*, ed., J. C. Levenson, New York: Library of America, 1984, p. 24.

④ 瑟尔泽认为19世纪末期的现实主义和自然主义文本是通过双重话语来表现的。在这种双重话语中身体和机器两个明显对立的领域在规训和生产灵活的控制技术中相互协调和"管制"，他将之称为身体—机器情结（body-machine complex）。参见 Mark Seltzer, *Bodies and Machines*, London: Routledge, 1992, p. 95。

⑤ Stephen Crane, *Prose and Poetry*, ed., J. C. Levenson, New York: Library of America, 1984, p. 25. 此作品引文的译文参考了孙致礼翻译的《街头女郎玛吉》，辽宁教育出版社2000年版。

动物通常以羽毛作为装饰来吸引异性"①——引起了梅吉对他的本能喜爱。厄维特森的观点侧重的是性别的生物意义,却忽视了性别的社会意义。皮特虽然也出生于贫民窟,但作为酒吧招待员,他试图通过模仿中产阶级服饰和生活方式将自己转型为新的白领阶层。②事实上,梅吉的凝视点并不完全在皮特的身体性征和性能力上,而更多是在皮特的装束和仪态上。正是皮特类中产阶级的外表和仪态勾起了梅吉的欲望凝视和视觉想象:"她的两眼带着迷茫和渴求的神情,凝视着皮特的面孔"③,"眼睛半睁半合",心想"皮特一定是个非常高贵的酒吧服务员"④,并感到"这是个理想人物"⑤。在梅吉眼中,皮特就是中产阶级男性气质的能指符号:高贵、勇敢、无所畏惧、蔑视一切。梅吉对皮特的凝视因此是一种跨越阶级的凝视。在男性眼中花儿一样的梅吉的凝视中,传统女性气质的能指符号与(虽然是表面上的)中产阶级男性气质的能指符号相遇,开始了所指意义的嬗变路程。

梅吉的凝视具有梅洛-庞蒂的"感知的自反性"。在梅吉的欲望凝视中,她的主体性在凝视对象皮特那里被客体化,使她突然产生了一种处境意识,感觉她家"那些破烂不堪的家具、污迹斑斑的墙壁……形成了一种潜在的威胁"⑥,似乎会玷污皮特的贵族风度。这种处境意识衍生出自身生存处境与皮特之间的距离感,使梅吉陷入另一种视觉想象中:"她眼巴巴地瞅着[皮特],有时寻思他是不是瞧不起她家。"⑦梅吉对皮特的感知自反性进一步影响到她作为身体主体与世界、作为视觉主体与存在的关系:家中的器物使她感到厌恶起来,滴答的时钟声音令人焦躁不安,模糊的地毯图案变得面目可憎,就连她用来装饰旧窗帘的蓝色缎带也变得可怜巴巴起来。这些象征传统女性气质的器物的意义,在受到不同阶级他者力量的侵蚀下发生了变质反应。

---

① Matthew Quinn Evertson, "Strenuous Lives: Stephen Crane, Theodore Roosevelt and the American 1890s", Diss. Arizona State University, 2003, pp. 165 – 166.
② 参见 Andrew Lawson, "Class Mimicry in Stephen Crane's City", *American Literary History*, Vol. 16, No. 4, Winter 2004, pp. 597 – 600。
③ Stephen Crane, *Prose and Poetry*, ed., J. C. Levenson, New York: Library of America, 1984, p. 26.
④ Ibid., p. 25.
⑤ Ibid., p. 26.
⑥ Ibid..
⑦ Ibid..

梅吉的这种欲望凝视颠覆了"男性看和女性被看"的关系，将之转变为"女性看和男性被看"的关系，隐含着女性气质和男性气质的对应关系，并从传统女性气质对中产阶级男性气质的渴求中凸显出中产阶级男性气质的优越地位。皮特在梅吉面前的一举一动和勇士般的威严风度被梅吉不断放大，强化了梅吉自我与他者关系中的他者力量，将梅吉所象征的女性气质挤压到自我感觉弱势的地位。

梅吉对皮特的第一次凝视发生在家庭这个私人领域中，让梅吉幻想到皮特就是那个能将她从底层社会带入中产阶级社会的骑士。但随着梅吉对皮特的凝视场所从私人领域转移到公共领域，传统女性气质和中产阶级男性气质存在的社会语境和社会现实逐渐展露出来。

《街头女郎梅吉》中描写的巴华利社区早在1826年随着巴华利大剧院的建立，成为纽约的剧院中心。这一地区充塞着廉价剧院、滑稽剧院、舞厅、妓院、地下室夜总会、可容纳2000名顾客的啤酒馆，是堪与百老汇媲美的工人阶级的文化中心。居住在此的巴华利居民表现出来的别具一格的城市经验和情节剧般的奇观吸引了大量的外来者。但与此同时，中产阶级的礼仪文化也被传播到巴华利社区，一股来自中产阶级的"文雅体面热潮"（cult of respectability）席卷了纽约的娱乐场所，包括沙龙、舞厅、大众剧院等场所陷入接受文雅体面热潮的圈套。"占主导地位的维多利亚文化，明显地表现为与膜拜体面生活结盟、与百老汇和第五大街的传统连接，十分有效地消除了在东部地区工人阶级纠集的剩余势力"[1]。这种文化传播有力地将大众剧院女性化，并将之变为一个女性化的空间。[2] 戏院老板不断改变场所气氛来表现"中产阶级女性体面生活的新热潮"[3]，他们迅速认识到女性对消费文化的主宰权。但这种利用各种媒体传播维多利亚中产阶级文化的做法"并非是一种文化的自我本位方式，而是一种文化保护手段"[4]，是中产阶级在美国文化女性化中面

---

[1] Robert Dowling, *Slumming in New York: From the Waterfront to Mythic Harlem*, Urbana: University of Illinois Press, 2007, p. 49.

[2] 转引自 Ibid., p. 63。

[3] Ann Douglas, *The Feminization of American Culture*, New York: Alfred Knopf, Inc., 1977, p. 7.

[4] Robert Dowling, *Slumming in New York: From the Waterfront to Mythic Harlem*, Urbana: University of Illinois Press, 2007, p. 59.

临男性气质危机之时的应变策略——试图在将他者文化女性化的同时凸显自身的优越地位。

克莱恩敏锐地认识到中产阶级文化和贫民文化的融合。甘德尔从中产阶级立场在作品中看到的是贫民文化对于中产阶级的道德启示作用[1],道临(Robert Dowling)则从贫民视角认为中产阶级对贫民文化的同化并非意味着贫民文化的解放,而是中产阶级对贫民文化的渗透[2]。可以说《街头女郎梅吉》的文本视角是贫民的,但叙事视角是中产阶级的。克莱恩以两个阶级文化的融合为出发点,表现了残余文化和新兴文化之间的较量,体现了梅吉所代表的传统女性气质在公共领域内的重新塑形。

因此,梅吉对皮特的再次凝视与对公共领域的观看交织在一起。皮特带着梅吉涉足了许多中产阶级的娱乐场所,如音乐厅、舞厅、戏院、廉价的博物馆展览、中央公园里的动物展、大都会艺术博物馆等。在这些公共领域内,皮特的男性气质在梅吉眼中得到张扬,梅吉的传统女性气质却不断遭遇中产阶级文化标准的规训和惩罚。在这些场所,梅吉凝视中的皮特"举止文雅、态度和蔼、对人体贴入微,像个礼奉周至、很有教养的绅士"[3],"男子汉大丈夫气魄与日俱增,以至于达到了惊人的地步。……他是个神气十足的男子汉"[4]。梅吉也亲眼观看到异质文化空间内,整个巴华利文化作为"亚文化的展演及其对维多利亚中产阶级文化意识形态规范的盲目倾斜"[5]:"巴华利各个民族的人们,从各个方向,笑盈盈地瞧着舞台"[6],被台上节目宣扬的美国爱国主义精神和中产阶级价值观所感染,"迸发出一阵热烈的欢呼声"[7]。这些中产阶级文化场所"洋溢着兴奋和繁荣的气氛"[8],变成了巴华利贫民的

---

[1] 参见 Keith Gandal, "Stephen Crane's 'Maggie' and the Modern Soul", *Elh*, Vol. 60, No. 3, 1993, p. 759。

[2] 参见 Robert Dowling, *Slumming in New York: From the Waterfront to Mythic Harlem*, Urbana: University of Illinois Press, 2007, p. 61。

[3] Stephen Crane, *Prose and Poetry*, ed., J. C. Levenson, New York: Library of America, 1984, p. 31。

[4] Ibid., p. 52。

[5] Benedict Giamo, *On the Bowery: Confronting Homelessness in American Society*, Iowa: University of Iowa Press, 1989, p. 132。

[6] Stephen Crane, *Prose and Poetry*, ed., J. C. Levenson, New York: Library of America, 1984, p. 30。

[7] Ibid., p. 32。

[8] Ibid., p. 70。

"忘忧之所"①。梅吉本人也浸淫在这种中产阶级文化规范的同谋中：舞女的歌唱和裙子、口技演员的木偶表演、一对亲姐妹的二重唱、歌唱家的诗歌朗诵和振臂高呼"星条旗"、舞台剧中情操高尚的男主角和文雅有教养的女主角，等等，唤起了梅吉对异质文化的无意识让步，勾起了她对异质文化的模仿欲，并试图通过内化自身的模仿欲，超越自身的物质条件和无可言状的生存条件来获得主体性，将自身人格化或模拟化②：她盘算起舞女绸衣的价钱，困惑于木偶的说话，开始羡慕"文雅的举止，柔嫩的手掌"③，注视着大街上穿戴讲究的女人，渴望得到在大街上看到的首饰。这种欲望与其以反思自我来寻求庇护同时发生，她开始觉得工厂的空气让她感到窒息，并开始厌恶起肥胖的洋人厂长来。戏院的演出激起她昂扬的情绪，促使她思考："既然舞台上的女主角显示出奇异的教养和文雅，那么，像她这样一个在公寓里生活，在衬衫厂做工的女孩，是否能达到这步田地呢？"④

但是，梅吉却错误地将戏剧观看当作理解阶级文化意识问题的方式和理解大众认识女性问题的方式。⑤ 在这些中产阶级文化的视觉场中，梅吉通过凝视和观看与他者性形成了反思式的开放性，产生了超越差异的欲望，并试图"去模仿优势阶层的内在本质"⑥。然而，她所注视的这个世界是一个要将之吸收进去的世界⑦，因此梅吉的凝视与他者性之间又存在交锋。梅吉生存的生物和文化环境——她的家庭、教养、种族、性属、经济和社会阶层、宗教信仰、历史时代、地理位所等——预设了梅吉超越差异的艰难性。其所处的贫穷和无知世界对既不懂欺诈又不够残忍的梅吉来说，是一片无法适应的丛林。⑧ 梅吉缺

---

① Stephen Crane, *Prose and Poetry*, ed., J. C. Levenson, New York: Library of America, 1984, p. 70.
② Mark Seltzer, "Statistical Persons", *Diacritics*, Vol. 17, Fall 1987, p. 93.
③ Stephen Crane, *Prose and Poetry*, ed., J. C. Levenson, New York: Library of America, 1984, p. 34.
④ Ibid., p. 37.
⑤ 参见 Robert Dowling, *Slumming in New York: From the Waterfront to Mythic Harlem*, Urbana: University of Illinois Press, 2007, p. 62。
⑥ Mark Seltzer, "Statistical Persons", *Diacritics*, Vol. 17, Fall 1987, p. 94.
⑦ 参见 Lorna K. M. Brittan, "Pressured Identities: American Individualism in the Age of the Crowd", Diss., Princeton University, 2003, p. 32。
⑧ 参见 Louis A. Cuddy & Claire M. Roche, eds., *Evolution and Eugenics in American Literature and Culture, 1880 – 1930: Essays on Ideological Conflict and Complicity*, Lewisburg: Bucknell University Press, 2003, p. 28。

乏对达尔文生物演化论的本能认识，错误地判断了在这片丛林中的生存法则，试图以传统的中产阶级美学观来弥合贫民阶级和中产阶级之间的差异。她对家中"破烂不堪的家具，污迹斑斑的墙壁，乱七八糟和布满灰尘的摆设"①的不满，正是她试图将自身与中产阶级消费文化连接起来的开端。② 她开始如中产阶级一般表现出自己的家庭品位，精心地布置和装饰起自家的窗帘：她买来提花布精心做了个有蓝缎花结的挂帘，将之挂在壁炉上方，摆弄得漂漂亮亮，满心期待地等候皮特的到访。

然而，梅吉试图与中产阶级消费的连接受到了母亲的干扰和破坏。母亲的形象在大多数评论家眼中是克莱恩厌女症的产物，她体魄强壮、脾气暴躁、歇斯底里、酗酒滋事。克莱恩在对她的描写上，建构了一个"不规则的""无法无天的"女性身体，并"采用一系列有关女性身体的禁忌语来体现其怪诞"③："她气急败坏，两只宽大的肩膀一鼓一鼓的"④，"闪闪发光的两眼直勾勾地盯着女儿……通红的面孔唰地变得一片绛紫"⑤，"她一直喝着威士忌……面色苍白，披头散发，一直大吵大闹，破坏家具"⑥。母亲的这种怪诞形象大大背离了19世纪90年代中产阶级"多情母亲"的理想形象。欧文指出，克莱恩对这位母亲"大眼睛、黑头发、像男性一样"的形象描写更接近于当时盛行的对于妓女的形象刻画⑦，体现出一种生物学上的退化本质。瑟尔泽则认为在身体—机器话语情结中，母亲的这种形象深刻地体现了社会的再生产性，是社会"威力"凸显了其可视性和有形性。⑧ 这种可视性和有形性都与梅吉所代表的传统女性气质形成了鲜明的对照，彰显出一种极端男性化

---

① Stephen Crane, *Prose and Poetry*, ed., J. C. Levenson, New York: Library of America, 1984, p. 26.

② 参见 Elizabeth Klimasmith, *At Home in the City: Urban Domesticity in American Literature and Culture*, 1850–1930, Lebanon: University of New Hampshire Press, 2005, p. 121。

③ 转引自 Katrina Irving, "Gendered Space, Racialized Space: Nativism, the Immigrant Woman, and Stephen Crane's Maggie", *College Literature*, Vol. 20, No. 3, 1993, p. 37。

④ Stephen Crane, *Prose and Poetry*, ed., J. C. Levenson, New York: Library of America, 1984, p. 12.

⑤ Ibid., pp. 14–15.

⑥ Ibid., p. 29.

⑦ 参见 Katrina Irving, "Gendered Space, Racialized Space: Nativism, the Immigrant Woman, and Stephen Crane's Maggie", *College Literature*, Vol. 20, No. 3, 1993, p. 39。

⑧ 参见 Mark Seltzer, *Bodies and Machines*, London: Routledge, 1992, p. 100。

的女性气质,一种在克莱恩看来是退化了的女性气质,阻碍着梅吉女性气质的重新塑形。"[母亲]对着那幅挂帘发了一顿酒疯……挂帘被扔在屋角的一摊泥水里。"① "皮特进来时,窗帘……吊在孤零零的一只钉子上,……晃来晃去。上面的蓝缎花结,像是被践踏的花朵"②。梅吉的努力变为徒劳,"被践踏的花朵"埋下了梅吉悲剧命运结局的伏笔。

母亲的怪诞身体突出了中产阶级体面社会的潜在脆弱性,使中产阶级的体面性和文明性变得阴柔无力。梅吉与皮特交往后,母亲的眼睛"射出凶恶的火焰"③。想象梅吉离家在外楚楚可怜的样子,她"露出恶狠狠的冷笑"④。梅吉离家后回到家中,又遭到母亲"声嘶力竭的喊叫"⑤、呵斥和奚落。母亲男性化和妖魔化的女性气质对梅吉中产阶级女性气质重塑构成了强大的破坏力。在遭到母亲的阻挠和贬损后,梅吉抛弃了刚建立起来的主体意识,转向了对皮特的完全依靠,并将自身定位在一种更加卑微的位置上。"从她眼里,见不到丝毫独立自主的神气"⑥,"她对皮特越来越唯唯诺诺,……总是盯着他的眼睛,想用笑脸来赢得他的青睐"⑦。然而梅吉希望依靠中产阶级男性气质来重塑女性气质的欲望,却在对皮特的又一次凝视中揭开了皮特类中产阶级男性气质的面具后,破灭了。

如果说梅吉的传统女性气质在母亲男性化的女性气质面前受到贬损,那么皮特所谓的中产阶级男性气质却在老于世故的妓女娜尔面前荡然无存。娜尔的存在戳穿了皮特中产阶级男性气质的伪装。看到"狮子般的"皮特在娜尔面前的俯首帖耳,梅吉"惊愕了"⑧,她终于认识到皮特男子气概的丧失。梅吉的凝视由此变得空洞起来,她"默默不语,两眼瞧着门","全神贯注地盯着门",无视周围人的存在,一直"盯着门"。哈利伯通(David Hallibur-

---

① Stephen Crane, *Prose and Poetry*, ed., J. C. Levenson, New York: Library of America, 1984, p. 29.
② Ibid..
③ Ibid., p. 41.
④ Ibid., p. 56.
⑤ Ibid., p. 65.
⑥ Ibid., p. 52.
⑦ Ibid., p. 58.
⑧ Ibid., p. 61.

ton）指出这种描写阐释出梅吉当时的状态，是情感和认知角度以及心境上的一种视觉反映。[1] 这种状态实际上是梅吉主体间性的表征，且被神秘化了，但凝视客体"门"暴露了梅吉的逃遁心理和重寻主体性出路的潜意识。终于，梅吉以言说的形式——"我要回家了!"[2]——道出了潜在于其经验中主体间性的重建途径。梅吉的这种变化应该归因于娜尔。

　　娜尔是作品中一个不可或缺的次要人物，凸显了克莱恩该作品的创作思想：环境是个巨大的东西，不顾人们的意愿塑造人们的生活。海帕克（Laura Hapke）指出，娜尔类似于克莱恩欣赏的左拉笔下的娜娜，是克莱恩版的"真正的街头女郎"[3]。厄维特森认为娜尔将故事中很少引人注意的一个重要主题带出水面：性和性选择的问题，表现了达尔文的性别选择论。[4] 确实，抛开作品中的道德话语[5]，娜尔深谙女性性别本质，精通生存之道，并擅长利用性别的生物属性进行性别斗争。虽身为妓女，但她并没有成为男性的猎物，相反，却让男性成为她的玩物。[6] 在梅吉眼中具有中产阶级男性气质的皮特，在娜尔面前却判若两人，被娜尔视为"好一个笨蛋"[7]。娜尔的存在是对中产阶级男性至上观的颠覆，其所作所为体现了贱民对中产阶级的报复。海帕克认为克

---

[1] 参见 David Halliburton, *The Color of the Sky: A Study of Stephen Crane*, Cambridge: Cambridge University Press, 1989, p. 45。

[2] Stephen Crane, *Prose and Poetry*, ed., J. C. Levenson, New York: Library of America, 1984, p. 62. 一直以来，历史学家就注意到19世纪私人领域和公共领域话语的细节区别，认为与此区别相随的是性别的区别。这种话语将女性属性包括进来，有助于体现"女性身体的歇斯底里化"，将女性身体标记为"充满性属特征"，并将之置于与社会身体、家庭空间和子女生活的有机交际中。在此话语内，延续的道德秩序有赖于将女性活动范围即家庭保护为安全空间，家庭也是女性身体不可亵渎的场所（参见 Katrina Irving, "Gendered Space, Racialized Space: Nativism, the Immigrant Woman, and Stephen Crane's Maggie," *College Literature*, Vol. 20, No. 3, 1993, p. 35）。此处梅吉试图重新从公共领域退回家庭这个私人领域来寻求保护。

[3] Laura Hapke, *Girls Who Went Wrong: Prostitutes in American Fiction*, 1885–1917, Ohio: Bowling Green University Popular Press, 1989, p. 55。

[4] 参见 Matthew Quinn Evertson, "Strenuous Lives: Stephen Crane, Theodore Roosevelt and the American 1890s," Diss. Arizona State University, 2003, p. 153。

[5] 有关作品所表现的道德观是许多评论家的关注点。例如甘德尔认为娜尔对梅吉的评价体现了一种道德观，是对熟知的新教道德的反叛。娜尔和母亲一样都成为梅吉的道德裁判，只有娜尔认识到克莱恩所表现的贫民道德观和中产阶级道德观的分裂和冲突，梅吉却刚好掉进了两者的裂缝间，成为这种冲突的受害者。

[6] 参见 Stanley Wertheim, *A Stephen Crane Encyclopedia*, Westport: Greenwood Press, 1997, p. 238。

[7] Stephen Crane, *Prose and Poetry*, ed., J. C. Levenson, New York: Library of America, 1984, p. 76.

莱恩半嘲弄半勉强地塑造的"既雍容大度又无所畏忌的女人"①。娜尔的坏妓女形象与19世纪中后期美国文学中表现的一些妓女形象一样怪诞②，但同时却暗合了19世纪末"新女性"形象的某些内在本质：自信独立，具有商业经营头脑，也不乏中产阶级男性眼中的冷酷无情。娜尔的形象在与梅吉形成鲜明对照之时衬托出男性气质危机中传统女性气质的生存困境。更重要的是，这种怪诞形象和母亲的怪诞形象一起构成了对男性的威胁，表现了克莱恩作为一名男性作家在男性气质危机中对传统女性气质消蚀的忧虑，以及对男性化女性和"新女性"的恐惧。③

与梅吉观察男性卑微的眼神相比，娜尔在"男性众目睽睽之下目光炯炯"④。她十分鄙夷梅吉的眼神，对皮特嘲弄道："你注意到她的眼神没有？好像挺正经、挺纯洁似的。"⑤ 布里坦（Lorna Brittan）认为娜尔对梅吉的评价以反语的形式意味着梅吉不值得皮特的关注⑥，这一观点并没有深入探究娜尔评价的意义。实际上，领悟适者生存之道的娜尔通过梅吉的眼神言说出了梅吉主体间性的深刻意义：梅吉的眼神在她观察感知这个"孕育着各种形式"的世界时缺乏质疑性凝视，所以在与他者进行交锋之时缺乏对可视性形式的积极考问。虽然梅吉曾经通过凝视产生过超越自身的愿望，并试图回家找到主体间性，但这些愿望和意图都受到了母亲所代表的男性化女性气质的否定。而在娜尔的目光中，梅吉传统女性气质的主体性再次被否定。梅吉建立在传统男性气质之上的传统女性气质的符号意义被母亲和娜尔面具化和符号化的女性气质——当时社会男性气质危机的表征——消解了。

这种消解也源自梅吉哥哥吉米所代表的传统男性气质的生存困境。吉米

---

① Laura Hapke, *Girls Who Went Wrong: Prostitutes in American Fiction, 1885–1917*, Ohio: Bowling Green University Popular Press, 1989, p.59.

② 参见 Ibid., p.55。

③ 克莱恩将女性形象怪诞化正反映了当时男性作家的一种创作心态。19世纪末至20世纪初，中产阶级和上层阶级男性的文化实验不仅包括努力颂扬一切男性的东西，将以"新女性"形式表现出来的"过度的女性气质"以及努力获得平等权利的意志坚强的女性妖魔化，而且包含了被嘲笑为"粗俗落后"的劳动阶层男性气概的价值观和娱乐观。

④ Stephen Crane, *Prose and Poetry*, ed., J. C. Levenson, New York: Library of America, 1984, p.59.

⑤ Ibid., p.67.

⑥ 参见 Lorna K. M. Brittan, "Pressured Identities: American Individualism in the Age of the Crowd", Diss. Princeton University, 2003, p.67。

与皮特共同成长于贫民窟，但二者成为两种不同男性气质的形象代表。吉米从小就学会了以暴力和愤怒面对世界，小说开篇对于幼年吉米在小巷里打架斗殴场面的细节描写孕育了吉米愤世嫉俗的成年人生态度。当他当上马车夫驾着马车在街道上横冲直撞，折射出的是他对权威的蔑视和仇富的心理。在吉米身上体现了巴华利人"孔武有力、毫不畏惧、平凡世俗、藐视一切、敢于挑战、寻欢作乐、虚张声势"的贫民窟文化特征。这种崇尚"强壮身体、血腥暴力、粗俗强硬、鄙视未来、桀骜不驯"的品质[①]迥异于中产阶级推崇的平和悠闲、娇弱柔婉、相信未来、温顺贤良等价值观，给中产阶级带来一种陌生化的景观冲击。但是，吉米的这种文化形象充满了矛盾性。一方面他对工业化带来的贫富差别进行报复，对一列列街车嗤之以鼻，端坐于他的马车上居高临下地对行人呵斥怒骂；另一方面他又对工业化的成果表现出一种敬畏之情，对消防车怀有一种像猎狗般忠诚的崇敬感，对皮特类中产阶级的生活氛围应声附和，对皮特在消费文化中的男性塑形并不排斥。准确地说，吉米代表的传统男性气质也已经开始变形。

吉米在其父亲死后接替了父权制家长的位置，在酗酒滋事的母亲和不谙世事的梅吉面前扮演着代理父亲的角色。作为传统男性气质的代言人，在对待梅吉的离家出走上，吉米的反响与其母亲有所差别。吉米不愿相信梅吉传统女性气质的嬗变事实，在他眼中"梅吉是与众不同的"[②]。但是吉米的女性观和伦理秩序观存在冲突，"他力图表明自己形成的一套观念：只要拐骗有方，天底下的姐妹们都会被毁掉，唯独他的妹妹不会"[③]。他本人对性的随意性既暴露了其性别伦理观的虚伪性，也暴露了传统男性气质在工业文化和消费文化侵蚀中的脆弱性。"吉米的真正对手是皮特"[④]，所以他将梅吉的失贞归咎于皮特，并诉诸对皮特的暴力行动来发泄心中的愤懑不平。他对梅吉失贞的怀疑本质上源于他对自身传统价值尊严的维护。他提议将梅吉找回家来，

[①] Keith Gandal, *The Virtues of the Vicious: Jacob Riis, Stephen Crane, and the Spectacle of the Slum*, New York: Oxford University Press, 1997, p. 55.

[②] Stephen Crane, *Prose and Poetry*, ed., J. C. Levenson, New York: Library of America, 1984, p. 44.

[③] Ibid..

[④] David Halliburton, *The Color of the Sky: A Study of Stephen Crane*, Cambridge: Cambridge University Press, 1989, p. 58.

其目的在于重新挽回传统女性气质，挽回传统男性气质的权威性。但是困扰吉米的是，"他认为自己掌握了女性的脆弱性，却搞不懂为什么他自己的亲人却成为受害者"①。事实上，吉米没有明白的是梅吉即传统女性气质自身也具有变化潜能，因为在他的头脑中传统女性气质只是一种被男性掌控的静态品质。由于无法找到问题的答案，在对待梅吉的态度上相比母亲的强硬态度，吉米一直处于犹疑矛盾中。

梅吉在与哥哥的关系处理上经历了从母性关怀向服从传统父权到违抗父权再到求助父权的变化历程。在恶劣的童年成长环境中，梅吉对哥哥表现出母爱般的关心和安慰，她为哥哥擦拭伤口的血痕，与哥哥相拥躲开母亲的暴怒。长大后她服从哥哥的道德命令去工厂工作。虽然梅吉委身皮特的行为不啻对哥哥所代表的传统父权的违抗，但在中产阶级男性气质中无法找到重塑主体性的位置，在回家寻求主体性建构遭到母亲拒绝和受到邻居的嘲笑时，梅吉将最后的希望转向了吉米——传统父权：

女孩如梦初醒。"吉米——"
吉米慌忙后退。"哼，你是什么东西？"他说道，鄙夷地噘起嘴唇。他的眉梢间放出尊道尚德的光芒，两手摆来摆去，表示他自己生怕会被玷污。
梅吉转过身往外走去。②

吉米的拒绝和斥骂破灭了梅吉回到传统父权体制中寻求出路的最终希望。在男性气质和女性气质的对应关系中梅吉完全失去了传统女性气质符号意义的生产场所，她进一步遭到了皮特的抛弃，也遭到皮特对她目光的拒绝与阻隔，使她失去了主体间性建构的一个视觉参照点。她只能低声地问道："不过我往哪儿去呢？" "她漫无目的地徘徊了几个街区，……大声问自己：'谁？'"③ 此处梅吉的言说并非人际间的发问，而是首次对自身身份的哲学探询，明确表现出生存孤立感和绝望感，从此她变成城市空间里无声游荡的一

---

① Stephen Crane, *Prose and Poetry*, ed., J. C. Levenson, New York: Library of America, 1984, p. 57.
② Ibid., p. 66.
③ Ibid., p. 69.

具可见的身体①，并将被皮特干扰的视觉参照转移到了大街上的过路男人，将凝视转化为扫视。

　　许多评论家对于梅吉成为街头女郎后的行为举止及其变化给予了关注和评价，大多认为作品这一部分表现了梅吉在沉沦堕落中仍然没有认识到适者生存之道，并对梅吉究竟死于自杀还是他杀展开讨论，但这些评论却忽视了这一部分表现出的梅吉的目光变化及其意义。梅吉以往对皮特的凝视转变为街头女郎对大街上过路男人的扫视，这一变化蕴含了梅吉主体间性的变化。凝视包含了身份建构的方式，在自我和他者的关系中，凝视使主体将自身客体化，这种意识本身成为身份的一部分。② 扫视的意义，根据沙拉特的观点，与现代社会的权力运作相关，可以用"监视""监督""看管""检查"等术语来概括。③ 如此看来，梅吉将对皮特个体拜物式的凝视转变为对男性集体的审察。她的妓女身份使她成为城市的漫游者，能以一种新的主体形式对男性的种种表征进行全景式观看和审视，形形色色的男性形象尽收梅吉眼底：叼着烟卷神态自若地在梅吉周围逛游的高个子年轻人，留着络腮胡看上去像个夸夸其谈的慈善家的矮胖先生，穿着商务装生怕迟到正急着赶车的男人，穿着轻便外套头戴圆礼帽停下来打量梅吉的年轻男人，胳膊下夹着一捆东西向前冲的工人，两鬓耷拉着几绺金发、嘴角泛出无忧无虑喜气盈盈的笑容的小伙子，走起路来跟跟跄跄、口里对着梅吉骂骂咧咧的醉汉，站在酒馆前满脸长着斑点的男人，黑暗中布满血丝的双眼嘀咕乱转、双手脏兮兮的流浪汉，长着一头白发、眼睛眯成一条缝、衣裳破旧油腻的肥胖佬。这幅男性群像图表明梅吉的身体成为这样一种场所：在那里，公共领域和私人领域的分野不复存在，商业气息和女性气质两个对立世界合并为一。④ 在此性别化的空间内，梅吉的妓女身份和身体成为引诱男性都市探险和挑战男性认知能力的砝

---

　　① 参见 David Halliburton, *The Color of the Sky: A Study of Stephen Crane*, Cambridge: Cambridge University Press, 1989, p. 45。
　　② 参见［美］尼古拉斯·米尔佐夫编著《视觉文化导论》，倪伟译，江苏人民出版社 2007 年版，第 158－159 页。
　　③ 参见 Elaine Baldwin et al., *Introducing Cultural Studies*, London: Prentice Hall, 2004, p. 392。
　　④ 参见 Katrina Irving, "Gendered Space, Racialized Space: Nativism, the Immigrant Woman, and Stephen Crane's Maggie", *College Literature*, Vol. 20, No. 3, 1993, p. 38。

码，成为试验集体男性气质的能指符号。①

但是，这个能指符号的确指性被泛化，具有个体性的梅吉命名消失，成为"涂脂抹粉大军中的（无名的）一员"。她的言说似乎也被剥夺了②，处于一种失语状态，无法走进公共的语言文化世界，其主体间性也因此由于缺乏言语干扰无法建立起来。③ 与此同时，她姣好的外貌逐渐消失，并逐渐类似其母亲的体格，被过路男人误认为其母亲，将之称呼为母亲的名字"玛丽"。梅吉变成了一个独立的和去女性气质的性别④，无声、无名，也无其他文明标记⑤。以这样一种状态试验的结果是男性集体对于这类女性符号的兴趣丧失，甚至城市建筑和整个城市也对之表现出冷漠无视："高楼的窗户都已关上窗板，宛如冷冰冰的嘴唇，紧紧闭着。一幢幢建筑物似乎长着眼睛，能越过梅吉看到其他东西。"⑥ 街头女郎梅吉的主体间性建构在对集体男性气质的审察中再一次失败，导致梅吉主体的彻底解构和消失。梅吉是自杀还是他杀并不重要，重要的是作品已经成功地传达出有关男性气质危机中传统女性气质蜕变的主题思想。梅吉作为一个符号，一种虚构，承载了历史可变性的意识形态意义，成为克莱恩笔下表征男性气质危机的一个虚幻他者。

第二节 男性凝视与男性气质的逾越

1893 年，美国的经济恐慌造成的大规模失业使大批产业工人变成了流浪

---

① 克莱恩最初将此故事命名为"街头女郎梅吉——纽约城的故事"（"Maggie, A Girl of the Streets: A Story of New York"）。很明显，副标题表现的是故事发生的场所，正标题表现了克莱恩的写作意图在于从梅吉的故事管窥纽约社会。

② 参见 David Halliburton, *The Color of the Sky: A Study of Stephen Crane*, Cambridge: Cambridge University Press, 1989, p. 47。

③ 根据梅洛-庞蒂的理论，在言说中我们分享的是一种共同的公共语言，它带给我们共有的公共的语言的文化世界。主体间性正是建立在言语干涉和冲突之处。梅吉的情况正好是一个反证。

④ 参见 Katrina Irving, "Gendered Space, Racialized Space: Nativism, the Immigrant Woman, and Stephen Crane's Maggie", *College Literature*, Vol. 20, No. 3, 1993, p. 39。

⑤ 参见 Jordan L. Von Cannon, "Prostitution, Primitivism, Permormativity: The Bare Life in Stephen Crane's *Maggie, A Girl of the Streets* and Upton Sinclair's *The Jungle*", *Studies in American Naturalism*, Vol. 10, No. 1, 2015, p. 56。

⑥ Stephen Crane, *Prose and Poetry*, ed., J. C. Levenson, New York: Library of America, 1984, p. 72。

者，使产生于19世纪70年代的流浪汉问题重新成为社会的关注点和矛盾冲突点。1894年，《北美评论》发表的一篇文章反映出几十年来对流浪汉问题最充满敌意的态度。作者认为"流浪汉与罪犯之间的联系在本质上是最接近的；很难说哪个地方是谁的起点，哪个地方是谁的终点"。因为他们"贫穷、不讲道德、性情凶狠"，所以应该严惩他们，并强制性地铲除他们，即"提供一些就业机会将之转化为工人阶级"。由此可见，这一时期流浪汉在大众心目中与19世纪70年代的流浪汉形象类似，仍然是"像罪犯一样、懒惰的、不可救药的、懦弱的、完全堕落的野蛮人"的刻板形象，给公众造成威胁感[①]，被中产阶级斥为"危险阶层"。但是在这一时期，美国中产阶级对于流浪汉问题的情感实际上也发生了重要变化。许多作家对流浪汉的评价并非憎恨之至，一些有关流浪汉的文章包含了一种含混性，甚至是公开地表现出矛盾性和同情心，与那些否定流浪汉的文章共同刊登在杂志和报纸上。这种现象主要源于公众对美国社会生活"女性化"和"过度文明化"做出的不同回应，是中产阶级试图寻求新的和不同经历的一个组成部分。

作为新闻记者，克莱恩也参与了有关阶级关系和贫穷话语的对话。继《街头女郎梅吉》后，他又于1894年在《纽约新闻》上发表了名为《贫穷实验》的作品——一篇在华盛顿科克西大军游行带来全国性歇斯底里症高潮期间所写的不到5000字的新闻随笔。[②] 与《街头女郎梅吉》相对照的是，《贫穷实验》以第三人称的形式记录了作者自己乔装成流浪汉深入贫民阶层体验

---

① Kenneth L. Kusmer, *Down and Out, on the Road: The Homeless in American History*, New York: Oxford University Press, 2003, p. 172.

② 19世纪90年代的经济恐慌使大批工人失业变成了流浪者，其中流浪汉以压倒之势构成流浪大军的主要成员，他们被一些中产阶级斥为"危险阶层"，但也有一些人开始深入贫民窟进行调查。在这些调查中，他们将自身的位置确定为更高文明形式和优越文化的代表，新闻界及一些激进运动却对将"流浪汉"这一社会阶层作为"危险阶层"的慈善运动发出了挑战，并表现了极大的关注。《贫穷实验》登载在1894年4月22日的《纽约新闻》报纸上。该随笔写作于华盛顿的科克西大军（Coxey's Army）的游行所带来的全国性歇斯底里症的高潮期，1893年的经济恐慌后发生了大规模的失业，这激发了俄亥俄州的一个名叫科克西（Jacob Coxey）的商人开展经济改革的兴趣。他组织那些失业工人——其实其中有很多都是流浪者——从俄亥俄州游行至华盛顿特区。这一事件引起了中产阶级和上层阶级的普遍的屈辱感和恐慌感，也引起新闻界的广泛关注，其原因更在于对19世纪80—90年代罢工浪潮和无政府现象的焦虑，也在于公众越来越对所谓的"流浪汉威胁"的不安（Robertson 98）。在该随笔发表一周后，克莱恩又在同一家报纸上刊登了《贫穷实验》的姊妹篇，名为《奢华实验》（*An Experiment with Luxury*）新闻随笔，记录了他深入富人阶层体验奢华的感受过程。

贫穷的经历。虽然这篇随笔没有公开提及"流浪汉问题",也没有像理斯和其他作家一样表现出贫民阶层对中产阶级道德、财产和社会秩序所构成的威胁,而是主要集中于中产阶级对贫民阶层的感知和理解,以及由此产生的对自身的忧虑感上①,但是这部作品却体现了中产阶级对他者的同情和怜悯,并通过将自身价值体系陌生化实现了对自身价值观的批判。② 与《街头女郎梅吉》相似的是,《贫穷实验》同样将主人公再现为视觉主体,以男青年的身体经验和视觉感受,架起了中产阶级与贫民阶级之间空间上和认识上的桥梁,也给中产阶级读者提供了一个非同寻常的新闻信息:他们对贫穷问题的许多了解和认识并不正确。特拉切藤伯格(Allan Trachtenberg)认为克莱恩采用了非典型的中产阶级观看者的视线,将阶级间的互相观看表现为一个技术问题,将纯粹的数据转换为经验③(原文为斜体)。这一观点得到了评论界的呼应。恩廷(Joseph Entin)持赞同态度,也认为克莱恩的随笔具有将经验重构为言语的价值,以意识形态过滤后的景观再现和修辞建构对穷人进行书写,突出了认知的偶然性和视觉的主体间性,④喻示了贫民阶级对于中产阶级科学探究式和监视性凝视的免疫性。艾斯蒂夫(Mary Esteve)则持相反意见,指出克莱恩是将生动的经历转换为数据,转换为纯粹的麻木症般的经验,表现出底层阶级对主流文化试图定位和理解并进而包容底层阶级的意图和模式的颠覆。⑤ 这些评论关注到作品中的视觉互动及其意义,但是这种视觉互动中所体现的男性气质的性属内涵对于阶级建构的意义并没有得到深入探讨。

作为与工业社会和资本主义社会最密切相连的形式,阶级从资本主义早期开始就一直与男性气质相互影响。劳动阶级的男性气质与中产阶级的男性气质之间的差别既体现在男性权力上,也体现在男性身体上,所以资产阶级

---

① 参见 Michael Robertson, *Stephen Crane, Journalism and the Making of Modern American Literature*. New York: Columbia University Press, 1997, p. 98。

② 参见 Melani Budianta, "A Glimpse of Another World: Representations of Difference and 'Race'", Dissertation, Cornell Universtiy, 1992, p. 108。

③ 参见 Alan Trachtenberg, "Experiments in Another Country", *Stephen Crane*, ed. Harold Bloom, New York: Chelsea House Publishers, 1987, p. 72。

④ 参见 Joseph Entin, "'Unhuman Humanity': Bodies of the Urban Poor and the Collapse of Realistic Legibility", *Novel: A Forum on Fiction*, Vol. 34, No. 3, Summer 2001, p. 328。

⑤ 参见 Mary Esteve, *The Aesthetics and Politics of the Crowd in American Literature*, New York: Cambridge University Press, 2003, p. 103。

对于男性气质的建构同时包括对男性身体和男性权力的建构。对男性身体的建构与男性气质的多样性相随,即男性身体的能指意义不尽相同,有些男性身体被视为比另一些男性身体更充满男子气。[1] 在19世纪末期的美国男性气质危机中,许多中产阶级男性认识到维多利亚式的男子气质与粗野的工人阶级男性气质形成了鲜明对照,他们甚至发现工人阶级粗野的男性气质中蕴含了巨大的吸引力。但是,正如盖默尔(Irene Gammel)所言,当性别问题渗透至底层阶级时,性别化的身体就失去了社会标记的功能,中产阶级必须给自身一个新的具有阶级特殊性的形式特征来界定社会区分[2],所以中产阶级试图从底层阶级或他者的视角来考察和突出自身的规范性。

《贫穷实验》的写作正体现出这一意图。克莱恩在最初版的《贫穷实验》中以对话的形式表达了年轻人的实验动机:两个男人在观看一个流浪汉时突然想了解流浪汉的感受。年长者指出:"如果你不去身临其境,你根本不了解情况。从远处看是无法真正探究到问题的实质的。"于是年轻人决定以身一试,去感受流浪汉的视角或类似的东西。克莱恩采用了"随笔"这种新出现的、用来面对新的城市空间和探索新的观看形式的文化表现形式记录下这种视觉经验[3]。与《街头女郎梅吉》中的女性凝视相对应,《贫穷实验》以一个男青年的视线记录下了男性气质危机中男性凝视中的男性。整个实验以中产阶级为视觉主体,以流浪汉的身体语境为视觉客体,通过中产阶级对流浪汉怪诞身体—自然身体—社会身体三个层次观看中的视线活动,揭示了所谓社会差别的根源。男青年通过乔装成流浪汉试图逾越男性气质的阶级界限,但仍然以一种权力的眼光对贫穷阶层的男性气质进行审察,却在视觉对象的回视和中产阶级群体的无视中体验到阶级主体间性和主体的客体化。在视线竞技场中,男青年建立起对中产阶级男性气质的反省,探究到中产阶级关于阶级差异认识观中的问题所在。

---

[1] 参见 David Morgan, "You Too Can Have a Body Like Mine: Reflections on the Male Body and Masculinities", *Men and Masculinities: Critical Concepts in Sociology*, Vol. Ⅲ, ed. Stephen M. Whitehead, London & New York: Routledge, 2006, p. 118。

[2] 参见 Irene Gammel, *Sexualizing Power in Naturalism: Theodore Dreiser and Frederick Philip Grove*, Calgary: University of Calgary Press, 1994, p. 36。

[3] 参见 Joseph Entin, "'Unhuman Humanity': Bodies of the Urban Poor and the Collapse of Realistic Legibility", *Novel: A Forum on Fiction*, Vol. 34, No. 3, Summer 2001, p. 328。

根据梅洛-庞蒂的观点，身体是可见者又是能见者①，即身体既是知觉主体，又是知觉客体，知觉把我（主体）与自己身体的关系、与他人的关系、与世界的关系纳入一个整体结构中……表征出人的在世存在的处境意识②。《贫穷实验》首先描写了实验前的城市意象——电车无声地行进、被行人鞋子踩出的留在人行道上的伤疤似的印痕、发出刺耳轰鸣声的火车、像发黑窗帘上绣花一样的街灯——体现出城市这个"怪物"实体庞大、冷漠无情和隔离殊绝的阴暗印象，以及精神家园沦落丧失的城市图景③，表现了19世纪资产阶级文化无所不在的压抑感④，从宏观上交代了主体存在的处境意识。这种处境意识正是年轻人决定进行贫穷实验的根本动因。年轻人的意图并非要真正成为"流浪汉"，而是跨越阶级间的距离去进行一次浪漫的城市冒险行动，通过身体感知和具有局限性的视线活动，去体验底层阶级的生活状况，体验中产阶级对底层阶级男性气质的逾越。

年轻人乔装打扮成流浪汉的模样进入了廉价旅舍，开始了主体对贫穷世界本身向度的体验，其视觉、嗅觉、听觉等身体感官均感受到一种异样性：黑屋子、强烈的人体恶臭味、半裸男人发出的巨响的哈欠声，都给其身体处境增添了哥特冒险色彩。这种以感性构成的身体间性，亦即主体间性，⑤ 促使年轻人借着夜光开始了对贫民阶层男性的集体审察："地板上密集地摆满小床，床上死寂般地躺着各式各样张开四肢的男人，有的人像被刺伤的鱼一样，胸脯一鼓一鼓地呼着气，用力打着呼噜。"⑥ 流浪汉的这些身体隐喻传达了年轻人作为中产阶级主体（虽然其外表被伪装为流浪汉）对流浪汉在世存在的处境意识的知觉，也以客体的形式作用于年轻人的主体意识：躺在小床上的

---

① 参见杨大春《感性的诗学：梅洛-庞蒂与法国哲学主流》，人民出版社2005年版，第46页。
② 同上书，第145页。
③ 参见 Michael Tritt, "The Tower of Babel and the Skyscrapers in Stephen Crane's 'An Experiment in Misery'", *ANQ: A Quarterly Journal of Short Articles, Notes, and Reviews*, Vol. 16, No. 2, 2003, p. 49。
④ 参见 Scott S. Derrick, *Monumental Anxieties: Homoerotic Desire and Feminine Influence in 19th Century U. S. Literature*, New Brunswick: Rutgers University Press, 1997, p. 184。
⑤ 根据梅洛-庞蒂的观点，主体间性不属于一种从自我所属的领域出发的先验构成，而是通过感性被构成为身体间性。参见余碧平《梅洛-庞蒂历史现象学研究》，复旦大学出版社2007年版，第34页。
⑥ Stephen Crane, *Prose and Poetry*, ed., J. C. Levenson, New York: Library of America, 1984, p. 542.

年轻人自我感受犹如躺在"停尸板"上似的。这种处境意识突出了年轻人作为主体与流浪汉之间的相异性,年轻人通过身体这个象征系统使主体感觉进入符号交流之中,继续在感性网络中生成贫民身体符号的意义。

就在年轻人的手臂可达之处躺着一个人,黄黄的胸膛和肩膀,裸露在冷冰冰的气流中。一条胳膊悬在床边,手指耷拉在房间湿漉漉的水泥地板上。黑黑的眉毛下可见一双眼睛半闭半睁着。在年轻人看来,他好像与这具死尸般的人互相长长地打量着对方,他被对方的眼神吓了一跳,往后缩了缩,躲到毯子里望着他的邻床。那个人好像整夜都一动不动,躺在死寂中,像是伸直的身体,等待着外科医生的手术刀。

整个房间到处可见黄褐色裸露的肉体,四肢向黑暗中伸展,越出了床沿。抬起的膝盖,悬在床沿边的胳膊,长长的,细细的,他们大多如雕像一样,死了似的。那些立在房间里怪怪的柜子就像墓碑一样给人一种奇怪的感觉,似乎这里是个坟场,到处扔满了死尸。[1]

评论界对此处年轻人与流浪汉之间的视觉互动关注颇多,认为这种视觉互动表现了资产阶级城市探索者和他们审察的穷人之间的主体性交流不仅可能而且必要。[2] 邻床上躺着的人拥有一种无法穿越的非透明度,他的眼神是"对年轻人将其划归为危险阶层意图的示威"[3],是对将之归类意图的蔑视,体现出下层阶级在某种程度上对年轻人探索性凝视的免疫性[4],以及对监控式观看的抵抗性。但是从年轻人的视角看,这种视觉互动的意义更体现在迫使年轻人的目光从审视变为偷窥,从公开的带有优越感的观看转变为隐秘的带

---

[1] Stephen Crane, *Prose and Poetry*, ed., J. C. Levenson, New York: Library of America, 1984, p. 543.

[2] 参见 Alan Trachtenberg, "Experiments in Another Country", *Stephen Crane*, ed. Harold Bloom, New York: Chelsea House Publishers, 1987, p. 69; Mark Pittenger, "A World of Difference: Constructing the 'Underclass' in Progressive America", *American Quarterly*, Vol. 49, No. 1, 1997, p. 32; Joseph Entin, "'Unhuman Humanity': Bodies of the Urban Poor and the Collapse of Realistic Legibility", *Novel: A Forum on Fiction*, Vol. 34, No. 3, Summer 2001, p. 328。

[3] Lorna K. M. Brittan "Pressured Identities: American Individualism in the Age of the Crowd", Dissertation, Princeton University, 2003, pp. 40–41.

[4] 参见 Joseph Entin, "'Unhuman Humanity': Bodies of the Urban Poor and the Collapse of Realistic Legibility", *Novel: A Forum on Fiction*, Vol. 34, No. 3, Summer 2001, p. 335。

有非法意义的观看。偷窥行为本质上是男性主体在感受到由自身与女性或与其他性别他者之间的差别所带来的忧虑,以及由此差别带来的阉割焦虑时采取的一种观看策略。① 所以年轻人的视觉权力由公开转向隐蔽,其重要意义在于传导出年轻人主体间性的悄然改变,也在某种程度上暴露了他对自身身体无意识的焦虑感。但是,年轻人在其公开或隐蔽的视线里明显地将贫民身体怪诞化,尤其通过贫民身体与死亡意象的连接使贫民身体充满了恐怖感。这种视觉上的恐怖感与年轻人听觉上捕捉到的怪诞性——一个贫民在梦魇中发出的喊叫声、抱怨声、咒骂声、似犬吠般的长鸣声——交汇在一起,给年轻人带来一种异样的审美感受。在年轻人眼中,这些画面和音响"如同可怜人发出的抗议。这个可怜人身受滚滚向前的沉重车轮的碾压,他的叫喊代表的不是某一个人的雄才略辩……发出的是一个群体、一个阶级、一个民族的呐喊"②。年轻人在这种将贫民身体怪诞化的偷窥和偷听中享受到一种审美快感:他躺在小床上开始利用他贫乏的贫穷体验经历为这些贫民杜撰生平,并将自身的焦虑感最终消解在这种虚构想象和审美快感中。

由此可见,作品有关贫民怪诞身体的隐喻使用,一方面使所描述的物质条件神秘化和含混化,将对人类受伤害状态的注意力转移到了语言的辞藻上;另一方面,其中所表现出的丑陋感给观看者形成了一段安全的距离,使观看者/读者能够避免自己变成流浪汉堕落情形的同谋。③ 不过值得关注的是,这种怪诞化如同偷窥一样,同样暴露出年轻人的阶级主体性。年轻人虽然身着贫民服饰,其观看视角却仍然属于中产阶级。这些贫民身体符号在其视觉想象中的怪诞化实际上是主流阶级美学标准的产物,与主流阶级美学标准构建出的贫民刻板形象保持着一致性,是作为中产阶级主体的年轻人附加于贫民身体之上的认识暴力的具体表征。此处跨越阶级的观看并非如特拉切藤伯格

---

① 参见 Christian Haywood & Mairtin Mac an Gahil, *Men and Masculinities: Theories, Research and Social Practice*, Buckingham: McGraw-Hill International, 2003, p.447。

② Stephen Crane, *Prose and Poetry*, ed., J. C. Levenson, New York: Library of America, 1984, p.543.

③ 参见 Joseph Entin, "'Unhuman Humanity': Bodies of the Urban Poor and the Collapse of Realistic Legibility", *Novel: A Forum on Fiction*, Vol. 34, No. 3, Summer 2001, p.333。

所言只是一个技术问题,而是同样隐含了社会问题①,它突出了年轻人从其底层阶级生活经验中令人窒息的感观刺激里所感受到的威胁———一种来自"将体验贫穷想象为体验被贫穷展露和强化的身体经验所带来的威胁"②。而且不容忽视的是,这些在夜晚的不定形态中给旁观者稳定感造成威胁的怪诞身体所蕴含的内在意义。一方面,这些怪诞身体与"夜晚""死亡"意象所蕴含的自然性一起,凸显了怪诞身体与自然的象征性连接,传达出对当时社会规约限制的明显抵抗;另一方面,这些怪诞身体隐含了一种非控制力和对主流美学标准的颠覆力量。与《街头女郎梅吉》中母亲怪诞身体的功用类似,此处贫民身体的怪诞化也反衬出体面社会的潜在柔弱性,是对体面或文明社会"非自然性"的讽刺和警告。③ 克莱恩在表现贫民身体上有意落入俗套,将贫民身体怪诞化,生产出贫民的刻板形象,这实际上是他的策略性伏笔,其中隐藏了文本对贫民身体意义的进一步生产。

年轻人在夜晚对贫民怪诞身体的偷窥,在一定程度上满足了年轻人和中产阶级读者的窥私欲和冒险欲。但这种对贫穷环境陌生化和美学化的欲求,以及对戏剧性和不同凡响的浪漫性的渴望,却失落于黎明来临之时。④ 在日光的照耀中,年轻人看到房间变得"平乏无味"⑤。在光亮里,视觉空间变得透明清晰,视觉感知具有了真实感,流浪汉身体的可见性也具有了客观性。在年轻人的视线中,这些流浪汉裸露的身体显示出健康和阳刚之美,他们的自

---

① 特拉切藤伯格认为克莱恩采用了非常奇怪的非社会性角度,将阶级间的观看视为一个技术问题,而非像豪威尔斯一样视为社会问题。参见 Alan Trachtenberg, "Experiments in Another Country", *Stephen Crane*, ed. Harold Bloom, New York: Chelsea House Publishers, 1987, p. 72。

② Scott S. Derrick, *Monumental Anxieties: Homoerotic Desire and Feminine Influence in 19th Century U. S. Literature*, New Brunswick: Rutgers University Press, 1997, p. 185.

③ "怪诞身体"的概念源自巴赫金的狂欢理论,成形于巴赫金《拉伯雷的创作和中世纪与文艺复兴时期民间文化》一书。该书中关于怪诞现实主义的理论包含了深刻的身体性,体现了巴赫金"身体地形学"的重要内容。与"怪诞身体"相对应的概念是"古典身体"。有关二者的论述可参见 Simon Dentith, *Bakhtinian Thought: An Introductory Reader*, London: Routledge, 1995; Sue Scott & David Morgan, eds., *Body Matters: Essays on the Sociology of the Body*, London: Falmer Press, 1993; John Jervis, *Transgressing the Modern: Explorations in the Western Experience of Otherness*, Oxford: Blackwell Publishers Ltd, 1999。

④ 参见 Melani Budianta, "A Glimpse of Another World: Representations of Difference and 'Race'", Dissertation, Cornell Universtiy, 1992, p. 97。

⑤ Stephen Crane, *Prose and Poetry*, ed., J. C. Levenson, New York: Library of America, 1984, p. 544.

然身体变成了与怪诞身体相对的古典身体——"肌肉强壮""肤色红润发亮""身姿矫健""像首领一样威风堂堂"①——中产阶级渴求的身体特征。这种身体可见性与夜晚的怪诞身体看似形成了鲜明对照，实则构成了对应关系。正如德里克指出的，白日光亮的常规意义与作品表现的社会评论的常规意义一起，限定了夜晚感知和经历中具有威胁性的不稳定感，也充满矛盾地扩展了作品的参照范围。②但是，白日和夜晚里这两种看似矛盾的视觉经验却都来自年轻人同样的内在实验动机——在贫穷阶级之处寻找中产阶级丧失了的男性气质。夜晚感知的怪诞身体是年轻人以中产阶级成见所形成的视觉想象，来自对贫民身体的陌生化；白日感知的古典身体也是年轻人以中产阶级规范衡量的视觉可见性，来自对贫民身体的客观化。厄维特森认为克莱恩以幽默的语气提醒读者注意年轻人看到的流浪汉身上也有一种人性和文雅的表现③。这种"人性和文雅"正是处于男性气质危机中的中产阶级所理解的男性气质和欲求之物——历史学家罗坦多（E. Anthony Rotundo）称之为"男性原初力"的原始活力，是中产阶级男性希望重获支配权，重新确保社会父权制的意识形态体现。流浪汉自然身体的可见性蕴含了身体本身的物质和认知能量，体现出身体的本质主义内涵，更表现出生物学/自然身体的无阶级性，从根本上暗示了当时社会"对于其他阶级、种族和国家富有逻辑性和'科学性'解释的错误性"④，从而推进了年轻人对阶级差异和阶级主体间性的探询。

因此，接下来年轻人观看到了贫民身体的阶级化或社会化过程：当流浪汉穿上他们的破衣裳时，其身体又发生了巨大变化。"他们看起来这里隆起来一块，那里凹进去一团"⑤，更有一些人的身体变形又凸显出来：肩膀歪斜，鼓鼓囊囊，这边耸一下，那边歪一下；一个五短身材的胖子像个梨子一样忙

---

① Stephen Crane, *Prose and Poetry*, ed., J. C. Levenson, New York: Library of America, 1984, p. 544.

② 参见 Scott S. Derrick, *Monumental Anxieties: Homoerotic Desire and Feminine Influence in 19th Century U. S. Literature*, New Brunswick: Rutgers University Press, 1997, p. 185。

③ 参见 Matthew Quinn Evertson. "Strenuous Lives: Stephen Crane, Theodore Roosevelt and the American 1890s", Diss., Arizona State University, 2003, p. 137。

④ Melani Budianta, "A Glimpse of Another World: Representations of Difference and 'Race'", Dissertation, Cornell Universtiy, 1992, p. 108.

⑤ Stephen Crane, *Prose and Poetry*, ed., J. C. Levenson, New York: Library of America, 1984, p. 544.

前奔后。很明显，贫民充满古典男性性征美和代表人类身体普遍潜能的自然身体被他们的服饰赋予了阶级特性，将他们进行了阶级/文化定位，将之变成了社会身体。这种"社会身体限制了自然身体被理解的方式"①，其意义的生产网络来自社会和历史的限制，以及中产阶级身体标准观的监控。这些身体所表现出来的所谓的差异和不足"并非身体的本能属性，而是通过比较而来，它们不可避免地是社会建构的结果"②。正是这些差异和不足被中产阶级用来作为他们集体权力实施的目标隐喻，作为阶级差异可见性的符号，以"习性"的名义将贫民身体类别化和他者化③，并将之作为他们监视和规训贫民的理由，达到以身体政治来突出中产阶级自身身体观的规范性的目的④。然而，年轻人对贫民由自然身体对社会身体的观看，展示了身体的阶级标记性过程以及其中的阶级和文化含义，隐含了阶级差异产生的缘由。

年轻人通过易装手段实现了近距离对贫民男性身体的观看，进而逾越了贫民男性气质与中产阶级男性气质之间的阶级界限。绍齐特称这种以临时性假扮身份写成的故事为"易装叙事"⑤。他指出年轻人不惜体现出"经济上的卑微"来承担中产阶级和贫民阶级之间的协调者角色⑥，他并非通过放逐他者来保持其主体性界限，而是通过暂时性地将自身充分地可塑为他者来表现出自身的主体性⑦。值得注意的是，这种卑微化就是一种客体化的形式，因此年轻人的易装本身也成为一种身份表演。从其易装的客体对象来看，他再现出

---

① 转引自 Joanne Entwistle & Elizabeth Wilson, eds., *Body Dressing*, Oxford: Berg, 2005, p. 37。
② Nick Crossley, *The Social Body: Habit, Identity and Desire*, London: Sage, 2001, p. 152.
③ "习性"概念来自布尔迪厄的文化社会学理论。布尔迪厄认为习性是象征化、符号化地体现出产生行动的"建构中的结构"，寄寓着个人通过教育获得的社会化过程，浓缩着个体外部的社会地位、生存状况、集体的历史、文化传统，同时习性下意识地形成人们的社会实践。习性结构代表着思想方式、认知结构和行为模式。参见张法《文化与符号权力——布尔迪厄的文化社会学导论》，中国社会科学出版社 2005 年版，第 60 页。
④ 有关社会身体的讨论可参见 Mike Featherstone et al., eds., *The Body: Social Process and Cultural Theory*, London: Sage, 1991; Nick Crossley, *The Social Body: Habit, Identity and Desire*, London: Sage, 2001; Simon Johnson Williams et al., eds., *Debating Biology: Sociological Reflections on Health, Medicine, and Society*, London: Routledge. 2003。
⑤ 19 世纪末期在白人作家、新闻记者和社会研究者之中甚为流行穿上贫民服饰深入被杰克·伦敦称为"人类荒野"的贫民阶层，通过易装获取他们所见的有关社会差距的素材。
⑥ 参见 Eric Schocket, *Vanishing Moments: Class and American Literature*, Ann Arbor: The University of Michigan Press, 2006, p. 106。
⑦ Ibid., p. 109。

贫民他者的身份，占据了贫民他者的位置，创造出贫民他者的形象；从其易装的主体身份来看，他的易装或男性气质的逾越再现、成为和重构出中产阶级自我。年轻人对贫民从怪诞身体到自然身体再到社会身体的观看，逐步生产出贫民身体的可见性意义，颠覆了流浪汉的刻板形象。但是，年轻人却并没有将自身想象为贫民主体，只是将易装视为其中产阶级自我身份重构的途径。所以，年轻人以协调者的角色在解读自己的视觉感知时，确实僭越了现实中社会知识的文化权威性，然而他始终没有摆脱自己的中产阶级立场。这可以说是"克莱恩自我无意识的再现"[1]，因为年轻人的贫穷实验语境处于中产阶级男性气质危机中，他作为中产阶级主体对贫民阶层的探访并非要表现出"另一半人是如何生活"，而是试图跨越阶级间的距离去真实再现具有表演性和叙事性的贫民身体，从而获取对贫穷问题的一种认知视角和认识方式。在这一过程中，年轻人采用的方法是将中产阶级的身体主体——社会知识的场所，构想为贫民身体——社会力量的客体，其本身就包含了矛盾性。

克莱恩敏锐地认识到这种矛盾性对贫穷实验的价值，并利用这种矛盾性将男性气质的逾越再现为一种辩证运动：年轻人的易装或逾越方式在"真实"和"伪装"的冲突中完成了男性气质意义的生产和消费过程，开启了一种认识论上的变化可能性。这正是克莱恩着力表现的主题所在。因此，该随笔并没有止步于对贫民的观看，而是进一步体现了贫穷实验的后效性。随笔用较大篇幅叙述了年轻人与其同伴离开廉价旅馆后的感受、言语和行为，然而这一部分的描写经常被评论界所忽略，从而对克莱恩通过男性气质的阶级逾越获得反身性自我思考的表现意图挖掘不够。

具有讽刺意义的是，当年轻人与其同伴来到大街上时，他们并没有从难受氛围中解脱出来的突然的轻松感，"他已经忘掉了关于流浪汉的一切，一直自然地呼吸着，并没有不安或沮丧的感觉"[2]。深入贫民窟的经历没有给作为

---

[1] Donald Pizer, ed., *Documents of American Realism and Naturalism*, Southern Illinois University Press, 1988, p. 398.

[2] Stephen Crane, *Prose and Poetry*, ed., J. C. Levenson, New York: Library of America, 1984, p. 545.

观看主体的年轻人留下感觉后像①,而是让他们进一步明确和庆幸自身的中产阶级身份,确信自己是"智慧和美德的魂灵"②。正如希区柯克(Peter Hitchcock)指出的一样,"深入贫民窟是探访者探询经济不平等的过程,结果发现自己还是要回到保障这种不平等的位所和空间中"③,回到自身的阶级现实中。年轻人的这种感受极大地暗讽了当时盛行的社会调查者乔装打扮深入贫民窟的行为,表明"将那些城市贫民和无家可归者描写为可接近和可读解的人物形象是无可救药的肤浅和失准,只是改革者、警局官员和新闻记者自己的愿景而已"④。这些调查者在深入贫民窟时就带着界定差别和辨别他者身份和作为的权力,将自身重新定位为更高文明形式和优越文化的代表⑤,着意将两个阶级之间的差别归因于所谓社会—生物学灾难的社会根源,认为是人类的贪婪导致贫民"被迫的文明沦丧"。但是克莱恩的随笔,如罗伯逊总结的,根本不受有关贫穷根源的理论或改革建议所约束⑥,这决定了他的写作与其他类似写作之间的不同:克莱恩所要表现的是中产阶级在男性气质危机中将自身他者化后的反身性思考,对流浪汉近距离观看实现了从城市边缘居民的视角察看世界的意图,使年轻人及此随笔的读者暂时变成社会底层的居民,为回到社会现实中的思考铺垫出可能性。选择流浪汉来进行他者化是因为"对许多人来说,流浪汉最能明显体现出当时的经济紊乱和社会失控状态。流浪汉普遍存在被认为是失业问题、寄生问题、犯罪问题和道德堕落的最小公分母"⑦。但是,克莱恩并没有突出地将流浪汉置于时下的经济、政治和新闻的歇斯底

---

① "感觉后像"是心理学术语,也称为"残像",指的是外部刺激物的作用停止后大脑感觉到的图像仍然保留。现代主义时期的视觉文化将身体作为图像来理解,通常将身体的出现作为感觉后像来表现,如不断表现出身体位所的局限性、由文化决定的身体变形、身体统治意图和身体暴力意向等。

② Stephen Crane, *Prose and Poetry*, ed., J. C. Levenson, New York: Library of America, 1984, p. 546.

③ 转引自 Eric Schocket, *Vanishing Moments: Class and American Literature*, Ann Arbor: The University of Michigan Press, 2006, p. 109。

④ Joseph Entin, "'Unhuman Humanity': Bodies of the Urban Poor and the Collapse of Realistic Legibility", *Novel: A Forum on Fiction*, Vol. 34, No. 3, Summer 2001, p. 335.

⑤ 参见 Mark Pittenger, "A World of Difference: Constructing the 'Underclass' in Progressive America", *American Quarterly*, Vol. 49, No. 1, 1997, p. 42。

⑥ 参见 Michael Robertson, *Stephen Crane, Journalism and the Making of Modern American Literature*. New York: Columbia University Press, 1997, p. 91。

⑦ Eric Schocket, "Undercover Explorations of the 'Other Half', or the Writer as Class Transverstite", *Representations*, Vol. 64, No. 1, 1998, p. 114.

里般的语境中，也没有像理斯和其他作家一样在作品中体现出流浪汉对道德、财产和社会秩序构成的威胁，只是在回到阶级现实中，通过同伴言谈中对吝啬的老板、低廉的薪酬、与白人竞争工作机会的黑人、自己的失业及自身不称职的父亲角色等方面的抱怨，交代了中产阶级白人所经受的危机感和威胁感，暗示出流浪汉生产潜在的社会原因。

年轻人的易装和对流浪汉的观看，其作用体现在对中产阶级自我和贫民他者之间的二分法进行定位、界定、展演和消除，展示出中产阶级自我与贫民他者之间性别界限的模糊化。其易装行为成为他用来解构性别等级中的具体规范的执行策略，也表露出中产阶级对"性别去自然化"的焦虑感。但是从年轻人走出贫民旅舍的感受来看，年轻人并没有真正了解流浪汉的内心世界，这正是克莱恩所要表达的一种担忧。而且，克莱恩撰写这篇随笔的真正目的不只是书写出"对中产阶级缺乏了解流浪汉内心生活的担忧"[1]，更多的是表达出他对于中产阶级认识贫困问题方式的担忧。随笔对年轻人回到社会现实后的中产阶级心态和中产阶级身份立场的着力渲染，目的在于铺垫出年轻人男性气质的阶级逾越在中产阶级群体无视中的客体化。如同贫民的自然身体被他们的破衣衫阶级化一样，有着明确的中产阶级立场的年轻人与其同伴坐在公园里"被中产阶级传统神化的条凳上"时[2]，也被大街上来往的衣着光鲜的人们因为其贫民服饰而将之阶级化为贫民了，且对他们的存在毫无知觉。年轻人的身体处境此时遭遇到"社会和认知的中间地带"[3]。这种处境给他带来的震撼远胜于他在廉价旅舍中的感知体验，他终于认识到"社会地位、生活的舒适和安逸是不可征服的王国"[4]。但他的贫民服饰将他与这些王国分离开来，也将他与他所看重的中产阶级地位分离开来。由此，克莱恩探究到由结构性不平等带来的阶级认识观，才是社会差异的真正根源，才是将

---

[1] Michael Robertson, *Stephen Crane, Journalism and the Making of Modern American Literature*, New York: Columbia University Press, 1997, p. 98.

[2] Stephen Crane, *Prose and Poetry*, ed., J. C. Levenson, New York: Library of America, 1984, p. 547.

[3] Joseph Entin, "'Unhuman Humanity': Bodies of the Urban Poor and the Collapse of Realistic Legibility", *Novel: A Forum on Fiction*, Vol. 34, No. 3, Summer 2001, p. 334.

[4] Stephen Crane, *Prose and Poetry*, ed., J. C. Levenson, New York: Library of America, 1984, p. 547.

男性气质等级化的阶级权力再现。

随笔末尾又回到了年轻人的宏观身体处境，其描写与《街头女郎梅吉》中的末尾描写如出一辙：

> 在他的身后楼房鳞次栉比，高高耸立却色调冷淡。在他看来，这些楼房似乎象征着一个国度在使劲将其高昂的头颅挤进云端，根本不屑朝下瞟上一眼，在其高高在上地追求自身的抱负时却漠视了在它脚下挣扎生存的可怜人。城市的喧嚣声在年轻人的耳中犹如各种奇怪语言的混杂，各自噪嚷着，互不留意对方。这是铜板发出的叮当声，这种传递城市希望的声音在年轻人听来却毫无希望可言。①

年轻人的这种身体处境明确地传达出离绝和异化的思想。如同梅吉在故事结尾被城市的喧嚣声所抛弃，克莱恩在此重复表现出流浪汉或贫民阶层的类似命运。城市混杂的语言暗喻了《创世纪》中有关人类共同语言缺失和兄弟情谊毁灭的巴比塔故事②，包含了克莱恩对城市异化和分离语境的批评。年轻人的实验试图译解出底层阶级的语言含义，但底层阶级发出的呻吟、呜咽、尖叫、呐喊等声音虽然代表了"一个群体、一个阶级、一个民族的呐喊"③，却最终无法得到社会大多数人的聆听和理解。随笔结尾的语境也呼应了开篇年轻人的宏观身体语境，并突出了年轻人在跨越阶级凝视中体验到的男性气质逾越所再现出的流浪阶层被社会"受人尊敬阶级"放逐的结果。在工业化浪潮带来的男性气质危机中，身着贫民服饰的年轻人感受到了被社会语境异化的情形："他承认自己就像一个被抛弃的人……他的眼睛内疚不安地四处扫视着，似乎被定了罪，流露出罪犯的神情。"④ 这种感受呼应了当时社会对于流浪汉阶层的认识观，颇具讽刺意味地表达了贫穷对于流浪汉主体本身客体

---

① Stephen Crane, *Prose and Poetry*, ed., J. C. Levenson, New York: Library of America, 1984, p. 548.

② 参见 Michael Tritt, "The Tower of Babel and the Skyscrapers in Stephen Crane's 'An Experiment in Misery'", *ANQ: A Quarterly Journal of Short Articles, Notes, and Reviews*, Vol. 16, No. 2, 2003, p. 50。

③ Stephen Crane, *Prose and Poetry*, ed., J. C. Levenson, New York: Library of America, 1984, p. 543.

④ Ibid., p. 548.

化过程的作用。同时，作为对开篇以对话形式交代的实验动机的照应，随笔结尾同样以对话形式交代了实验结果。朋友问年轻人是否找到了贫民的视角，他回答道："我想没有，但不管怎样我自己的视角却发生了相当大的改变。"这种回应在施耐博（Holly Scheriber）看来表明年轻人最终有所收获，却无法交流出究竟收获是什么[①]。其实这种收获就是年轻人从其男性气质的阶级逾越中认识到贫穷问题对于阶级交往和阶级身份建构的影响所在。

虽然在随笔中克莱恩并没有深入探究造成社会不公的原因，却以意义含蓄和意味深长的结尾彰显了不同阶级间仍然存在不可跨越的鸿沟的社会现实，并试图以年轻人个人的感受表明跨越这种鸿沟的可能性，加强了《贫穷实验》的主题表达：年轻人（其实就是克莱恩本人）的贫穷实验从男性气质的角度开启了对人性平等的理解，但工业化社会向前发展的历史所带来的阶级差异对性别等级所产生的影响巨大无比，成为社会无法回避的问题。年轻人男性气质的阶级逾越揭示了这个问题的实质所在，并为男性气质危机中中产阶级探索重构男性气质和重建自我身份提供了一种可能性。

1896年11月克莱恩在写给朋友的一封信中谈道："在《贫穷实验》中我尽力想要表明的是巴华利生活的根源来自一种卑怯，也许我指的是缺乏抱负或者甘愿被命运打倒，接受命运的挫败。……在《街头女郎梅吉》中我［也］没有其他目的，只是将这些巴华利人展现给我的东西展现给大家。如果有让人不舒服的地方，就想想这种不舒服的意义所在吧！"[②]由此可见，克莱恩在《街头女郎梅吉》和《贫穷实验》中对巴华利世界或贫穷问题的再现意图在于：通过陌生化的贫民阶层书写诱导出中产阶级对自身主流意识形态的反省。具体而言，在这两部作品中，通过不同性别对男性的凝视引发的对男性气质跨越阶级的误读和逾越，克莱恩阐发出对19世纪90年代美国男性气质危机中中产阶级身份建构的思考。由于克莱恩倡导反对在文学艺术中进行说教的创作美学观，因此他更多地从现象学层面再现出贫穷景观和男性气质危机的表征，并通过阶级与男性气质的互动关系凸显出他从阶级层面对于男性

---

① 参见 Holly E. Scheriber, "Journalistic Critique through Parody in Stephen Crane's 'An Experiememnt with Misery'", *Literary Journalism Studies*, Vol. 4, No. 1, Spring 2014, p. 42。

② Stanley Wertheim & Paul Sorrentino, eds., *The Correspondence of Stephen Crane*, Vol Ⅱ, New York: Columbia University Press, 1988, p. 671.

气质的想象。他的这种想象在很大程度上呼应了19世纪90年代美国社会的男性气质观。但更重要的是，在这种想象中，克莱恩显示了中产阶级和底层阶级以男性气质这一话语中介在男性气质危机中的身份塑形特征，一方面表达了他对贫民阶层的同情，揭示了男性气质在阶级结构和阶级差异中的塑造力量和塑造过程；另一方面隐含了他对主流意识形态的反思甚至是批评，其中也流露出他对于男性气质危机中中产阶级身份建构的矛盾心态和认识层次。从克莱恩所表现的两部作品中主人公以视觉主体对男性气质跨越阶级的理解来看，克莱恩试图通过阶级话语对中产阶级男性身份建构进行探讨主要在观察层面得以展开，这说明克莱恩开始认识到贫民阶级作为他者对于男性气质危机中中产阶级身份建构的参照作用，传递出19世纪90年代男性气质意识形态开始发生变化的历史性意义。在这种探讨中，克莱恩自身的中产阶级立场比较坚定，其自身的创作反过来印证了阶级话语对于男性气质的塑形功能。《街头女郎梅吉》和《贫穷实验》这两部作品开启了克莱恩对于男性气质问题的思考，在他随后的创作中，克莱恩逐渐深入男性气质建构和生产以及男性气质的种族关联等主题，从性属和种族层次上深入触及19世纪90年代的男性气质危机问题。

第二章 男性气质的欲望表征

1865年，美国内战的结束标志着美国进入了一个新的历史里程，内战成为广泛的社会转型的一个组成部分。所有美国人都在期盼林肯葛底斯堡演讲中提到的"自由新的诞生"，并以一种乐观精神和极大热情迎接现代性的来临。但是战后的社会转型也给美国人带来多重冲击，使他们经历了一系列深刻的混乱和错位。尤其到了19世纪90年代，这些冲击更是深刻地影响到美国历史的未来发展方向。在经济加速发展和女性角色日渐公众化的过程中，美国社会和文化日益分化，社会生活变得更为复杂，金钱的增加和经济的增长孕育出美国人强烈的自相矛盾心理，既促生了扩张和繁荣的希望，也引发了对贪婪和腐败的恐惧。他们忧虑困惑于身边的社会现象：越来越多的罢工、汹涌而至的移民浪潮、日益突出的阶级和种族矛盾、不断被揭露的经济和政治腐败，等等。在他们看来，"政府已不再是民有、民治、民享的政府，而是一个企业所有、企业治理、企业享用的政府"[①]，而且政府的政治体系导致了混乱、无序和腐败的局面。在这样一个充满政治和经济矛盾的社会，以及不断异化的劳动力面前，美国中产阶级试图建立一种能治愈其社会和道德创伤的抚慰文化。

很明显，这种抚慰文化建构离不开这一时期与国家统一主题契合的内战记忆。此时美国结束内战已经三十年，大众文化、政治演讲，甚至是战争老兵和原来的废奴主义者都在关注南北方统一文化的建构问题。南北双方对浪漫而富于情感的和解文化以及有关创伤康复与正义的统一文化都表现出崇敬

---

① 转引自 Jack Beatty, *Age of Betrayal: The Triumph of Money in American*, 1865–1900, New York: Alfred A. Knopf, 2007, p. XV。

之心，以此回应和弥补镀金时代令人困惑的矛盾裂痕。究其本质，这种统一文化不只是代表了向后看的欲望，重要的是其中的感伤和浪漫特征与镀金时代寻求抚慰文化的趋势保持一致。[1] 此外，19世纪90年代美国在内战战场、墓地、城市广场等风光中建起了许多内战纪念碑，敦促观看者思考有关内战记忆的问题：他们记住的是内战的意义，或仅是内战景观，还是内战中南北双方白人男性的英雄主义抑或战争的政治后果所带来的不停挑战[2]？同时阵亡将士纪念日成为老兵们保持自身身份归属感和在更多人中建构英雄主义男性形象的重要日子。不管怎样，内战战场被构想为治愈创伤和南北和解的场所，国家统一主题强化了对尚武英雄主义、艰苦生活和勇敢品质的颂扬。对于像霍尔姆斯（Oliver Wendell Holmes）这样的老兵来说，内战遗产不仅镌刻在战斗双方的道德理由上，也存留在战斗双方表现出来的热情忠诚和牺牲精神中，因为他们这一代人的"心灵曾被火焰燃烧过"。所以在他们眼中，真正的内战英雄，亦即内战最深刻的记忆，是抛开意识形态后"在具有决定性的竞争中面对战斗经历的"南北双方士兵。霍尔姆斯式关于内战的记忆深深根植于19世纪末的美国文化[3]，尤其是他"从英雄主义中诞生的是对英雄主义价值的忠诚"的言论，道出了对战后新的爱国主义意识形态的思考，也道出了世纪末的一代美国人在越来越呈现异质性特征的社会里，越来越崇尚物质追求的年代中，定位自身国民身份时投身更高理想的意愿。

罗斯福正是这种理想意愿的倡导者，他总是将国家意志和男性活力相提并论，强调勇气和勇敢等男子气概观，强调对更高原则的追求，提出了"艰苦生活"的理念。他指出："一个国家的人民，如果从根本上既不道德又不具备男子气概，就无法完成真正的伟业。"[4] 这种男子气概观组成了19世纪90年代统一和解心态的关键部分，育化为当时爱国主义精神和美国国家未来发

---

[1] 参见 Nina Silber, *The Romance of Reunion*: *Northerners and the South*, 1865 – 1900, Chapel Hill & London: The University of North Carolina Press, 1993, p. 106。

[2] 参见 David W. Blight, *Race and Reunion*: *The Civil War in American Memory*, Cambridge: Harvard University Press, 2001, p. 340。

[3] 参见 David W. Blight, *Beyond the Battlefield*: *Race, Memory & American Civil War*. Amherst: University of Massachusetts Press, 2002, p. 99。

[4] 转引自 Nina Silber, *The Romance of Reunion*: *Northerners and the South*, 1865 – 1900, Chapel Hill & London: The University of North Carolina Press, 1993, p. 167。

展的根本性别属性。内战老兵,不管是北方的还是南方的,共同力证国家需要的男子气概遗产是男性勇敢、忠诚、勤勉等传统品质,试图抵制商品社会对其男性气质形象的侵蚀,抵制这场个人和社会的身份危机。包括老兵及其儿辈以及未参战者在内的许多男性都认为这些品质在内战战场中得以极致发扬。老兵们都希望在这个充满贪婪和物质主义的时代能够复活这些男性气质遗产,成长于19世纪90年代的一代人也愿意继承和践行这些男子气概传统,整个社会都企求通过内战的集体记忆以男子气概的传统价值来重新激活这个国度。

与此同时,科技发展和大众文化的兴起助推了内战集体记忆的持续和传播。从19世纪80年代开始,大量的出版物,如书籍、报刊,甚至是官方文件等都钟情于内战题材,其中包括参战士兵和将军的传记和回忆录、战斗描述、人物虚构等。《世纪杂志》(*Century's Magazine*)登载的"世纪战争系列"受到了读者的追捧,被编撰成《内战战斗与军官》(*Battles and Leaders of the Civil War*)丛书,对内战的记忆产生了深远影响,且满足了公众的记忆欲求。作家们也钟情于内战题材,大多将内战再现为一场无比浪漫化的战争来凸显其中的个人英雄主义色彩,将战争撰写为男性荣誉的试验场。在他们笔下,内战是男性专有的战争,成为再现"穿着蓝色军装和灰色军装的白人战士身上所共有的英雄主义和骁勇作风"[1]的时空。至19世纪90年代,有关内战的个人故事数以万计,这些个人回忆开始与集体记忆的政治发生碰撞,就有关死亡和重生的意义引申出新的观点。但在许多批评家看来,那些老兵身份的作家并没有理解或描述出他们在战争中经历的真实情况,只是表现出对战斗的迷恋,其文风呈现出不外乎豪威尔斯所言的"做作的"感伤主义色彩。

克莱恩非常不满这种对内战感伤式的文学表现。他在阅读了《世纪杂志》登载的"世纪战争系列"后说道:"我觉得有些人根本没有说出他们在枪炮声中是怎么感受的,只是滔滔不绝地说着他们在干什么,他们就像石头一样毫无情感!"[2]这种不满激发了克莱恩创作《红色英勇勋章》的动机,成就了

---

[1] Alice Fahs, "The Feminized Civil War: Gender, Northern Popular Literature and Memory of the War", *The Journal of American History*, Vol. 85, 1999, p. 1464.

[2] 转引自 Paul Sorrentino, *Student Companion to Stephen Crane*, Westport CT: Greenwood Publishing House, 2006, p. 5。

《红色英勇勋章》与其他表现内战作品之间的鲜明对照。克莱恩的作品着重于一个年轻士兵在战争恐惧面前的内心状况和心理斗争描写,准确地说,主人公经历的战斗都是内心的战斗,针对的是自身的恐惧、犹疑和无知。[①] 作品围绕主人公对战斗的情感反映,叙写出主人公成为男人的思想和行为过程,绕结着 19 世纪 90 年代有关勇气和男子气概决定作用的普遍看法。克莱恩同时代的评论家一方面惊讶于克莱恩写作战争心理现实的能力,另一方面也注意到克莱恩的作品奇怪地应接了最新的对战争的传记描述。《纽约时报》称赞克莱恩"蔑视所有关于战争荣耀的传统……战争在他笔下是肮脏可怕的东西"[②]。一些老兵也发现没有战争经历的克莱恩所创作的作品,比那些有过战争经历的老兵的回忆录和日记读起来更具有吸引力和共鸣。

总的来看,这一时期内战文学的创作多与工业时代重新修复男子气概和构建新的爱国主义所带来的压力、霍尔姆斯式的士兵回忆、在老兵周围形成的强大的和解文化气氛等息息相关,并且南北方的和解文化使人们越来越沉浸在对国家重新统一的庆贺中,开始隐藏和忘却战争的恐怖。正因为这样,当时作家们在虚构或非虚构的作品中总是回避奴隶制中的政治冲突,喜欢谈论国民和解的问题。《红色英勇勋章》追随了这一时代创作潮流,不仅没有反映出内战原因和国家需要,而且"像黑人、林肯、医院、监狱等内战要素都未曾出现在克莱恩的剧场中"[③],所以许多评论将该作品视为一种去政治化的书写,即使在将此作品解读与 19 世纪 90 年代的男性气质研究结合起来,也多将作品视为对 19 世纪 90 年代男性气质危机或疾患的再现、修正和弥补,却未充分认识到作品关于主人公心理行为过程的描述是对 19 世纪 90 年代内战集体记忆和男性气质话语具有整体性的动态回应这一点,忽略了克莱恩在作品中所表达的有关性别和男性气质想象的关系问题——男性气质的生成或欲望生产主题。从这部作品获得老兵认可及其颇受当时读者欢迎的情况看,

---

[①] 参见 James Nagel, "Stephen Crane's *The Red Badge of Courage*", *A Companion to the American Novel*, ed., Alfred Bendixen, Malden: Blackwell Publishing Ltd., 2012, p. 473.

[②] 转引自 Lisa A. Long, *Rehabilitating Bodies: Health, History, and the American Civil War*, Philadelphia: University of Pennsylvania Press, 2004, p. 155.

[③] Daniel Aaron, *The Unwritten War: American Writers and The Civil War*, Oxford: Oxford University Press, 1975, p. 215.

克莱恩抓住了19世纪90年代美国国民的心理欲求。在这部作品里，克莱恩通过再现真实战争和想象战争之间的关联，将主人公呈现为男性气质文化符号生产的载体，透过内战记忆表征出男性气质的生成方式：既包含了男性气质的重复和差异生产，也从死亡本能溯源了男性气质的生产，并以精神分裂的方式再现出男性气质的超越生成。更重要的是，作品隐含了19世纪90年代美国现实社会中男性气质的欲望生产过程，折射出19世纪末期南北方统一话语中美国国民身份建构过程中的意识形态运作方式，涵盖了克莱恩对于这些方式的思考。

第一节　男性气质的重复和差异生产

德勒兹认为，性属也是一种生成，"是一千种性的生产，包含非常多无法控制的生成方式"[①]。具体到男性气质，因其本质是一种怀旧形态，其建构就是对某种传统的认同和重复，实质上是关于同一性的景观生产。同一性在德勒兹的论述中是由差异产生的，是一种并非简单地进行相同行为的差异性重复。[②] 进一步说，差异并非否定，而是一种肯定，是创造和被创造。[③] 由此推知，男性气质的生产就是对某种男性气质传统进行重复和差异的欲望生产，其中包含了不同层次的生成，"是通过男性的生成女性和人的生成动物发展而来"[④]。

德勒兹认为，这种性别生成尤其体现在战场中的男性中。"［战场中的男性］经历了整体生成，这种生成隐含了多样性、敏捷性、普适性、变形性和叛逆性，也隐含了情感力量。狼人、熊人、野猫人、各种动物性的男性、秘密的兄弟情谊等使战斗充满活力。……［战斗中的男性和动物形象群体］一

---

① Gilles Deleuze & Felix Guattari, *A Thousand Plateau: Capitalism and Schizophrenia*, Trans. Brian Massumi, Minneapolis: University of Minnesota Press, 2005, p. 278.
② 参见潘于旭《断裂的时间与"异质性"的存在——德勒兹〈差异与重复〉的文本解读》，浙江大学出版社2007年版，第142页。
③ 同上书，第164页。
④ Gilles Deleuze & Felix Guattari, *A Thousand Plateau: Capitalism and Schizophrenia*, Trans. Brian Massumi, Minneapolis: University of Minnesota Press, 2005, pp. 278–279.

起产生了传染性，组成了复杂的集合体，即由男人、动物群体、大象和老鼠、风和暴风雨、具有散播传染性的细菌等组成的动物生成。"① 有必要指出的是，在德勒兹的论述中，这种动物生成并非指男性真正退变为动物，而是打破人与动物的二元对立，将人与动物互为辖域化，指的是人对动物运动、动物感知、动物生成的一种感觉，是生成的一种新的思维方式。② 动物生成又与生成女性密切相关，因为生成女性是所有生成的根本和关键。德勒兹指出，生成女性不是成为女人，而是进入微观的女性气质地带，在男性自身生产和创造出分子女性。③ 这种生成女性不再把男性的欲望作为欲望的话语，而是开放前个体的、反俄狄浦斯的、革命性的欲望。④ 由此可见，"成为男性就必须生成女性和生成动物"⑤，建构男性气质实际上是一个欲望生产的过程。

　　战场中男性的这种性别生成特点经常可以在人类各个历史时期和各种文化形态中找到证明。许许多多的例子均表明，成为男性或者说男性气质生产的最佳场所都离不开战场。战争一方面可以着重突出男性凭借战争机器获得大幅提高的战斗威力，另一方面在把民族身份浓缩成胜败之间的明显对立时，总是集中于表现出成为"真正男人"的某些特定方式上，并将一种极端的男性行为树立为所有男性行为的理想典范。这一典范逐渐衍变为备受推崇的男性气质传统，且通常被视为亘古不变的绝对真理彰显在战争这一偶然的历史事件中。⑥ 作为一部经典战争小说，《红色英勇勋章》同样孕育了这种战争和男性气质的内在关系。克莱恩将内战再现为"试验个人男子气概的大熔炉"⑦，将主人公弗莱明成长为"真正男人"的故事书写为以古希腊英雄男性气质传统为理想典范的同一性景观再造，从生成动物和生成女人两个方面展

---

　　① Gilles Deleuze & Felix Guattari, *A Thousand Plateau*: *Capitalism and Schizophrenia*, Trans. Brian Massumi, Minneapolis: University of Minnesota Press, 2005, p. 243.
　　② 参见陈永国《理论的逃逸》，北京大学出版社 2008 年版，第 120 页。
　　③ Gilles Deleuze & Felix Guattari, *A Thousand Plateau*: *Capitalism and Schizophrenia*, Trans. Brian Massumi, Minneapolis: University of Minnesota Press, 2005, p. 276.
　　④ 参见麦永雄《生成论的魅力》，《文艺研究》2004 年第 3 期。
　　⑤ Claire Colebrook, *Understanding Deleuze*, Crows Nest: Allen & Unwin, 2002, p. xxi.
　　⑥ 参见［美］里奥·布劳迪《从骑士精神到恐怖主义：战争和男性气质的变迁》，杨述伊、韩小华、马丹译，东方出版社 2007 年版，第 7 页。
　　⑦ Amy Kaplan, "The Spectacle of War in Crane's Revision of History", *New Essays on The Red Badge of Courage*, ed., Lee Clark Mitchell, Cambridge: Cambridge University Press, 1986/Beijing University Press, 2007, p. 81.

现出男性气质的重复和差异生产过程，叙写了男性气质欲望生产的双重生成运动，隐含了对19世纪末期美国社会男性气质重构的思考。

这种思考首先体现在作品有关成为男人与生成动物的联系上。作品以弗莱明的从戎故事为开端，并通过大量动物形象展演出弗莱明成为真正男性的历程。采用动物形象来表现男性气质的手法并非克莱恩的独创，也并非始自19世纪末期的美国。在美国男子气概的历史上就包含无数通过野生动物比喻来夸大和突出人的力量和凶猛的例子。到了19世纪，达尔文的演化论有关人与动物之间的演化关联使内战后的男性气质与动物之间的联系更加突出。他的《物种起源》（1859）和《人类的起源》（1871）两部著作为19世纪末期理解男性在自然中的地位、男性和女性的关系以及群体和个体之间的竞争等提供了新的视角。《物种起源》所论述的人类起源于动物的思想直接挑战了有关人类起源的神学思想，将19世纪末期对人类兽性本质的理解由比喻转换为科学现实。在《人类的起源》中，达尔文进一步指出男性和女性的生殖作用决定了他们各自的"精神气质"，并探讨了以性别差异为基础的演化心理，认为男性从野蛮祖先和前历史时期对于异性恋之间的竞争、狩猎和战争行为中继承了好战的品质。达尔文的这些演化论思想与19世纪普遍持有的性别心态构成之间形成了极端的差别，给性别和种族不平等提出了新的解释理由，赢得了美国内战后中产阶级和上层阶级白人男性的青睐。他们自觉运用达尔文生物学，将兽性划归为最根本和最自然的男性属性，这种做法直接影响了19世纪末期美国社会规范化男性气质的概念界定。有关人类动物野蛮本性的观念——人类不仅从猿猴演化而来，而且继承了动物的精神本质，并通过本能来表现其行为方式——成为19世纪末期构塑规范化男性气质的核心精神要素。在达尔文演化论思想的影响下，维多利亚晚期的白人男性被视为具有经济竞争力和倡导异性恋的最先进的演化产品，同时19世纪末期男性气质的主流文化建构倾向也总是退回到早期人类和动物形态中去想象男性的根源[1]，既期望对维多利亚时期男性气质的同一性进行重新思考，又试图从男性气质同一性的轨迹中找回男性气质生产的原始动力。很显然，克莱恩正是以《红色

---

[1] 参见 John Pettegrew, *Brutes in Suits: Male Sensibility in America*, 1890–1920, Baltimore: The Johns Hopkins University Press, 2007, p.2。

英勇勋章》的创作参与到 19 世纪末期有关动物秉性与男性气质重构的讨论中。然而，《红色英勇勋章》中的动物形象所传达的并非一种简单的达尔文式的本能退化意义，而是充满了生成动物性。① 正是通过生成动物，克莱恩表现了主人公及其战友以威风凛凛、勇武超群的古希腊英雄为典范进行男性气质重复生产的方式和过程。

作品第一章的"雄鹰"意象开启了整个故事有关生成动物与男性气质重复生产之间的关系。弗莱明在参军前"一生中梦想过无数次战斗"，渴望古代战争的荣耀，并想象人们"在他那雄鹰一般锐利、威猛的视线庇护下会感觉安全"②。在此，"雄鹰"形象以其威猛强悍的品质象征了传统的男性气质文化符号，承载着弗莱明男性气质同一性生产的欲望，包孕了弗莱明男性气质活力重复生产的潜意识，成为弗莱明男性气质欲望生产的起点，弗莱明作出从戎决定并具有了原始动力。有关弗莱明投身部队"并不是建构在理性的个人决定上，而是为了实现一个他无法给出合理解释的欲望"③ 的观点，其实是忽略了作品"雄鹰"的意义生产与作品男性气质生产主题之间的关联。所谓"无法给出合理解释的欲望"就是通过"雄鹰"的动物生成传递出来的建构英雄主义男性气质的欲望。这种欲望与弗莱明的现实语境发生了冲突，所以弗莱明对男性气质的重复生产忧心忡忡。他害怕自己没有机会成为一名"古希腊战争"英雄，因为"人们不是变得更好，就是变得更胆怯。世俗的和宗教的教育已经消除了人们凶狠搏杀的本能，或者，稳定的经济已经牢牢地控制了这种愤怒的情绪"④。这种担忧传诉出的正是克莱恩对于 19 世纪 90 年代美国男性气质危机的担忧：工业化的社会经济生活削弱了人类身体的根本动能，殆尽了男性气质的原始本质。本着复活男性气质原始活力的冀愿，弗莱

---

① 更多有关德勒兹"生成动物性"的阐述可参见 Gilles Deleuze & Felix Guattari. *A Thousand Plateau*: *Capitalism and Schizophrenia*, Trans. Brian Massumi, Minneapolis：University of Minnesota Press, 2005；陈永国《理论的逃逸》，北京大学出版社 2008 年版。

② Stephen Crane, *Prose and Poetry*, ed., J. C. Levenson, New York：Library of America, 1984, p. 83. 本著作有关《红色英勇勋章》的中文译文参考了刘士聪、谷启楠译《红色的英勇标志》，人民文学出版社 2004 年版。

③ Hmoud Alotaibi, "The Power of Society in *The Red Badge of Courage*", *MA Thesis*, Cleveland State University, 2009, p. 30.

④ Stephen Crane, *Prose and Poetry*, ed., J. C. Levenson, New York：Library of America, 1984, p. 83.

明在其个人欲望和忧虑与国家机器合谋的作用下，作出了投身战争的决定。从此，弗莱明进入了一个自我辖域化的领域，并带着身临战争的"不确定性"和开放性，开始朝着男性气质的生产方向延展。

但是，弗莱明怀抱的"雄鹰"理想却在身临战场后遭遇到同样由动物形象表征出来的战争现实的遏制。在开战前对战斗的期盼和犹疑中，弗莱明就通过动物生成体察到战争的恐怖威力：黎明前的行军队伍像"怪物似的"在移动，敌军营火如同"并肩前进的一排恶龙的眼睛"；弗莱明所在的新兵团在黑暗中的行进"活像一只慢慢爬行的多足怪物"，并且不时有闪光从"所有这些巨大爬行动物的后背"散发出来①；这些长长的行军队伍在晨光中又"宛如两条长蛇从黑夜的深洞里蜿蜒爬出"，如"长蛇阵"般缓慢爬行②。在弗莱明这种对于战争亲身的初步体验中，这些动物形象渲染出的邪恶能量疏离了弗莱明的"雄鹰"梦想，其中生成的强大威力突出了弗莱明关于战争想象和战争现实之间的差异性，压制了弗莱明的人为力量，加深了弗莱明对于战争的怯懦感，加重了弗莱明"幽闭恐惧症般的内心慌乱"③和思想混乱状态，并在巨大和渺小的对照定格中推进着弗莱明男性气质复活的矛盾心理历程和行为表现选择。

在这种邪恶恐怖的生成动物中，弗莱明产生了对以战争进行男性气质重复生产的抵触情绪，他不愿被将军们赶到"不折不扣的猪圈里""像猪猡似的任人宰杀"④，他承认自己会变成一条"可怜虫"⑤被战争机器碾压。在第一波遭遇战打响后，弗莱明更是观看到战争的恐怖画面：炮弹像暴风雨中的女鬼一样呼啸而过，在硝烟中迅速奔跑的士兵像野马一样狂奔，发出狂叫。然而这种动物生成又勾起了弗莱明对战争这个"由多个成分构成的魔王"⑥面孔的认识欲望。他下意识地投入战斗，在"犹如动物不断受到挑逗……或性情温顺的母牛被几只狗惹恼"⑦所带来的愤怒中，弗莱明收获的只不过是自身

---

① Stephen Crane, *Prose and Poetry*, ed., J. C. Levenson, New York: Library of America, 1984, p. 93.
② Ibid., p. 94.
③ Ronald E. Martin, *American Literature and Destruction of Knowledge: Innovative Writing in the Age of Epistemology*, Durham: Duke University Press, 1991, p. 124.
④ Stephen Crane, *Prose and Poetry*, ed., J. C. Levenson, New York: Library of America, 1984, p. 102.
⑤ Ibid., p. 103.
⑥ Ibid., p. 110.
⑦ Ibid., p. 113.

被进一步渺小化和无能化。战争的恐怖威力在他的眼中不断放大，变身为"一群可怕的恶龙"和"红红绿绿的妖魔"①，"吓得他大喊大叫……就像一只怯懦的小鸡"②，并想象着从头顶呼啸而过的炮弹"冲着他大笑，露出一排排残酷的獠牙"③。在他身边曾经表现出英勇无畏和牺牲精神的战友，此刻也吓得面无血色，毫无羞愧感地"似兔子一样"④跑掉了。在这场战斗中，战争的生成动物性以一种外在力量加速了弗莱明的自我消解和延展运动，迫使弗莱明重新界定和生成自我。相比之下，弗莱明及其战友的生成动物性则使弗莱明和战友的身体主体被动物形象所同化，显示出弗莱明被文明教化培养出的胆怯心理所受到的挑衅，其潜意识中的男性气质的生产能量与其现实表现形成了巨大反差，且受到抑制。因此，他当上了逃兵，试图逃避在战场中获取男性气质，试图重新寻求一种能量释放的途径来实现男性气质的同一性生产。

实际上，弗莱明自参战开始就卷入寻求一条逃逸线⑤来回避男性气质同一性生产的困惑中。确切地说，作品就是通过扣住他怎样努力解决自己是否会从战场中逃跑的严重问题所陷入的沉思而展开的。评论界大多认为弗莱明从战场上逃跑是自然主义文学中常见的本能表现，是一种盲目的冲动行为，其逃跑最大的收获在于从途中遇到的一只松鼠身上获得了一种启示和安慰，促使他的兽性本能进一步展现出来。这种认识在很大程度上忽视了弗莱明逃跑中逃逸线的生产作用。弗莱明从战场上逃逸是从一个辖域化领域进入一个解辖域化的领域，开始了他的自我分解。他的逃跑经历，给他带来的是精神和物质越界的机会，使他能通过逃逸线来突破其原有状态，通过感受另一种动物生成的传染性去重新审视自我。逃跑途中，他听到昆虫有节奏地鸣叫，看

---

① Stephen Crane, *Prose and Poetry*, ed., J. C. Levenson, New York: Library of America, 1984, p. 119.
② Ibid..
③ Ibid., p. 120.
④ Ibid., p. 119.
⑤ "逃逸线"是德勒兹哲学体系中的一个重要概念。逃逸线并不意味着逃逸，也不是边界的完全消亡，而是一种模糊多变的分割，一种对体系的叛逆。它揭示出体系具有不稳定、不清晰和无法最终划定的边界，所以在逃逸线上，充满了"粒子"流动和扩展，充满了不确定性，实质上是充满活力和创造性的生成的运动。并且逃逸线的不确定性和差异性最终带来的是内部与外部的融合。参见 Gilles Deleuze & Felix Guattari, *A Thousand Plateau: Capitalism and Schizophrenia*, Trans. Brian Massumi, Minneapolis: University of Minnesota Press, 2005, pp. 3–25。

到啄木鸟肆无忌惮地啄着树干，小鸟轻快地振翅飞翔，一只小动物跳进黑水里叼出一条鳞光闪闪的鱼。这些动物景象给弗莱明带来生存的"踏实"感，使其领会到"和平的真谛"①。这种生成动物中的差异性缓解了弗莱明男性气质生产的紧张感，并且他从被他吓跑的"快活的松鼠"身上了悟出自然界的生存法则。这一法则看似给弗莱明为自己的逃跑提供了辩护理由，却隐含了弗莱明事物认识观的不确定性：外界力量的入侵有可能导致弗莱明改变对事物的看法。弗莱明逃跑途中看到的动物形象将差异性与不确定性聚拢起来，以生成动物的方式穿越了弗莱明的身体主体，隐秘地影响着弗莱明对于男性气质重复生产的认识，并与弗莱明逃跑途中的其他经历结合在一起，为弗莱明回归战场进行男性气质欲望生产埋下了伏笔。

在经历逃跑回到部队后，弗莱明将他从松鼠身上学到的生存法则转化为战场上的生存法则。虽然战争仍然是一头"血腥的动物……饱食鲜血的神"②，部队仍似一条"巨蛇"在爬行，滑膛枪声就像"被释放出来的妖怪的狂叫声"③，大炮声也如同"穷追不舍的金黄色猎犬的狂吠"④，但是弗莱明第二天对于战争的愤怒感迥异于与第一天战斗中的愤怒感，其战斗中的行为表现也截然不同。看到自己的部队"总是像老鼠似的被人追赶……像装在口袋里的小猫"一样被人戏弄⑤，弗莱明极其不满，他"眼睛里仇恨的怒火在燃烧，他紧咬牙关，像恶狗似的吼叫"起来⑥，变成了"难以遏制的凶神恶煞"⑦。看到战士们"像一群动物被抛进一个黑洞里做垂死搏斗"，自己的部队"像一条被脚踩中的蛇一样盘绕扭动，在惊恐和痛苦中来回摆动着蛇头和蛇尾"时⑧，弗莱明对战争已经不再感到恐怖，更多的是仇恨。他"像一只狗一样"追赶和猛击敌人，被中尉称赞为一只"野猫"⑨。在第二天反攻敌人

---

① Stephen Crane, *Prose and Poetry*, ed., J. C. Levenson, New York: Library of America, 1984, p. 125.
② Ibid., p. 148.
③ Ibid., p. 168.
④ Ibid., p. 170.
⑤ Ibid..
⑥ Ibid., p. 172.
⑦ Ibid., p. 173.
⑧ Ibid..
⑨ Ibid., p. 174.

时，他无意识地完全变得像一个"野蛮人"、一头"野兽"一样顽勇，成为"自己心目中的英雄"[①]。他的这种动物生成还产生了传染性，当他看到战友们也一个个像"恶狼一般凶狠"[②]，他产生了甜滋滋的念头，获得了一种快感。在他的影响下，他的战友也像"猎狗"[③] 或"好似豹子扑食"[④] 般扑向敌人。整个部队在他英勇行为的激励下赢得了第二天的战斗胜利，"战士们一个个都不愧为男人"[⑤]。

弗莱明及其战友的这种变化历程被克莱恩通过不同动物形象栩栩如生地描摹出来，尤其表明了弗莱明心理历程上的变化。弗莱明"对于男子气概的假想经历了从动物般懦弱向动物般凶残的转变"[⑥]，承载了对于战争的讽刺意义。但不容忽视的是，作品主人公的这种变化更加充分地展现了生成动物对于性别欲望生产的意义所在。

作品中大量的动物形象引起了评论界的广泛关注。大多数评论根据达尔文主义对克莱恩创作的直接影响，认为作品中的动物形象突出了人类与动物的共性，强调了人类的低级本能以及人类对命运掌控的乏力，从而进一步揭示出克莱恩对于战争暴力的批判。由于着眼于本能说，这些评论多将本能视作生物属性中的低层次品质，注重和强调人类行为中动物本能的映像显现，蒙蔽了本能的生成性以及动物形象中蕴藏的生成力量，对于作品有关动物形象描写的深层意义和克莱恩采用动物形象描写主人公的真正动机挖掘不够。也有评论结合19世纪90年代的历史语境与克莱恩作品中的动物形象再现，指出克莱恩在《红色英勇勋章》中大量使用动物比喻的意图在于表明弗莱明并未超越自身本能，只是重新导引了这些本能。尤斯特认为与其同时代的人庆幸男性能在战斗中找到"活力"的观念相比，克莱恩却将这种活力视为男

[①] Stephen Crane, *Prose and Poetry*, ed., J. C. Levenson, New York: Library of America, 1984, p. 175.

[②] Ibid., p. 192.

[③] Ibid., p. 201.

[④] Ibid., p. 207.

[⑤] Ibid., p. 193.

[⑥] Mordecai Marcus & Erin Marcus, "Animal Imagery in *The Red Badge of Courage*", *Modern Language Notes*, Vol. 74, No. 2, Feb. 1959, p. 110.

性对最具动物秉性的本能的倒退，以此说明无人能完全超越这些本能。① 另一位评论家佩蒂格鲁也认为克莱恩的作品是建构在可称为达尔文式的退化论男性气质的框架中的。②

这两种意见触及了19世纪90年代的男性气质观，佩蒂格鲁甚至注意到在弗莱明明显地逐步走向野蛮中，他的野蛮给他带来了力量和好运③，但是他们都没有进一步挖掘出克莱恩对于这种男性气质观的思考。从弗莱明的生成动物历程看，克莱恩并没有止步于退化论，而是以"创造性内化"④ 的方式表现出弗莱明对男性气质文化符号的重复生产。如同一些评论指出的，整部小说的叙事发展并没有具体表现出弗莱明的战斗过程，对实际屠杀行为的描写着墨很少，而且弗莱明的敌人总是无形无脸⑤。由此可见，弗莱明在战斗中由生成动物所带来的力量并非针对敌人，而是针对自身，针对其男性气质的

---

① See David Yost, "Skins Before Reputations: Subversions of Masculinity in Ambrose Bierce and Stephen Crane", *War, Literature & the Arts*, Vol. 19, No. 1, 2007, p. 255.

② 参见 John Pettegrew, *Brutes in Suits: Male Sensibility in America, 1890 - 1920*, Baltimore: The Johns Hopkins University Press, 2007, p. 17。

③ 参见 Ibid, p. 215。

④ "创造性内化"（creative involution）这一术语是德勒兹和伽塔里在柏格森的"创造性演化"（creative evolution）概念上发展而来的。在德勒兹和伽塔里看来，演化过程中的创造不能说只是在一个复杂化的过程中发生的，而是从一个差异不够明显走向差异分明的过程中发生的。这一过程就是"创造性内化"，其中"内化"强调象征域的出现使迥然不同的事物之间的一些可以转换的关系发生变化，因此德勒兹和伽塔里不再将人的生成作为一个个体生物有机体演化的问题，而是将之作为机械合成体或共生复合体的一个组成部分来理解。当其再现在自身中发现了无限性时，就不再是有机体的再现，而是狂欢式的再现，因为它发现了有机体的局限性，即重新发现了一种怪异性，这种怪异性与"反自然性"相连。例如共生复合体以及异常的动物生成都来自自然，但其中的自然又与之相对。德勒兹和伽塔里在《千高原》中强调了这种"非自然性的参与"，旨在揭示生成的风格，认为这些生成风格被重新用来引导新的东西进入演化之中。相比达尔文演化论认为的有机体与另一个体的偶然交汇是普遍的自然法则，是自然选择的例证，演化可以确认自然选择的力量的观点，德勒兹和伽塔里则强调在这一过程中生命体是怎样回避和转换"选择压力"的。在他们看来，在共生复合体中创造的新的联盟并非以简单和可以预测的增殖方式发生作用，而是涉及一些非累积性的新的构成方式。其中那些"非凡的合成体"与在这一过程中生产出来的各种生命形式的组成部分并不一样，即非凡的合成体本身是一种新的生成。参见 Keith Ansell Pearson, *Germinal Life: The Difference and Repetition of Deleuze*, London & New York: Routledge, 1999, pp. 143 - 145。弗莱明通过"创造性内化"的方式最终获得了其欲求的男性气质，但这种男性气质与古希腊英雄的男性气质并不完全一样，而是具有了一些新的含义。

⑤ 佩蒂格鲁和隆恩都注意到了小说的这个特点。佩蒂格鲁认为作品强调的是战争暴力的机械本质，因此作品用相当多的细节表现了自我毁灭。参见 John Pettegrew, *Brutes in Suits: Male Sensibility in America, 1890 - 1920*, Baltimore: The Johns Hopkins University Press, 2007, pp. 215 - 216。隆恩则认为作品强调的是战争机器的杀戮性及其传染性，并认为这种杀戮性正是战争病害的体现。参见 Lisa A. Long, *Rehabilitating Bodies: Health, History, and the American Civil War*, Philadelphia: University of Pennsylvania Press, 2004, pp. 156 - 162。

欲望生产。

在这种欲望生产中,弗莱明通过生成动物所经历的从胆怯到勇猛的变化本身蕴含了生成动物的本质,即"生成动物的现实不在于人所模仿或相似的动物中,而是蕴含在其自身,蕴含在一种突然将人全部清除并使之获得一种近似性和不可辨认性中。这种近似性和不可辨认性从动物中,而不是从驯服、利用或模仿动物中,能更为有效地提炼出其共享要素——兽性,因此生成动物中最根本的是存在另一种力量"①。克莱恩在《红色英勇勋章》中采用连串的动物形象,其意图正是表现出弗莱明的身体主体在动物感受的流动中释放出了获得自由的潜力,即德勒兹所言的"另一种力量"。它驱使着弗莱明从动物存在中释放出欲望后更自由地进入一种生存状态,从而去实现男性气质的欲望生产,获取生命的另一种存在形式——19世纪末期美国中产阶级男性气质话语所企求的生命存在形式。

在表征获求这种新的生命形式时,克莱恩运用的动物形象既符合达尔文演化论的语言表达,也揭示出达尔文演化论的冲突所在。②从这些生成动物来看,一方面,弗莱明经历的兽性生产过程符合达尔文演化论中有关人与动物之间相仿的观点,包含了达尔文的自然选择法则;另一方面,弗莱明对动物的感知其实隐含了他回避和转换"选择压力"的方式,其目的是在自身中创造一种新的联盟,生成一种新的力量。带着这种新的力量,弗莱明在最后的战斗中"扛着鲜艳的红旗,始终冲在最前面"③,并且意识到"自己有一种野蛮人的勇敢精神,充满宗教的狂热"④。他"像一匹发狂的野马冲向[敌军]军旗……他手里的那面军旗像烈火一般闪着光,像长了翅膀一样直向对方的军旗飞过去。看来他们马上就会像两只雄鹰相遇,一场利用奇怪的鹰喙和利爪进行的搏斗就在眼前"⑤。弗莱明的生成动物最终以一种有意识的重复使他

---

① Gilles Deleuze & Felix Guattari, *A Thousand Plateau*: *Capitalism and Schizophrenia*, Trans. Brian Massumi. Minneapolis: University of Minnesota Press, 2005, p. 279.

② 参见 Bert Bender, *Evolution and the "Sex Problem"*: *American Narratives During the Eclipse of Darwinism*, Ohio: Kent University Press, 2004, p. 57。

③ Stephen Crane, *Prose and Poetry*, ed., J. C. Levenson, New York: Library of America, 1984, p. 204.

④ Ibid., p. 205.

⑤ Ibid., p. 206.

投入男性气质符号的生产过程中，实现了他参战前有关"雄鹰"的梦想。他终于具备了古希腊的英雄品质——威猛勇武，从一个层面上完成了男性气质活力的重复生产，获得了自我的同一性，并且从生成动物中找到了对男性气质的新的认知："他在自己身上感受到了一种镇定自若的男子汉气概，……他成了一个男人。"①

生成动物以一条明显线索贯穿在整个文本中，从一个方面再现了弗莱明男性气质的生产过程，更为具体地说是弗莱明寻获男性气质活力，使自己获得男性气质文化符号标志的过程，凸显了弗莱明生命存在的本质状态和生命的关键点②，促使弗莱明最终实现了男性气质同一性的重复生产。通过再现这一过程，克莱恩隐含了其时代复活维多利亚男性气质理想的欲求。这种欲求其实是源自19世纪90年代美国社会语境对于维多利亚男性气质同一性重复生产的压制。

19世纪90年代，许多社会病理学家都非常担心城市化进程作为一种非自然环境威胁到美国男性气质的进化发展，同性恋、酗酒、性病等社会问题也威胁到男性气质的再生能力和规范化男性气质的同一性。这些忧虑促使19世纪末的美国文化产生出以童子军、强身基督教、健身运动、足球和棒球等体制化体育运动为代表的男性化运作机制，以及以罗斯福为代表的崇尚武力的进取形象的大众塑形等。人们投身竞技性体育运动，在自然环境中进行身体锻炼，并采用一些原始行为来培养男孩，目的在于重新激活其男性气质。具有改革思想的达尔文主义者更是鼓励在城市环境中对美国男性进行不断的进化提升。这种对共同的男子气概的追求成为19世纪90年代统一心态的关键组成部分③。但是这些男性文化运作机制的产生从根本上反映的是男性心理对文化女性化倾向的忧虑。如同道格拉斯指出的，19世纪的美国社会在女性化

---

① Stephen Crane, *Prose and Poetry*, ed., J. C. Levenson, New York: Library of America, 1984, p. 212.

② 德勒兹认为对不确定性进行确定化决定着人生的不同取向。在肯定差异的基础上如何确认和表现差异，关键环节在于重复。但是"重复不是机械运动的重复，也不是在记忆中对'原初的起点'的再现，更不是对具体的对象的再认，而是肯定差异的内在性，并通过差异的系列不断拓展自身的运动"。参见姜宇辉《德勒兹身体美学研究》，华东师范大学出版社2007年版，第29-33页。

③ 参见 Nina Silber, *The Romance of Reunion: Northerners and the South*, 1865–1900, Chapel Hill & London: The University of North Carolina Press, 1993, p. 168。

的倾向中已经丢失了自17、18世纪以来惯常用来衡量男性气质的品质标准[1]，所以这种对男性品德的特别强调，折射出美国国内意识形态已经成功地将女性构想为对男性权威不断深入的威胁和挑战。这种威胁挑战既存在于内在精神层面，也存在于外在现实世界的社会关系中。[2] 男性文化运作机制的生产和对女性化文化倾向的忧虑，构成了19世纪末男性气质同一性建构中重复和差异生产两个方面。从本质上看，在19世纪末期的社会语境中重建男性气质话语是对男性气质进行差异生产，即在对维多利亚男性气质的同一性进行思考的过程中完成的创造性生产。如何针对女性化威胁构建男性气质是19世纪末期整个美国社会最为关注的问题。在《红色英勇勋章》中，克莱恩自然没有放过对这一问题的探讨。所以，在表现弗莱明男性气质生产的过程时，克莱恩在作品中也以另一条明显线索——生成女性——再现出弗莱明男性气质生产的另一种运动方式，展现了弗莱明男性气质重复生产中差异生产对于同一性的超越，传达了他对美国文化女性化倾向以及如何在这种倾向中重构男性气质的思考。因此，克莱恩将弗莱明塑造为一名新兵，赋予弗莱明学徒身份去进行男性气质欲望生产。根据德勒兹的理论，学徒从其占据的边缘化空间进行的身份转型——从边缘化空间向中心位置的同一性靠近——须在异质性的帮助下才能完成。[3] 就弗莱明的具体情况而言，这种异质性帮助来自其母亲、女孩、衣衫褴褛的士兵、威尔逊等人物的生成女性及弗莱明自身的生成女性，它们从差异生产的层面共同推动了弗莱明男性气质的欲望生产。

作品中的生成女性首先与其中的女性人物密不可分。在克莱恩之前表现内战的传统小说多将女性表现为内战荣誉的裁判，战场中的英雄总是能得到在家等候的女主人公的爱情回报。在《红色英勇勋章》中，克莱恩虽然通过弗莱明的意识或回忆呼应了内战小说的这种情节传统，但对女性人物着墨极

---

[1] 参见 Ann Douglas, *The Feminization of American Culture*, New York: Alfred Knopf, Inc., 1977, p. 18。

[2] 参见 Scott S. Derrick, *Monumental Anxieties: Homoerotic Desire and Feminine Influence in 19th Century U. S. Literature*, New Brunswick: Rutgers University Press, 1997, p. 157。

[3] 德勒兹在谈论重复时在自身的重复层次引入了一个名词——学徒。他指出，学徒的身份是在边缘化的空间创造的，并且也是在异质性的帮助下完成的，总是导致死亡的想象。参见潘于旭《断裂的时间与"异质性"的存在——德勒兹〈差异与重复〉的文本解读》，浙江大学出版社2007年版，第110页。

少。米歇勒（Verner D. Mitchell）认为这是一种模糊女性模式，是弗莱明对女性的贬低且将"自身错误的男性模式"扩展至英雄主义的结果。① 这一认识显然受到克莱恩厌女症观点的影响，是以否定的立场来界定克莱恩作品中的女性人物，从而忽视了作品中女性人物身上的生成女性对于弗莱明男性气质生产的意义。

毫无疑问，《红色英勇勋章》是一部典型的男性叙事，其中的男性叙事权威充满诸多矛盾且具有讽刺意味。但如同德里克指出的，这种权威却是在弗莱明从以母亲为中心的童年时代走向成年男性的历程以及弗莱明通过战斗考验在文本结尾获得自我意义的过程中传递出来的。② 并且值得注意是，在这一过程中，父亲是缺场的。这一点反映了当时流行的内战文学特点。在《红色英勇勋章》中，父亲的缺场至少表露了克莱恩创作的两个目的：一是回避家庭中的父权。因为战争要求士兵们忠诚于一个新的父权——国家，所以国家被想象为新的"父亲"，家庭被重新界定为母亲将儿子"送给"国家的场所。③ 二是突出弗莱明男性女性化的危机倾向。弗莱明在家乡农场的生活仅有母亲和几头母牛为伴，他总是置身于母性化的氛围中，因而产生了被阉割感④，这正是弗莱明决定离开农场成为一个男人的内在原因⑤。父亲的缺场从总体上加强了母亲在弗莱明男性气质欲望生产中非同小可的作用，彰显出男性气质同一性对立面上的"异质性"。

因此，母亲以对抗的形式与弗莱明对于战斗场面的神秘幻想形成了对照，她"装出一副略带轻蔑的神情，对他的那点战斗激情和爱国主义不以为然"⑥。她并不希望弗莱明去发扬西方社会有关战争的男性传统，只是冷静且毫不费

---

① 参见 Verner D. Mitchell, "Reading 'Race' and 'Gender' in Crane's *The Red Badge of Courage*", *College Language Association Journal*, Vol. 40, No. 1, 1996, p. 70。

② 参见 Scott S. Derrick, *Monumental Anxieties: Homoerotic Desire and Feminine Influence in 19th Century U. S. Literature*, New Brunswick: Rutgers University Press, 1997, p. 190。

③ 参见 Alice Fahs, *The Imagined Civil War: Popular Literature of the North and South*, 1861 – 1865, Chapel Hill: University of North Carolina Press, 2003, pp. 107 – 108。

④ 参见 Kristin N. Sanner, "Searching for Identity in *The Red Badge of Courage*: Henry Fleming's Battle with Gender", *Stephen Crane Studies*, Vol. 18, No. 1, Spring 2009, pp. 4 – 5。

⑤ John Clendenning, "Visions of War and Versions of Manhood." "Stephen Crane in War and Peace", *A Special Issue of War, Literature, and the Arts: An International Journal of the Humanities*, 1999, p. 31。

⑥ Stephen Crane, *Prose and Poetry*, ed., J. C. Levenson, New York: Library of America, 1984, p. 83。

力地陈辩"在田里干活比要去战场打仗重要得多"①,她无法理解社会对于弗莱明参战的期待。母亲的形象代表了当时的妇女形象,她对爱国主义的理解与过去和家园家庭连接在一起,被视为主流爱国主义的变异形式。② 深入地看,母亲的形象显示出家庭/女性对男性气质欲望生产的压制,以及男性气质存在的整体秩序中的差异分布模式。母亲的对立也以男性气质同一性生产中的异质性存在方式,给弗莱明带来一个个体性的定位:弗莱明只有超越俄狄浦斯情节,将男性气质生成的欲望从家庭和俄狄浦斯的再现中解放出来,才能实现男性气质的生成。所以,他不顾母亲反对,自作主张报名参了军,试图离开阉割之地,逃离俄狄浦斯情结。

然而,母亲的差异性从弗莱明男性气质生产的开端中界定了弗莱明在整个生产过程中将面临矛盾状态的作品基调。当得知弗莱明报名参军,母亲将担忧隐藏在两行老泪中,以充满母爱的谆谆教诲和慈母般的关爱行动,让弗莱明感受到母亲的传统女性气质,并且母亲明确地对他施加以女性化的力量:"亨利,为了我,你千万不能开小差。假如到时候你必须面对死亡,或被迫做出不光彩的事,……什么也别想,只想什么是对的。"③ 母亲的教诲和关怀让弗莱明心生厌烦,又让他"为自己只顾实现个人的参军目的感到羞愧"④——弗莱明思想矛盾斗争的开始。有评论认为母亲的这番教诲是作品表现主人公羞愧感的起点,作品从此便以弗莱明的羞愧情感传达出克莱恩对于勇气批判的主题。⑤ 这一观点甚是合理。但是,母亲的形象更体现出弗莱明的自我逻辑和母亲的他者逻辑之间的差异,或者说男性气质和女性气质的矛盾对立,揭开了被男性气质同一性遮盖的面目:男性气质生成中的差异生产要

---

① Stephen Crane, *Prose and Poetry*, ed., J. C. Levenson, New York: Library of America, 1984, p. 83.

② 在内战期间,男性的观点通常与进步和国家的未来联系起来,被视为爱国主义的规范;女性的观点通常与过去和狭隘的家园家庭有关,被视为整体爱国主义的边缘,但还能被容忍。参见 Nina Silber, *The Romance of Reunion: Northerners and the South*, 1865–1900, Chapel Hill & London: The University of North Carolina Press, 1993, p. 165。

③ Stephen Crane, *Prose and Poetry*, ed., J. C. Levenson, New York: Library of America, 1984, p. 85.

④ Ibid., p. 84.

⑤ 参见 Bert Bender, *Evolution and the "Sex Problem": American Narratives During the Eclipse of Darwinism*, Ohio: Kent University Press, 2004, p. 59。

素。母亲的他者逻辑展示的并非女性气质的自身秩序，而是弗莱明男性气质生产的本质性模式和结构①，即男性气质生产所包含的差异生产层面。母亲的告诫以生成女性的形式隐藏了母亲对弗莱明女性化倾向的认可，也预设了弗莱明的差异性，促使弗莱明将自身差异作为走向自我同一性的中介，赋予自身差异以生产性②，从而完成自身男性气质的差异生产。

作品中的另一女性形象是存在于弗莱明意识中的女孩。与母亲生成女性不同的是，女孩的生成女性更多地暗示了男性气质生产中性欲望的驱动作用。瑟尔泽在《身体与机器》中不断强调《红色英勇勋章》讲述了有关爱情和战争的两个故事。本德也指出，克莱恩在故事的开头和结尾都提到了爱情：故事开始主人公投身战争缘于潜意识中的性欲望，故事结束时主人公又带着对"情人的渴求"离开战争。③ 但是与传统内战小说表现不同的是，克莱恩没有让主人公获得爱情回报，对黑发女孩寥寥几笔的描写都是通过弗莱明的幻想和回忆实现的：他时常想起女孩坐在窗前变换姿势时的慌乱神情。本德认为克莱恩将这一画面作为构成整个故事发展的基础④，确切地说只是部分基础，女孩的作用只是凸显了弗莱明男性气质生产中异性恋的动力所在。女孩只是弗莱明性欲望的幻想对象，作品也没有明确地将弗莱明在战斗中的男性性激情表现与对女孩的幻想直接联系起来，但女孩的意象以生成女性穿过弗莱明的身体主体，加强了弗莱明男性气质生产中力比多的心理投入或欲望投注。

女孩和母亲的女性气质或者说生成女性成为弗莱明男性气质构成中的一个组成部分，印证了伍尔夫（Virginia Woolf）的"双性同体"观："在我们之中每个人都有两个力量支配一切，一个男性的力量，一个女性的力量。在男

---

① 根据德勒兹的差异论，差异从根本上从属于"存在"的统一范畴。也就是说，在这里展开的并不是差异自身的秩序，而是存在展布自身的本质性的模式和结构。参见莫伟民等《二十世纪法国哲学》，人民出版社2008年版，第551页。
② 德勒兹认为差异就是本质自身的性质，是物质存在条件的中介，是一种生产性的差异。参见潘于旭《断裂的时间与"异质性"的存在——德勒兹〈差异与重复〉的文本解读》，浙江大学出版社2007年版，第124页。
③ 参见 Bert Bender, *Evolution and the "Sex Problem": American Narratives During the Eclipse of Darwinism*, Ohio: Kent University Press, 2004, p.65。
④ Ibid., p.65.

人的脑子里男性胜过女性，在女人的脑子里女性胜过男性。"①因此，女性气质一直伴随着弗莱明的男性气质生产，彰显出男性气质与女性气质的关系建构和女性气质的他性作用。女性气质通过女孩和母亲的形象经常与家乡意象相连，在战场中不时浮现在弗莱明的回忆和沉思中，从一个隐晦的层面上体现出弗莱明在其男性气质生产中对自身女性化倾向的留念和迷恋之情，以及其中所蕴含的生成女性对于弗莱明男性气质生产的辅助作用。在刚刚身临战场感受到战争的恐怖之时，弗莱明从大自然的安宁中得到一种安抚感，并陷入对家乡的回忆：每天从屋里到农具棚的重复路线，花斑奶牛和挤奶的凳子等。那些奶牛在他看来"每一头牛的头上都顶着一个象征幸福的光环，要是能够再回到它们身边，他宁愿奉献美洲大陆上所有的铜纽扣"②。甚至在部队暂时待命时，他又情不自禁地想起家乡的街道、马戏团演出和在家乡的生活细节。奶牛和家乡曾是弗莱明试图逃离自身女性化倾向的象征，然而此时却以其与男性气质的差异性唤起了弗莱明的回想，隐含了弗莱明男性气质生产中的差异生成。在接下来的历程中，当他被自己部队的逃兵用枪托在脑袋上误撞出一个伤口时，在对死亡的威胁想象中他又忆起了在家时母亲做的饭菜、厨房里的炉火、与伙伴在池塘玩水的情景。这一细节加强了弗莱明男性气质中女性气质他性作用的伏笔表现，增强了男性气质与女性气质的对比参照，预示出弗莱明的伤口作为男性气质外在标志的象征意义及其男性气质与女性气质的关联性。当他经历了一连串男性气质的生产过程并确信自己获得了男性气质生产的自信心时，他又陷入对家乡、母亲和女孩的回忆中，"他觉得他可以安然回家，给乡亲们讲战斗故事，让他们心花怒放"，并且幻想自己的英雄气概受人追捧，自己凯旋故里母亲和年轻女士聆听其战斗故事时表现出惊讶和崇拜："她们那些关于亲人在战场上英勇作战而又不冒生命危险的模模糊糊的女性传统观念一定会被打破的。"③ 此时的弗莱明已经摆脱了自身女性化倾向的困扰，开始从其男性气质与女性气质的关联中独立出来，成为女性气质的

---

① [英]弗吉尼亚·伍尔夫：《一间自己的屋子》，王还译，上海人民出版社 2008 年版，第 137 页。

② Stephen Crane, *Prose and Poetry*, ed., J. C. Levenson, New York: Library of America, 1984, p. 96.

③ Ibid., p. 166.

对应物，而非女性气质的同谋。但同时他又从生成女性中获得了男性气质的生产力，所以正是带着对母亲和年轻女士的想象，弗莱明英勇地投入最后两次战斗，实现了"他是一个男人"的梦想。

在弗莱明的部队生涯中，母亲和女孩以幻象的形式生成女性并作用于弗莱明。在现实的部队生活中，这种生成女性被转移到了衣衫褴褛的士兵和战友威尔逊的身上。有关衣衫褴褛的士兵的形象塑造评论界意见不一。一些评论忽略了这一形象在故事中的作用，认为这一形象与整个故事关系不大，更多评论认为这一人物承载了道德意义生产的作用，突出了弗莱明的羞愧感，还有人指出这一形象象征产业大军中的衣衫褴褛者。① 也有评论注意到这一人物呈现出明显的女性化特征：女孩般温柔的声音，羊羔般乞求的眼神，被人唤作"甜心"，以及对弗莱明女性般的关切，等等。尤斯特认为这一形象表达了对弗莱明女性般的崇拜，使弗莱明害怕暴露自己男性气质的缺失②；德里克则认为这一形象暗示出弗莱明的同性恋倾向③。与衣衫褴褛的士兵类似，威尔逊在文本中的转变也呈现出女性化的特征。这个大嗓门士兵在经历了战斗后对弗莱明的关怀如女性般无微不至，被德里克解读为弗莱明的另一个同性恋对象，潜藏了文本中的男性情色。④ 这些男性情色在德里克看来，正是19世纪90年代同性恋文化的兴起对规范化男性气质的威胁。这些对于男性人物所表现出的女性化特质的解读，要么未能深入挖掘出其中的意义，要么这种挖掘又有些偏颇，对于战争中男性所呈现的女性气质理解不够准确。根据德勒兹的观点，"虽然战争中男性的女性气质并非偶然，但不能将之认定为结构性的，或是被某些关系的一致性所规约的……［它］表现出来的是战争中男性

---

① 参见 Marvin Klotz, "Romance or Realism? Plot, Theme and Character in *The Red Badge of Courage*", *CLA Journal*, 1962, pp. 98 – 106; David Halliburton, *The Color of the Sky: A Study of Stephen Crane*, Cambridge: Cambridge University Press, 1989, p. 118; Michael Schaefer, "'Heroes Had No Shame in Their Lives': Manhood, Heroics, and Compassion in *The Red Badge of Courage* and 'A Mystery of Heroism'", *War, Literature & the Arts*, Vol. 18, 2006, pp. 104 – 113; Andrew Lawson, "The Red Badge of Class: Stephen Crane and the Industrial Army", *Literature & History*, Vol. 14, No. 2, 2005, pp. 53 – 68。

② 参见 David Yost, "Skins Before Reputations: Subversions of Masculinity in Ambrose Bierce and Stephen Crane", *War, Literature & the Arts*, Vol. 19, No. 1, 2007, p. 254。

③ 参见 Scott S. Derrick, *Monumental Anxieties: Homoerotic Desire and Feminine Influence in 19th Century U. S Literature*, New Brunswick: Rutgers University Press, 1997, pp. 179 – 180。

④ Ibid., p. 189.

的根本异态性/反常性"①。这种异态性中蕴含的就是生成女性的力量——男性性属生产的关键点。衣衫褴褛的士兵和威尔逊身上充满的女性分子的生成，刺激了弗莱明男性气质生产中力比多的社会投入，是弗莱明男性气质生产中将对立面发展出来的必要途径，是对弗莱明男性气质辖域化的再辖域化，或者说是弗莱明本人女性气质的转移，帮助和促使弗莱明摆脱自身女性化倾向的困扰，完全投入男性气质的同一性生产。

弗莱明是带着被母亲认可的女性化倾向走上战场的，所以作品一开始他与战友之间的差异性就明确呈现出来。这种差异性成为弗莱明思索差异的开始，继而走向否定这种差异性，以求实现男性气质概念的普遍意义。与衣衫褴褛的士兵的相遇发生在弗莱明开小差碰见伤兵队伍的途中，即寻求男性气质生产方式的过程中。衣衫褴褛的士兵虽然有着女性化倾向，但这并没有阻止他获得男性气质的外在标志。他头部和胳膊的两处伤口，以及他滔滔不绝的言语表达，显示出他的荣耀感，与他流露出的女性化神情形成了鲜明对照。这一人物实际上反映了弗莱明的另一种存在形式：有着女性化倾向的男性同样可以获得英雄主义的男性气质。因此，衣衫褴褛的士兵成为弗莱明克服自身女性化倾向走向男性气质生产的预演，也成为促使弗莱明去弥合自身思想和行动沟壑的驱动力。

这种驱动力隐藏在衣衫褴褛的士兵以女性般的关切对弗莱明有无伤口的提问中。弗莱明一直纠结于自身的女性化倾向和男性气质生产之间的矛盾冲突，以及由此导致的他与战友之间的差异性。有无伤口的提问突出了男性气质外在表征的意义，直接戳中了弗莱明内心有关英勇和怯懦感受的概念裂痕，加强了弗莱明与战友之间由男性气质差异导致的异化感和紧张感。他竭力回避有关伤口的问题，并下意识"紧张地抓弄着一颗纽扣，低着头，眼睛紧盯着那个纽扣，好像那是一个需要处理的小问题似的"②。这一动作暴露了弗莱明的焦虑心理：他缺乏一个外在的具有男性化意义的伤口去掩盖他可能被察

---

① Gilles Deleuze & Felix Guattari, *A Thousand Plateau: Capitalism and Schizophreni*, Trans. Brian Massumi, Minneapolis: University of Minnesota Press, 2005, p. 278.

② Stephen Crane, *Prose and Poetry*, ed., J. C. Levenson. New York: Library of America, 1984, p. 132.

觉的男性能力缺乏而带来的内在伤害①,"他用羡慕的眼神看着那些伤兵。他认为身上有伤的人们特别幸福。他希望自己身上也有一个伤口——一个红色的英勇勋章"②,因为伤口是战争的一部分和战争的再现,是一个独立的经验事实;勋章则是这一经验事实的象征③。伤口或者勋章作为男性气质表象化的象征实质凝结了弗莱明对于英雄主义的幻象理解。弗莱明不愿暴露自身的差异性,他十分排斥衣衫褴褛的士兵,因此他钻进伤兵队伍躲藏起来,远远地离开了衣衫褴褛的士兵。

但是,当弗莱明在伤兵队伍中与衣衫褴褛的士兵重新会合时,衣衫褴褛的士兵再次以女性般的关切对他的伤口问题刨根究底,并试图将弗莱明的内伤明示出来,再次触碰到弗莱明极力隐藏的内在伤害——心理伤痕。这种心理伤痕的根源就是男性女性化的倾向本质,也是"内战小说的基础和尚武男子气概的根本构成之物"④。克莱恩通过衣衫褴褛的士兵对于弗莱明伤口问题的一再追究,将作品表现力从外在伤口向内在伤害的转移中,连接到了构成战后白人男性气质的不可见伤痕,将内战士兵的心理伤痕与国家的伤痕联系起来,力图通过以内战为背景的伤痕话语来重新矫正并最终重塑国民男性气质的修辞

---

① 德里克进一步指出弗莱明对军服纽扣的迷恋,一方面暗示了不可见伤口的存在,另一方面也是一个宽衣解带的象征动作,隐含了同性恋的男性情色趋势。德里克对于不可见伤口的解读不乏道理,在其他评论中也有类似阐释。如尤斯特认为弗莱明担忧的不是身体上的伤口,而是"感情上的伤口"。里蒙、特拉维斯也认为弗莱明的"红色勋章"是用来体现内在冲突价值所必需的一个外在伤口。但是德里克的同性恋解读有些过激。马克·瑟尔泽则认为制造纽扣的蓝色机器和弗莱明捏着的纽扣上的小问题也许可以与19世纪留下的笑话联系起来,非常突出地在小说中预示了克莱恩作品中有关角色扮演、角色体现和角色分类等。参见 Scott S. Derrick, *Monumental Anxieties: Homoerotic Desire and Feminine Influence in 19th Century U. S Literature*, New Brunswick: Rutgers University Press, 1997, p. 180; David Yost, "Skins Before Reputations: Subversions of Masculinity in Ambrose Bierce and Stephen Crane", *War, Literature & the Arts*, Vol. 19, No. 1, 2007, p. 254; John Limon, *Writing after War: American War Fiction from Realism to Postmodernism*, Oxford: Oxford University Press, 1994, p. 57; Jennifer Travis, *Wounded Hearts: Masculinity, Law, and Literature in American Literature*, Chapel Hill: University of North Carolina Press, 2005, p. 166; Mark Seltzer, "Statistical Persons", *Diacritics*, Vol. 17, Fall 1987, p. 94。

② Stephen Crane, *Prose and Poetry*, ed., J. C. Levenson, New York: Library of America, 1984, p. 133.

③ 参见 John Limon, *Writing after War: American War Fiction from Realism to Postmodernism*, Oxford: Oxford University Press, 1994, p. 57。

④ Jennifer Travis, *Wounded Hearts: Masculinity, Law, and Literature in American Literature*, Chapel Hill: University of North Carolina Press, 2005, p. 5。

表达①，将认识、补偿和治愈心理伤害所带来的挑战变成了19世纪90年代美国国民的一个共同问题和共同任务②。

衣衫褴褛的士兵的追问及其女性分子生产"加重了这位年轻战士在提升自我和其实际行动之间所经历的分裂"③，使弗莱明迸发出获得外在伤口的欲求，助燃了弗莱明重新投入男性气质生产的激情之火。抛开衣衫褴褛的士兵之后，弗莱明沉浸于渴求自己"脱胎换骨，变得更加优秀"④的幻想中，并臆想出自己的英雄形象："一个蓝色的身影，不顾一切地发起猛烈的冲锋，跨步向前，高举卷刃的军刀；一个蓝色的刚毅的身影，挺立在通红的炮火面前，在一块高地上，在众将士的注视下泰然死去。"⑤ 这种幻觉使弗莱明"精神振奋，打仗的欲望在内心里涌动……他感觉到他将要插上战争的红色翅膀高高飞翔。他一时感到无比的崇高"。⑥ 但是现实的情形与他的逃跑污点将他重新卷进一场病态般的内心辩论中，耗损着他的激情，折磨着他的身体，递增着他的焦虑。这种严酷的自我审视积压在弗莱明心头，却并没有帮助弗莱明从中找到解决方案，他只能诉诸言语行为：

> 小伙子东一头西一头乱闯了一阵，向一伙伙正在撤退的心不在焉的士兵打听消息。最后他抓住一个人的胳膊……
>
> "为什么——为什么——"小伙子结结巴巴地说，舌头不听使唤。
>
> 那个人尖着嗓子嚷道："放开我！放开我！"他的手还紧紧抓着枪……他拼命往前拽，小伙子斜着身子被拉出去好几步远。
>
> "放开我！放开我！"
>
> "为什么——为什么——"小伙子仍是结结巴巴。
>
> "那么，好吧！"那个人愤怒了，大喊一声，凶猛地抡起步枪，正打

---

① 参见 Lisa A. Long, *Rehabilitating Bodies: Health, History, and the American Civil War*, Philadelphia: University of Pennsylvania Press, 2004, pp. 25 – 26。
② Ibid., p. 49。
③ Jane F. Thrailkill, *Affecting Fiction: Mind, Body, and Emotion in American Literary Realism*, Cambridge: Harvard University Press, 2007, p. 148.
④ Stephen Crane, *Prose and Poetry*, ed., J. C. Levenson, New York: Library of America, 1984, p. 143.
⑤ Ibid..
⑥ Ibid..

在小伙子的头上，又继续往前跑了。①

弗莱明的言语表达其实是他自身开始转变的行为象征，但是其中的含糊性导致了他以此方法解决问题的失败。隆恩和特拉维斯都指出弗莱明的言语危机是导致他获得伤口的原因。② 但是关键的一点在于：男性气质的获取仅仅通过言语行为是无法实现的。况且，从叙事发展的需要看，获得伤口是让弗莱明再次回归部队的唯一理由，也是继续弗莱明男性气质生产的转折点。弗莱明获得伤口的情节虽然充满讽刺性，但"伤口不管是内在还是外在的，都在弗莱明获得红色勋章之时从一个身体事实变成了认知事实……将想象事实和可见事实糅合在一起"③，负载了克莱恩创作该作品的深层意旨——内战伤痕与19世纪90年代国民心理伤痕的结合。通过这一细节，克莱恩将弗莱明男性气质的生产场所又搬回战场——英雄主义的直接生产地，并以弗莱明的个例隐含了19世纪90年代美国社会白人男性气质生产的病态性，也暗示出当时男性气质生产从思想向行动的转型。

相比衣衫褴褛的士兵的生成女性，威尔逊的女性分子生成主要发生在弗莱明获得了红色勋章——伤口而被送归部队后。毋庸置疑，威尔逊是作品中弗莱明的陪衬人物，他与弗莱明的关系在弗莱明有无伤口的情节中产生明显对比：从开篇战斗前的对抗型转变为结尾战斗中的协作型④。在开战前弗莱明曾与威尔逊讨论过开小差的问题，威尔逊对自身会开小差行为的断然否定扩大了弗莱明与战友之间的差异性，他对战斗的跃跃欲试加强了弗莱明的自我疑虑。与此同时，弗莱明因对威尔逊自称不会开小差表示怀疑惹恼了威尔逊，自身陷入孤独感和被弃感中。这种感觉反过来强化了弗莱明对自身与战友之间差异性的认识。

---

① Stephen Crane, *Prose and Poetry*, ed., J. C. Levenson, New York: Library of America, 1984, p. 149.

② 参见 Lisa A. Long, *Rehabilitating Bodies: Health, History, and the American Civil War*, Philadelphia: University of Pennsylvania Press, 2004, pp. 158; Jennifer Travis, *Wounded Hearts: Masculinity, Law, and Literature in American Literature*, Chapel Hill: University of North Carolina Press, 2005, p. 48。

③ John Limon, *Writing after War: American War Fiction from Realism to Postmodernism*, Oxford: Oxford University Press, 1994, p. 57.

④ 参见 David Halliburton, *The Color of the Sky: A Study of Stephen Crane*, Cambridge: Cambridge University Press, 1989, pp. 135 – 137。

但是，在弗莱明与威尔逊经历战斗分离后的重逢中，二者均发生了转变：弗莱明拥有了男性化的外在标志。虽然这一标志的获得具有讽刺性，但弗莱明以撒谎欺骗的方式赢得了战友们的敬重，进而克服了自己的羞愧心理。换言之，弗莱明自己已经从心理上开始否认自身与战友之间的男性气质差异。威尔逊则从一名好吵闹好自夸的战士变成了一名安静且真正富有勇气的战士，尤其明显的变化是威尔逊开始具有温柔体贴关心他人的女性美德：他"像个业余护士"一样帮弗莱明准备餐饮，熬煮咖啡，为弗莱明包扎伤口，将自己的睡毯让给弗莱叨，在因侍弄弗莱明的伤口惹恼弗莱明并受到弗莱明的无礼指责时，威尔逊却仍然安慰着弗莱明，"在火堆旁温柔而又体贴地照看着他的战友"①，承担起做饭、熬汤等家庭女性的职责。德里克指出，威尔逊与弗莱明此时的关系表现出同性恋人的关系特点。面对威尔逊女性般的照顾，弗莱明"开始两手摆弄夹克上的扣子"②的动作类似于他遇见衣衫褴褛者时摆弄纽扣的动作，泄露出他的情欲冲动。③这种从同性恋视角的解读未免有些偏激，因而在某种程度上误读了克莱恩的写作意图。弗莱明确实明显感受到了威尔逊的生成女性，而且他也没有像排斥衣衫褴褛的士兵的女性分子生成一样，排斥威尔逊的女性分子生成。相反，他从威尔逊的女性分子生成中解读出来的是威尔逊作为男性的内在自信、沉着稳重和友善待人的优秀品质。并且，威尔逊的生成女性传染着弗莱明。看到威尔逊的变化，弗莱明也感受到"心中一朵自信的花蕾在悄悄绽放，一朵信心的小花正在他的心中生长"④。与衣衫褴褛的士兵的生成女性在弗莱明对它的排斥中产生了力量相异，威尔逊的生成女性是在弗莱明对它的接纳中将其男性气质生产欲望推向了一个新的层面。尤其是威尔逊希望收回交战前委托给弗莱明的家书时所流露的羞愧

---

① Stephen Crane, *Prose and Poetry*, ed., J. C. Levenson, New York: Library of America, 1984, p. 160.
② Ibid., p. 158.
③ 参见 Scott S. Derrick, *Monumental Anxieties: Homoerotic Desire and Feminine Influence in 19th Century U. S Literature*, New Brunswick: Rutgers University Press, 1997, p. 189。
④ Stephen Crane, *Prose and Poetry*, ed., J. C. Levenson, New York: Library of America, 1984, p. 165.

感让弗莱明顿感自身的优越性，体验到一种从未有过的"居高临下的怜悯之情"①。这种居高临下的优越感实质上是弗莱明在威尔逊生成女性中赎回的菲勒斯权力，是弗莱明男性气质生产的根源回归和原始驱动力，促使弗莱明男性气质的差异生产走向普遍意义的生产。"小伙子一边看着他，一边觉得自己的心正在变化，变得更坚强"，并因此陷入对男性气质同一性生产的幻想中："他可以安然回家，向乡亲们讲战斗故事……向人们展示他的桂冠。"②

因为拥有了菲勒斯的力量，在接下来的战斗中弗莱明表现出非凡的战斗激情。这种战斗激情穿越其身体主体，与生成动物结合在一起融合成男性气质的性别欲望流动，促成了弗莱明从思想向行动的转型，展示出我思主体向身体主体的转化，以行动而非思想和言语表现出男性气质的生产路径，实现了在差异中的重复——弗莱明变成如古希腊英雄般的英勇，最终成为一个男人。

弗莱明从母亲、女孩、衣衫褴褛的士兵和威尔逊的生成女性中获得了从思想转入行动的动力，传递出克莱恩对19世纪末期美国社会男性气质重构现实问题的思考。弗莱明故事中的生成女性不失为克莱恩所提出的一种解决现实问题的方案，并与生成动物一起表明了克莱恩对于19世纪90年代男性气质危机中复活内战英雄主义男性品质的态度。作品中的生成动物体现的是男性气质重构对传统品质的重复生产方式，着重于从生成动物中获取活力；生成女性则体现的是男性气质在与19世纪90年代美国文化女性化倾向的现实差异中进行重构的途径，着重于利用差异实现同一性生产。从这两种生产方式中，克莱恩表达了他敏锐的觉悟和洞察力。在整个国度试图将男性气质作为个人和民族重生的符号进行构建之时，克莱恩认识到了男性气质的历史可变性。在作品中，他通过生成动物和生成女性的再现，赋予了19世纪90年代在南北统一话语和现代性莅临的形势中进行男性气质生产以新的意义，并在与男性气质危机的时代话语融合中对男性气质的生产方式作出了回答。

---

① Stephen Crane, *Prose and Poetry*, ed., J. C. Levenson, New York: Library of America, 1984, p. 166.
② Ibid., p. 165.

第二节 男性气质的根源生产

从弗莱明投身部队开始，作品就表现出大量与死亡有关的画面和描述。在弗莱明的行军旅途、遭遇战、逃逸线、自我审视、回归部队和最后战斗等几个历程中，死亡一直伴随着弗莱明。评论界多认为克莱恩作品中充斥的死亡画面与克莱恩本人的人生经历密切相关。弗莱德认为克莱恩对死尸的描写常常体现出对其写作行为的自我指涉。[①] 戴维斯（Linda Davis）指出，克莱恩的战争故事中总是出现死尸、受伤的男人、仰翻的面孔、瞪着的眼睛等明显意象和场景，并根据克莱恩的个人身世和家庭厄运认为克莱恩在作品中关注死亡和毁容的描写，其真正源泉或深层动机在于表现出生者试图通过死者了解未知世界的冲动。这个未知世界正是克莱恩在其短暂人生中一直感觉十分亲近的世界[②]。克莱恩本人的个性和经历证明克莱恩是个充满矛盾的复合体。他的外表忧郁俊美："大眼睛——深邃灰蓝，就像大海被遮掩了。嘴边已有一些细纹，但被凌乱修剪的胡须半遮住。他就像一幅被弄坏的美图：英俊，轮廓漂亮——弯弯的眉毛连女人都嫉妒，鹰钩鼻，藏在浓密的胡须里饱满的嘴唇——人瘦削疲惫，牙齿不齐。他柔软褐色的头发虽不凌乱却软绵绵的，皮肤有些苍白发黄。"[③] 克莱恩的这种外貌形象引起了女性甚至是男性对他的怜惜。但是他有着强烈的波西米亚精神，生活放浪形骸，喜欢抽烟酗酒，喜欢充满冒险的男性户外活动：足球、棒球、钓鱼、狩猎等。他的冒险精神激发

---

① 参见 Michael Fried, *Realism, Writing, Disfiguration: On Thomas Eakins and Stephen Crane*, Chicago: The University of Chicago Press, 1987, pp. 93 – 94。

② 克莱恩从小身体欠佳，长大后结核病缠身，而且死亡和疾病总是光顾克莱恩一家，给小小的斯蒂芬·克莱恩留下深刻的印象。他有五个兄弟姐妹在其出生前去世，八岁时父亲突然离世。他最亲爱的姐姐阿格尼斯与他最相像，是引领他走向文学道路的老师，也是他的代理母亲，但在克莱恩十二岁时去世。他哥哥卢瑟在克莱恩十四岁时在一场可怕的事故中丧生。卢瑟是铁路上的旗令工，性格开朗，二十三岁时却倒在了一列飞驰而来的火车前。他的左臂和左腿被压断，两根手指被切断，他死于惊吓，并非立即惊吓而死，而是在二十四小时后死去。他的死亡给克莱恩对毁容的兴趣带来了影响。从克莱恩的人生经历看，他挑战命运和桀骜不驯的个性与其童年创伤不无关系。

③ Linda H. Davis, "The Red Room: Stephen Crane and Me", *American Scholar*, Vol. 64, No. 2, Spring 1995, pp. 207 – 208.

了他对危险地带和战争区域——贫民窟、墨西哥、古巴等地的探访。

克莱恩充满矛盾和难以捉摸的个性经常成为传记作家们表现的主题,也使人难以对他的性取向给予可靠和确定的评价,但是克莱恩的生活折射出普通美国国民的共同梦想[①]。他的人生表达了一种时代精神和时代冲突,既代表了旧时代,也代表了新时代,代表了他有时持肯定态度的(有时他又努力逃避的)旧的中产阶级价值观,也代表了美国生活中新颖而不安分的一面。他的写作风格也充满着矛盾:在某种程度上他追求充满男子气概的风格,讨厌同时代的伤感写作,却又对之进行过度补偿。他不信任女性,却又成为旧式男子气概梦想的牺牲者——感情被控制,痛苦被锤炼成冰冷无情的讽刺表达。[②] 克莱恩这种充满男子气概的冒险经历和写作风格多被视为对维多利亚中产阶级文化女性化的反叛,但许多评论家也从中看到了他的心理压力,指出由于父爱缺失,克莱恩在身份建构中表现出许多心理病症,如类似恐慌的焦虑、偏执多疑,对恐怖且具有刺激性癫狂的渴求,夸大妄想症,对声名的渴望,以及恐惧幽闭症、异化感、厌女症、愤懑感、自我仇视感和自我惩罚般的坚忍性,等等。但是克莱恩最终通过文学创作来抚平个人的心理创伤,倾泻出他内心的矛盾痛苦,以此获得一种心理平衡。因此,作品中对于死亡的描写正是他个人及其人物寻求生命能动力量的表现。

一些评论家注意到作品中的死亡描写与19世纪90年代历史语境和文化发展之间的关联。克莱恩曾表示《红色英勇勋章》的创作灵感来自足球比赛。从这一点出发,比尔·布朗认为作为一部战争小说,克莱恩在有意识地讲述一个年轻人奔赴战场的故事的同时,其文本却无意识地讲述了另一个有关文化动力学的故事:作品中对大量具有运动员形象的美国男性形象的塑造,压制和消除了战争的主要剩余物——死尸的身体档案,即死者照片——的流通生产[③]。比尔·布朗试图从视觉文化的角度解开作品再现运动员形象的战士和

[①] 参见 C. Levenson, "Stephen Crane", *Major Writers of America*, Vol. II, Ed. Perry Miller. New York: Harcourt, 1962, p. 385。

[②] Keith Gandal, "A Spiritual Autopsy of Stephen Crane", *Nineteenth - Century Literature*, Vol. 51, No. 4, March 1997, pp. 518 – 519.

[③] 参见 Bill Brown, *The Material Unconscious: American Amusement, Stephen Crane and the Economies of Play*, Cambridge: Harvard University Press, 1996, pp. 126 – 127。

死尸形象的战士的现实缘由,强调作品将"战争机器"和"观看机器"之间的不可分割性书写为图像生产和图像消费的历史。他的分析以新历史主义为视角探测到 19 世纪 90 年代历史语境与作品再现之间的互动关系,却没有明确作品再现与 19 世纪 90 年代男性气质重构之间的关系,并忽略了作品死亡主题所蕴含的内在动力。纽维茨(Annalee Newitz)则将作品中死亡战士的身体所象征的战争区域比喻为 19 世纪末期的城市环境,将战争中的战士比喻为产业工人,生产的产品就是尸体,但其分析也未对作品中的死亡意义作出进一步探讨。

结合作品创作语境和作家个人经历可以看出:弗莱明成为克莱恩表达个人内心矛盾和时代精神的一个代言人。佩蒂格鲁指出,作品采用相当多的细节表现出自我毁灭主题,并不断地让弗莱明将毁灭主题指向内心和自身,表现了弗洛伊德的死亡本能。[①] 这一理解只是将死亡本能视为被确定的质和量,即返回无生命的物质,回归一种生命的静止状态。但是按照德勒兹的理解,死亡本能并非一种物质的状态,它是生动的、可以回复的。[②] 因此,死亡不是欲望的目标,而是欲望的形式,是欲望机器的一个组成部分,是在欲望机器的运转和其能量转换的系统中自身需要得到审定和评价的组成部分。[③] 在《红色英勇勋章》对于死亡的描写中,不管弗莱明是作为死亡的观看者、审视者、欲求者抑或诅咒者,死亡主题都与他的男性气质生产缠结在一起。在他感受和经历"死亡""我死亡""他死亡"的过程中,弗莱明在与死亡的不断邂逅中,展开了对男性气质同一性根源及其展现领域的追寻和叩问,力图挖掘出隐蔽在死亡伪装后面的原始力量,从根本上获求男性气质生产的生命能动力量,即德勒兹所言的"死亡本能"。在将死亡本能中的原始力

[①] John Pettegrew, *Brutes in Suits: Male Sensibility in America*, 1890 – 1920, Baltimore: The Johns Hopkins University Press, 2007, p. 216.

[②] 在德勒兹看来,在弗洛伊德的精神分析中,死亡本能作为被确定的质和量就是返回无生命的物质,死亡只是一种外在的、科学化和客体性的定义。德勒兹的观点是:"死亡并不是表现在一个无差异的死气沉沉的物质性客体的样式中,而是生动的、可以回复的,它以一个主体的形式经历在在场中并且在主体的原型中被赋予了差异性的经验。作为死亡本能并不是一种物质的状态,相反,它已经与所有的物质断绝了关系,它只与一个纯粹空间的时间形式相一致。"参见潘于旭《断裂的时间与"异质性"的存在——德勒兹〈差异与重复〉的文本解读》,浙江大学出版社 2007 年版,第 274 页。

[③] 参见 Jacques Donzelot, "An Antisociology", *Deleuze and Guattari: Critical Assessments of Leading Philosophers*, ed., Gary Genosko, Trans. Mark Seem, London: Routledge, 2001, p. 630.

量与生成女人中的爱欲力量融为一体时,弗莱明获得了男性气质根源生产的动力,并最终实现了男性气质欲望生产的能量转换,走向男性气质的同一性生产。

弗莱明与死亡的第一次直接接触发生在部队行军途中所碰见的一个士兵尸体上:"他仰面躺在地上,两眼直瞪着天空……他的鞋底子磨得和纸一样薄,一只脚从鞋上的一个大窟窿里探出来,怪可怜的。"[1]在队伍从尸体两旁悄悄绕开的时候,弗莱明却"饶有兴趣地盯着死者灰色的面孔看……并很想围着尸体转几圈,仔细看一看"[2]。有评论认为弗莱明在审视这具尸体时死亡对他来说毫无意义,因为在他头脑中即使是对一具尸体来说声望丧失才是最重要的[3]。也有评论认为弗莱明审视死尸的欲望其实是一种病态幻想[4],潜藏着性因素,包含了弗莱明作为观看者的反常快感[5]。这几种评论观点关注到死亡对于弗莱明的意义所在,却未能审察到死亡本能对于弗莱明男性气质生产的建构作用。弗莱明是在期待战斗又害怕战斗的沉思与行军途中遇见尸体的。遇见尸体这一事件看似偶然,在整个叙事中却有着结构性和必然性。在与死亡的初次正面接触中,弗莱明审视尸体的欲望实际上揭示出他内心对于生命力的欲求。这种欲求通过死亡本能以无意识的他者介入主体,成为一种生产力[6],与弗莱明男性气质的生产欲望发生着碰撞,时而成为一种控制和导引弗莱明的力量,时而又成为一种被弗莱明所征服的力量,将弗莱明推入一种复杂的矛盾状态中。在第一波遭遇战后,死亡景象重演,"上尉的遗体四肢舒

---

[1] Stephen Crane, *Prose and Poetry*, ed., J. C. Levenson, New York: Library of America, 1984, p. 102.

[2] Ibid..

[3] 参见 Perry Lentz, *Private Fleming at Chancelorsville: The Red Badge of Courage and the Civil War*, Columbia: University of Missouri Press, 2006, p. 79。

[4] 参见 Ronald E. Martin, *American Literature and Destruction of Knowledge: Innovative Writing in the Age of Epistemology*, Durham: Duke University Press, 1991, p. 124。

[5] 参见 Scott S. Derrick, *Monumental Anxieties: Homoerotic Desire and Feminine Influence in 19th Century U.S Literature*, New Brunswick: Rutgers University Press, 1997, p. 177。

[6] 无意识在弗洛伊德和拉康的精神分析中是一种欲望本能,是心理过程与心理实在的基本冲动。在他们的理论中,无意识成为个人和永恒的"戏院",重复上演着主体的俄狄浦斯剧本。在德勒兹和伽塔里看来,无意识并非神秘而不可再现,或不可阐释,无意识是一种社会、政治和生产力量,生产出各种各样奇异的联结、投注和意象。参见冯俊《当代法国伦理思想》,同济大学出版社2007年版,第247页。Claire Colebrook, *Understanding Deleuze*. Crows Nest: Allen & Unwin, 2002, p. 144.

展，就像一个疲劳的人躺在地上休息一样"①，在弗莱明脚下是"几具令人感到恐怖的尸体，一动不动地躺在地上，身体扭曲得不成形"②，但这一死亡画面并没有引起弗莱明像初次遇见死尸时的审视冲动，只是淹没在了弗莱明所沉浸的战斗胜利的喜悦中。战斗胜利带来的生的希望使弗莱明这位死亡观看者忽视了死亡的恐怖威力。

然而在开小差途中，当弗莱明在林中一片类似教堂门口的空地上再次碰见一具尸体时，他的感受又发生了强烈变化。

> 一个死人正靠着一棵像廊柱似的树干坐着，眼睛盯着他。这个死尸身上的军服当初本来是蓝色的，可现在有点发绿，看了令人感到忧郁。死尸的眼睛直勾勾地瞪着小伙子，变成了死鱼身子一样令人生厌的灰色。他的嘴是张开的。嘴里的红色已经变成了可怕的黄色。小蚂蚁在他泛灰的脸上爬来爬去。一只蚂蚁正拖着一个包袱似的东西沿着他的上唇爬行。
>
> 小伙子面对这具尸体禁不住发出一声尖叫。最初的几秒钟里他好像变成了一块石头。他一直瞪着死尸那液体般的眼球。死人和活人相互对视了好一阵。小伙子……眼睛一直盯着死尸。他害怕自己一旦转过身子，死尸会跳起来鬼鬼祟祟地跟着他。③

这一段的描写引起了评论界的广泛评价。许多评论均指出此处蕴含了自然主义文学特色，强调了自然与个体关系的实际本质④，反驳了弗莱明对自然像"一个对悲剧感到深恶痛绝的女人"的想象⑤。也有评论认为弗莱明这一

---

① Stephen Crane, *Prose and Poetry*, ed., J. C. Levenson, New York: Library of America, 1984, p. 114.

② Ibid., p. 115.

③ Ibid., pp. 126 - 127.

④ 参见 Perry Lentz, *Private Fleming at Chancelorsville: The Red Badge of Courage and the Civil War*, Columbia: University of Missouri Press, 2006, p. 167; Claudia Durst Johnson, *Understanding The Red Badge of Courage*, Westport: Greenwood Publishing Group, 1998, pp. 6 - 7; Edwin Cady, *Stephen Crane*. Boston: Twayne Publishers, 1980, pp. 137 - 139; Paul Breslin, "Courage and Convention: The Red Badge of Courage", *Yale Review: A National Quarterly*, Vol. 66, 1976, pp. 209 - 222。

⑤ Donald Gibson, *The Fiction of Stephen Crane*, Carbondale: Southern Illinois University Press, 1968, p. 125.

次的感受与第一次遇见尸体时理智化的出神完全相反，体现出一种欲望的不安[1]。但值得注意的是，此次遇见的死尸对弗莱明来说充满了怪异性。克莱恩通过对死尸的细节描写——褪色的军服、死鱼一样的眼睛、从口中流出的变黄的血液、在死尸脸上和唇上爬来爬去的小蚂蚁——勾勒出生命的渺小和死亡的强大，凸显了死亡的主体在场性。尤其是死者的眼睛"直勾勾地瞪着"弗莱明，直接将他置于了被审视的位置，使弗莱明失去了第一次遇见死尸时超然窥视而获得的快感，剩下的只有惊吓感与对死尸眼球的回瞪。这种惊吓和回视如同《贫穷实验》中年轻人在和死尸般躺在床上的贫民对视和受到的惊吓类似，将生与死的关系思考揭示出来。弗莱明在对视和惊吓中达成了与死亡本能之间的交流和沟通：死者的眼神将弗莱明转化为他者，死亡的主体在场性赋予弗莱明以差异性的经验，推翻了弗莱明寻求男性气质同一性生产中重复和差异的根本关系，表明二者均需找到一种生产动力或根源性的力量才能得以完成。弗莱明的开小差行动本是要回避与死亡的直接冲突来进行男性气质生产，然而此刻他从死亡本能中经受他者化过程，开始将自我置于他者的多样性条件中，由此产生一种生成力量，并开始具备了对战争进行理性思考的能力，开始认识到战争荣耀的虚幻实质，并生发出对战争进行探究的冲动力。战争"那复杂的结构、巨大的力量以及严格的程序，都在强烈地吸引着他。他一定要走得近些，看一看它是怎样制造尸体的"[2]。当他在尘土中再次看到一个死去的士兵以及四五具尸体躺在一起时，弗莱明意识到自己作为生者对于死者的"入侵者"[3] 身份，进一步加深了有关生与死之间的差异性理解。这种差异性认识也使作品叙事开始从精心描绘的尸体朝着生产尸体的社会语境迈进。[4] 所以，带着未定的惊魂，弗莱明从林中独自逃跑的线路回归了伤兵队伍中，遇见了衣衫褴褛的士兵，并目睹了战友康柯林的死亡过程。

有关康柯林死亡的意义评论界意见不一。斯多曼关于康柯林死亡的宗

---

[1] 参见 Scott S. Derrick, *Monumental Anxieties: Homoerotic Desire and Feminine Influence in 19th Century U. S Literature*, New Brunswick: Rutgers University Press, 1997, p. 178。

[2] Stephen Crane, *Prose and Poetry*, ed., J. C. Levenson, New York: Library of America, 1984, p. 129.

[3] Ibid..

[4] 参见 Annalee Newitz, *Pretend We're Dead: Capitalist Monsters in American Pop Culture*. Durham: Duke University Press, 2006, p. 17。

教意义阐释甚为经典,他将康柯林视为基督再现,圣餐面包代表了基督的身体,整个意象代表了从死亡中得到救赎。[1] 但这一观点并没有得到评论界的普遍认同,更多评论指出康柯林的死亡是对战争的抗议,并非宗教亵渎。[2] 而且康柯林死亡时如动物般扭动的比喻可以排除康柯林象征基督的说法,因为基督是从来不会被比喻成动物的。[3] 的确,对于康柯林死亡意义的阐释应该将之置于与文本叙事中其他要素的逻辑连接中。很明显,康柯林的死亡与弗莱明前几次遇见的死亡形成了鲜明对照,最大的不同在于从静态转变为动态,另一不同是从远距离观察陌生死者转变为近距离见证朝夕相伴战友的死亡。

  一种悄然而来的怪异的东西侵入了他的身体,渐渐蔓延到全身。一刹那间,他的两条腿剧烈抖动,像在跳一种难看的角笛舞。两只胳膊在脑袋周围疯狂地舞动,脸上的表情就像一个小鬼儿似的热情奔放。

  他高高的身子挺得直直的,接着是一种轻微的撕裂的声音,然后,像一棵倾倒的大树,慢慢地、直直地,向前倒下去。由于突然间的肌肉变形,他的左肩首先摔在地上。[4]

康柯林死亡过程的外在景观化给弗莱明带来的震惊感受也甚于前几次:他变得歇斯底里,吐字不清。他的"面部肌肉扭曲,变换出各种表情——他所想象出来的他的朋友可能经受的各种痛苦的表情"。在看到康柯林"像被狼啃过的伤口"后,他才"突然愤怒地朝战场方向转过身,挥动着拳头,好像要发表一个《斥腓力》演说似的"[5]。弗莱明的这种反应并非如冷茨所认为的

---

[1] 参见 James Nagel, "Donald Pizer, American Naturalism and Stephen Crane", *Studies in American Naturalism*, Vol. 1, No. 1 – 2, 2006, p. 32。

[2] 格林菲尔德(Stanldy B. Greenfield)认为,斯多曼为了突出文本的宗教主题歪曲了文本,他指出康柯林的死亡是对战争的抗议,并非宗教亵渎,因此故事的高潮不是指向赎罪而是体现弗莱明重新认识到自身的微不足道。诺曼·弗莱德曼(Norman Friedman)及另一些学者也持同样观点。

[3] Hmoud Alotaibi, "The Power of Society in *The Red Badge of Courage*", MA Thesis, Cleveland State University, 2009, p. 23.

[4] Stephen Crane, *Prose and Poetry*, ed., J. C. Levenson, New York: Library of America, 1984, p. 137.

[5] Ibid..

仅仅源自康柯林的死亡景象，是一种纯粹的假装，也并非如冷茨所言康柯林的死亡对他而言毫无意义。① 实际上，康柯林的死亡舞蹈转化为弗莱明的身体感觉，使弗莱明别无选择，只有将康柯林从生命走向死亡的怪异性吸收进来。他既目睹也从内心再现了这种从运动走向停滞，从动态走向非动态的变化。② 这种变化源自死亡本能的作用，是在另一个维度上表演出来的重复生产。死亡本能将弗莱明自恋的身体与康柯林死亡的躯体一样当成了客体，将弗莱明试图在逃逸线中回避男性气质生产的欲望带入停息状态，以"反生产"的形式阉割了这一欲望，将弗莱明的身体变成了一个新的和具有不同连接性的记录平面，以容许新的生产力的穿越和流动。③

所以，康柯林的死亡将死亡本能中蕴含的生成力量推到了最强程度，破灭了弗莱明逃离死亡再现的企图，从本质上"成为弗莱明自己死亡的演练"④，而且使弗莱明"将战争的自杀特点吸收至其个人身上"⑤，产生出"我死亡"的欲望，激起了弗莱明对男性气质欲望生产的最佳场所——战场的回归。死亡本能与衣衫褴褛的士兵生成女性中的爱欲本能形成共鸣，使弗莱明的欲望变得更加强烈，他幻想"自己在众将士的注释下泰然地死去。他想到人们面对他的尸体怜悯难过的壮丽场面"⑥。他想自己"要是已经死亡了多好呀。他相信自己是羡慕死尸的"⑦。这种羡慕之情与其对红色勋章的羡慕之情匹配相当，表达出弗莱明对于摆脱了可能性束缚的"自我"存在的向往。

---

① 参见 Perry Lentz, *Private Fleming at Chancelorsville：The Red Badge of Courage and the Civil War*, Columbia：University of Missouri Press, 2006, p.183。

② 参见 A. Robert Lee, *Gothic to Multicultural：Idioms of Imagining in American Literary Fiction*, New York：Rodopi, 2009, p.169。

③ 德勒兹认为死亡本能将生产欲望带入停息状态，将其做出的连接悬置或凝结，以此使新的和不同的连接成为可能。这些新的连接更多被称为"反生产"。"反生产"对于连接综合体的作用体现在通过将器官—机器连接中性化来阉割欲望，这样形成一个可以记录在连接中的关系网的平面，而不是生产连接本身；这种记录平面就是德勒兹和伽塔里所言的"无器官体"。参见 Eugene W. Holland, *Deleuze and Guattari's Anti-Oedipus：Introduction to Schizoanalysis*, New York：Routledge, Taylor & Francis e-Library, 2001, p.28。

④ Claudia Durst Johnson, *Understanding The Red Badge of Courage*, Westport：Greenwood Publishing Group, 1998, p.104.

⑤ John Pettegrew, *Brutes in Suits：Male Sensibility in America, 1890-1920*, Baltimore：The Johns Hopkins University Press, 2007, p.216.

⑥ Stephen Crane, *Prose and Poetry*, ed., J. C. Levenson, New York：Library of America, 1984, p.143.

⑦ Ibid., p.146.

因此，死亡本能促使弗莱明的个体性不再被囚禁在自我的世界，而是以永恒轮回的肯定力量展现出弗莱明男性气质重复生产中被遮蔽的他者之面①。这种轮回在弗莱明被一个歇斯底里的士兵用枪托击中头部而受伤时得以重演。"这一击实际上带来一种死亡，不久［弗莱明］就模仿了'高个子士兵的死亡样子'"②，康柯林的死亡景象因此成为本文叙事的一个重要转折点——弗莱明回归"战斗场所"并被尊为一个真正英勇士兵的开始。在此转折后，死亡本能仍然以一种潜在的力量驱使着弗莱明投身于男性气质生产。当他回到部队一觉醒来后，他发现在他周边躺着的战友如同"死人一般"，整个树林犹如"一所停尸房"，给他带来一种压抑的死亡"预兆"感③，重演出生与死的交错。当他和朋友前往河边打水，偷听到将军和军官将他们唤作"骡夫"且准备将他们作为阻截敌人的敢死队员派送前线，军官们在对话中谈论自己士兵的不屑以及对士兵命运的冷酷态度又激发出弗莱明的死亡本能。这种本能化身为对军官的仇恨感，使弗莱明产生出"他死亡"和"我死亡"的欲望：希望给他们起"骡子"诨号的军官死去，希望以自己的尸体作为对起诨号军官的报复和谴责。弗莱明的死亡本能在被压抑的重复冲动中与爱欲本能中的快乐原则融合在一起，以根源性生产的方式将其男性气质欲望生产的能量释放了出来，推动他英勇地投身于最后的战役，并在目睹敌军旗手的死去中明显地完成了他的转型和个性重建：从一个专注于思想的人变成了一个专注于行动的人，从一个怯懦者变成了英勇战士，变成了一个真正的男人。

弗莱明的死亡本能或死亡欲望表达出一种自杀性服从，这种欲望在自我牺牲的理论家们看来源自一种对神圣理想或至高无上目标的追求，是弗洛伊德所言的对"原始父亲"爱的表达。虽然如同许多19世纪末期表现内战的小说一样，作品中父亲的形象是缺场的，"原始父亲"已经被国家形象所替代，但"弗莱明过于活跃的头脑中没有爱国主义思想"④ 的说法并不准确。弗莱

---

① 在德勒兹的理论中，永恒轮回是一种"肯定力量"，一种将所有事物推至最高强度的力量，是表现在重复的冲动中的死亡本能被遮蔽的他者之面。参见 Keith Ansell Pearson, *Germinal Life: The Difference and Repetition of Deleuze*, London & New York: Routledge, 1999, p. 18。

② Edwin Cady, *Stephen Crane*, Boston: Twayne Publishers, 1980, p. 132.

③ Stephen Crane, *Prose and Poetry*, ed., J. C. Levenson, New York: Library of America, 1984, p.159.

④ John Pettegrew, *Brutes in Suits: Male Sensibility in America*, 1890 – 1920, Baltimore: The Johns Hopkins University Press, 2007, p. 217.

明对自己死亡的接受和对自己死亡的欲望,一方面成为作品表现英雄主义的基础,使作品在很大程度上再现了 19 世纪末期美国社会对于战争迷恋的心理特征[1];另一方面,这种内战士兵表现的死亡欲望中所蕴含的英勇品质,正是 19 世纪 90 年代美国社会所缺失的,是工业化时代美国社会建立新的爱国主义意识形态时期待其男性所拥有的品质。这种品质成为这一时期南北方在共同颂扬男子气概精神,共同期待生机勃勃的爱国主义意识形态时,在内战血腥的裂痕中架起的一道桥梁。[2] 克莱恩通过笔下弗莱明与死亡本能之间的互动关系,揭示了男性气质欲望生产的根源,呼应了 19 世纪 90 年代广为流行的霍尔姆斯式的爱国主义思想表达,应答了 19 世纪 90 年代男性气质建构中投身更高理想的意愿。克莱恩通过死亡本能,从男性气质生产的本源动力上,彰显出 19 世纪 90 年代男性气质生产的复杂性,隐含了他对于男性气质建构的另一层面的思考,其中不乏对男性气质主流意识形态的讽刺之意。但是,从克莱恩本人的经历以及《红色英勇勋章》的创作动机来看,克莱恩在作品中为世纪之交面临男性气质危机的美国中产阶级白人男性试图突破现实困境获取男性气质,提供了一个情感宣泄和能量释放的途径,从而在 19 世纪 90 年代的美国国民中产生了共鸣。

第三节　男性气质的精神分裂生产

19 世纪末期,在生活节奏不断加快的工业化城市生活中,美国内战后的一代男性在文化女性化的威胁中,遭遇到从"自我奋斗型"(self-made)男性气质向"市场型"(marketplace)男性气质的转型[3]。越来越多的美国中产

---

[1] John Pettegrew, *Brutes in Suits: Male Sensibility in America*, 1890-1920, Baltimore: The Johns Hopkins University Press, 2007, p. 217.

[2] 有关美国内战后的爱国主义意识形态建构和南北统一和解的历史话语与美国内战记忆之间的关系,参见 Nina Silber, *The Romance of Reunion: Northerners and the South*, 1865-1900, Chapel Hill & London: The University of North Carolina Press, 1993, pp. 159-196; David W. Blight, *Race and Reunion: The Civil War in American Memory*, Cambridge: Harvard University Press, 2001, pp. 98-139。

[3] 参见 Michael S. Kimmel, *The History of Men: Essays on the History of American and British Masculinities*, New York: State University of New York Press, 2005, p. 39。

阶级白人男性在履行社会义务时，倍感精神紧张，遭受到诸如身体疲乏和精神疾病的折磨，甚至出现性衰竭的局面。他们的这些症状被神经学家乔治·毕尔德（George M. Beard）称为"神经衰弱症"，并将病因归于社会的"过度文明"[1]。这些男性在身体和精神上的负面反应及其所带来的社会问题引起了进步改革家们的关注。他们主张美国男性投身户外活动，进行健身体育锻炼，恢复国人的原有体力，以"艰苦生活"磨炼自身，走出令人萎靡不振的城市生活[2]，建立一种新型的男子气概：强调行动而非沉思，强调奋进而非文弱，注重原始本能和情感，注重能适应社会纷扰变化的自然的男性能力[3]。

这种新型男子气概观对身体的忧虑唤起了人们对身体的记忆，与统一话语中的内战记忆交织起来，将内战士兵的身体作为战争记忆的场所，甚至出现了"'统一传奇话语'被'战争疾患话语'所替代"的局面[4]。这一时期的内战文学创作也总是与对身体知识的困惑有关，呼应了当时整个美国社会对于神经衰弱症和男性气质退化话语的恋念。这种对内战期间身体记忆的关注导致了持续的内战精神紧张症，在一些作家看来对社会稳定构成了可怕威胁，所以作家们在创作中多有意采用以内战士兵为背景的身体伤害和心理伤害话语，试图以此来修正19世纪90年代美国国民男性气质的修辞表达[5]。内战文学的表现主题也多集中在将战争创伤作为现代身份构建的源泉，再现出个体自我的重建。[6] 作为一部与男性气质有关的作品，《红色英勇勋章》回应了这种关于内战精神紧张症的记忆和再现。克莱恩将主人公弗莱明的精神紧张症

---

[1] 毕尔德在其《美国人的焦虑》（American Nervousness，1881）和《男性神经衰弱症》（Sexual Neurasthenia，1884）两部著作中提出了"神经衰弱症"这一新的心理疾病概念，指出尽管人们付出了长期努力但仍然无法跟上社会生活的步调，因而遭受诸如失眠、消化不良、歇斯底里、怀疑、哮喘、神经衰弱、精神崩溃等症状的困扰。他认为这些"现代焦虑是全面体现与环境抗争时发出的呐喊"。参见 Gail Bederman, Manliness and Civilization: A Cultural History of Gender and Race in the United States, 1880 - 1917, Chicago: University of Chicago Press, 1996, pp. 85 - 86。

[2] 这些主张的突出代表有美国心理学家霍尔（G. Stanley Hall）和美国总统罗斯福。

[3] 参见 Clifford Putney, Muscular Christianity: Manhood and Sports in Protestant America: 1880 - 1920, Cambridge: Harvard University Press, 2003, p. 5。

[4] Lisa A. Long, Rehabilitating Bodies: Health, History, and the American Civil War, Philadelphia: University of Pennsylvania Press, 2004, p. 153.

[5] 参见 Jennifer Travis, Wounded Hearts: Masculinity, Law, and Literature in American Literature, Chapel Hill: University of North Carolina Press, 2005, p. 25。

[6] 参见 Thomas J. Brown, Reconstructions: New Perspectives on the Postbellum United States, New York: Oxford University Press, 2006, p. 231。

贯穿在其男性气质的欲望生产中，使其呈现出精神分裂症者的病患特征，并展现了这种症状在身体体验中的感应。弗莱明在其男性气质差异和重复生产以及根源生产中，潜藏了精神分裂生产的本质，蕴含了精神分裂的巨大生产能量，且最终通过对这种能量的释放完成了其男性气质的欲望生产。

弗莱明的男性气质欲望生产始于国家机器及社群的歇斯底里症。"报上的消息、村里的传闻，再加上他自己想象出来的情景，已把他的情绪激发到难以控制的程度。"[1] 这种歇斯底里症以爱国主义的名义唤醒了公民的自我重要性，以对战争的误传报道激发出社群的快感。弗莱明也受到了这种爱国主义歇斯底里症的感染，其身体主体"体验到一些不知不觉的性感受"[2]：听到人们的欢呼声，他"欣喜若狂，激动得浑身颤抖"，"眼睛里闪烁着激动和期待的光芒"[3]；在同学们充满惊奇和羡慕的眼神中，他兴奋不已，"走起路来挺胸抬头，得意扬扬"[4]；沐浴在女孩子们灿烂的笑容里，他"感到浑身上下有了一股浴血奋战的力量"[5]。可以说，克莱恩在某种程度上将性欲望和好战欲连接起来，体现出二者如同疾病一样可以征服人类的身体和判断力[6]。但从深层次看，这二者的结合表达了人类心理的两种愿望：死的愿望和爱的愿望。这两种欲望使弗莱明在自作主张投身战争的行为中获得了最初的快乐体验，更为重要的是，蕴含在这两种愿望中的死亡本能与爱欲本能之间的共鸣振幅，成为弗莱明男性气质差异生产的动力来源，是其男性气质精神分裂生产的根源所在。

很明显，《红色英勇勋章》的表现焦点并不在交战双方的冲突，而是以敌人的无形性突出了弗莱明及其战友屠杀行为的传染性和自我毁灭性。[7] 正是这

---

[1] Stephen Crane, *Prose and Poetry*, ed., J. C. Levenson, New York: Library of America, 1984, p. 84.

[2] Lisa A. Long, *Rehabilitating Bodies: Health, History, and the American Civil War*, Philadelphia: University of Pennsylvania Press, 2004, p. 156.

[3] Stephen Crane, *Prose and Poetry*, ed., J. C. Levenson, New York: Library of America, 1984, p. 84.

[4] Ibid., p. 86.

[5] Ibid..

[6] 参见 Lisa A. Long, *Rehabilitating Bodies: Health, History, and the American Civil War*, Philadelphia: University of Pennsylvania Press, 2004, p. 156.

[7] 参见 John Pettegrew, *Brutes in Suits: Male Sensibility in America, 1890–1920*, Baltimore: The Johns Hopkins University Press, 2007, p. 216。

种自我毁灭性导致了弗莱明的精神分裂,其最初症状体现在弗莱明对于有关战争自我毁灭话语交流的排斥上。内战激起了弗莱明的梦想,促使他在歇斯底里症的传染下投身战争,但是"在营地候战的漫长冬季带给弗莱明的是理想的重新破灭感。当开战的谣言随着春天一同来临时,他开始怀疑自己未能经过考验的勇气"①,所以弗莱明从心底开始抵抗战争对自己的辖域化。在战友们就是否即将开战进行激烈辩论时,弗莱明却钻进营房独自闷头沉思,表现出他对有关战斗交流的排斥感。这种排斥感反过来使他陷入痛苦的"认知和语言危机"②,以及思虑疑惑和自我谴责中。因为不愿融入战友的言语交际,也无法理解战友们对战斗的急切好奇和激动探讨,他明显感受到自身的奇怪感、差异感和孤独感。"他很认真地思考着他与那些像小鬼似的围着火堆窜来窜去的战友之间究竟有着哪些根本的区别"③,却由于无法从战友那里找到与他类似的内心焦虑,他觉得自己是一个"在精神上被大家抛弃的人"④。对自我毁灭话语交流的排斥迫使他进入了一种"本身就是病态形式的内心辩论"⑤,并因此处于高度的敏感状态。

  他在冥冥中好像看见了恐惧,它长着一千条舌头,在他背后没完没了地唠叨,让他赶快逃跑,而其他人却冷静地为国家做着大事。他承认他对付不了这个怪物。他觉得身上的每一根神经都是一只耳朵,在听这个怪物说话,而别人却无动于衷,听而不闻。⑥

  弗莱明的这些感受完全是早期精神分裂症者的临床症状表现:孤僻恐惧,敏感多疑,思虑过甚,并陷入一种幻觉和幻听状态之中。但是他的这种精神

---

  ① Howard C. Horsford, "He Was a Man", *New Essays on The Red Badge of Courage*, ed., Lee Clark Mitchell, Cambridge: Cambridge University Press, 1986/Beijing University Press, 2007, p. 116.
  ② Jennifer Travis, *Wounded Hearts: Masculinity, Law, and Literature in American Literature*, Chapel Hill: University of North Carolina Press, 2005, p. 48.
  ③ Stephen Crane, *Prose and Poetry*, ed., J. C. Levenson, New York: Library of America, 1984, p. 96.
  ④ Ibid., p. 98.
  ⑤ Lisa A. Long, *Rehabilitating Bodies: Health, History, and the American Civil War*, Philadelphia: University of Pennsylvania Press, 2004, p. 158.
  ⑥ Stephen Crane, *Prose and Poetry*, ed., J. C. Levenson, New York: Library of America, 1984, p. 98.

分裂能量，却在对战争恐惧厌恶中隐藏的死亡本能与胸中昂扬的爱国主义激情中蕴含的爱欲本能间的交响鸣奏中逐渐加强，在对战争残酷性的沉思和有关自我审视的焦虑的内心辩论里逐渐积聚，在弗莱明经历的第一场战斗中开始有所突破。当他开枪时，他感觉自己"不再是一个人，而是一个成员。他感觉到，好像他是一个团体的一员，比如说，一个团，一个集团军，或者一个国家……他已经融进一个具有共性的个体里，而这个个体被一个强烈的愿望所左右"①。

这种在受到集体外力作用下完成的第一次突破，让首次身临战斗的弗莱明暂时找到了一种归属感，体验到一种神秘的兄弟情谊，调和了他自身的女性化倾向，也缓解了他的精神分裂症状。然而，来自共同体强烈愿望的外力作用未能敌过战争的威力，所以无法让弗莱明真正实现其个人的自我突破，反而迫使其自我个体地位面临被战斗削弱消解的境地，进一步加强了弗莱明作为个体与共同体之间的差异性，在某种程度上促进了其精神分裂能量的聚积。在第一场战斗中，弗莱明亲历的战争残酷性更加激起了他强烈的愤怒感。这种愤怒又由于其自身能耐的缺失被转化为另一种愤怒，将其个体化的愤怒发泄表现凸显出来。他像婴儿被毯子窒息了似的处于一种挣扎状态，与战友们通过言语泄愤的方式完全不同，"很多人嘴里低声嚷着，这些压低了的欢呼声、吼叫声、咒骂声和祷告声混合在一起，形成一股声音的潜流，构成一支带有野蛮味道的歌曲，和着战争进行曲的共鸣，听起来跟吟诵似的，很怪异"②。由于缺乏言语疏通，弗莱明的愤怒能量被压制了，只是麻木地被死亡本能牵引着作为一名观看者观看着战斗机器生产混乱、惊慌、绝望、伤残和死尸的过程。但是爱欲本能却始终没有抛弃他，以反作用的形式，从另一层面给予他推动力量。看到飘扬的旗子和旗子上具有象征意义的图案，他又像以往那样激动起来，并渐渐恢复了身体的感受，"沉浸在一种自我满足的兴奋状态中。他感觉一生中唯有现在最快乐"③。

在死亡本能和爱欲本能的争锋中，占据上风的快乐原则帮助弗莱明暂时

---

① Stephen Crane, *Prose and Poetry*, Ed. J. C. Levenson. New York: Library of America, 1984, p. 112.

② Ibid..

③ Ibid., p. 117.

化解了他的愤怒能量。他开始主动通过言语与战友进行沟通,"他开始和那些面熟的人握手,与他们推心置腹地交谈,他甚至觉得和他们简直是心连心了"①。言语交际的力量使弗莱明缩小了自身与战友间的差距,缓解了其精神分裂症状。然而这种缓和状况在很短的时间内,又迅速被接踵而来的由战斗造成的身体紧张感受所替代:"他的脖子因为紧张无力而不停地发抖,胳膊上的肌肉麻木而没有血色。他的手看上去又大又笨,就像戴了一副无形的拳击手套似的。膝关节也是颤巍巍的,站立不稳。"②战斗给弗莱明带来的身体上的精疲力竭感抑制了他精神上感受到的快乐原则,而且战争的生成动物性张扬了战争的恐怖威力。死亡本能——生命的能动力量驱使弗莱明走上了逃跑之路,开始在逃逸线上寻求其男性气质欲望生产的可能性,并与逃逸线上的生成动物和生成女性共同作用,催动了弗莱明精神分裂能量的内在积聚。

弗莱明曾经试图再次通过言语交际来释放这种能量,缓解自身精神分裂症状,却遭到阻拒。充满讽刺性的是,在这种阻拒中他却获得了男性气质的外在标志——伤口。遗憾的是,这种外在标志也没有成为能量积聚的突破口。弗莱明在伤痛和恍惚中"一直在进行思想斗争……他的身体一直在抗争"③。不管是从精神上还是身体上,弗莱明都完完全全变成了一个病人。他无法依靠自身的力量治愈自身的病患,他需要一种外在力量的帮助。这种外在力量来自一位说话语气轻快的士兵——一位面孔不明的神秘向导④。这位向导以快乐的语气和自问自答的方式开导着弗莱明,"就像在引导小孩子的思路似的"⑤。他犹如一位精神病医生,以滔滔不绝的言辞表达,疏导着弗莱明这位病人,让弗莱明觉得这位向导好像有个"神奇的魔棒……所有的障碍物在他面前都得让路,都能被他利用"⑥。这位面孔不明的向导有着无比的力量,他

---

① Stephen Crane, *Prose and Poetry*, ed., J. C. Levenson, New York: Library of America, 1984, p. 117.
② Ibid., p. 118.
③ Ibid., pp. 151–152.
④ 凯普兰认为这个神秘向导就是作者克莱恩,他引导弗莱明回到部队,这样有关勇气结构的叙事才开始。德里克则认为遇见神秘向导成为克莱恩突出和强调作品前后部分不协调的转折点之一。
⑤ Stephen Crane, *Prose and Poetry*, ed., J. C. Levenson, New York: Library of America, 1984, p. 152.
⑥ Ibid., p. 153.

"粗壮的大手"与"小伙子软弱无力的手指"形成了鲜明对比。可以说这位向导就是弗莱明渴求的另一个自我,他的言语表达就是弗莱明内心渴求通过言语交际释放能量的方式再现。他一直不停地自言自语,帮助弗莱明宣泄出被压抑的能量,解除自身的困惑,克服了自身的言语危机,扫清了弗莱明通往男性气质生产之路的障碍,将弗莱明从逃逸线上送归了男性气质生产的最佳场所——战场,开始了真正意义上的男性气质的精神分裂生产。

因此在回归部队后,弗莱明的身体主体所能经受的生产流的强度被最大化,具备了突破潜能。这种潜能在性别选择和战斗法则的交织中表现出来。[1] 克莱恩使用了一些有关男性性激情的词语将身体伤害、死亡和快乐原则结合在一起,揭示出男性主体的身体和精神本性。如同弗莱明参军后下意识中的性感受一样,这种激情在开战之前就普遍存在于部队之中,附身于对军队的热爱。当弗莱明观察同伴的脸部表情以试图寻求与他类似的战争恐惧情绪时,他看到"空气中某种热烈的成分使老兵们走起路来情绪高涨,几乎要唱起歌来,他们的这种热烈气氛也感染了新入伍的士兵"[2]。在逃跑途中,弗莱明遇到的衣衫褴褛的士兵"朴实的脸上容光焕发,散发着对军队的热爱,军队对他而言是世界上所有美丽和强大事物的化身"[3]。这种爱欲主题在小说中通过"战争热情""战争欲望"等词语得以普遍化[4],并在弗莱明身上得到进一步具体化。在弗莱明眼中,身体伤害具有自身的价值,"他认为身上有伤的人们特别幸福"[5];想到人们面对他的尸体怜悯难过的壮丽场面时,他"精神振奋,内心震颤着打仗的欲望……感觉他将插上战争的红色翅膀高高飞翔"[6]。面对战争这"血腥的动物"和"饱食鲜血的神","他心里有一种东西要喊出来,他有一种冲动"[7]。

---

[1] 瑟尔泽最早指出作品包含了"爱情"和"战争"双层故事。本德和隆恩明确提到作品中性别选择和战斗法则的交织问题。德里克也认为作品包含了集团暴力和男性情色的内容。佩蒂格鲁指出小说与内战回忆录类似,弗莱明在战斗中找到了快感。

[2] Stephen Crane, *Prose and Poetry*, ed., J. C. Levenson, New York: Library of America, 1984, p. 95.

[3] Ibid., p. 132.

[4] Bert Bender, *Evolution and the "Sex Problem": American Narratives During the Eclipse of Darwinism*, Ohio: Kent University Press, 2004, p. 63.

[5] Stephen Crane, *Prose and Poetry*, ed., J. C. Levenson, New York: Library of America, 1984, p. 133.

[6] Ibid., p. 143.

[7] Ibid., p. 148.

弗莱明的男性气质欲望正是在这种爱欲本能和死亡本能的共鸣中不断经受着生产和反生产，所以弗莱明的身体主体不仅代表了被压抑的场所，也隐藏了获得自由潜力的源泉。这种潜力在弗莱明目睹康柯林死亡过程后逐渐张扬出来，作品中与男性性激情有关的词语也更加具有象征意义：弗莱明进一步意识到自身的无能。在第二天的战斗中，弗莱明意识到他的来复枪成了一根"没用的"的棍子，却没有意识到自己"直立"着；在经历了猛烈战斗之后，士兵们意识到先前的事态发展似乎力证他们"无能"，但交火的胜利使他们受到激励，"他们精神大振①，自豪地环视着周围，对自己手中那冷峻但又总是自信的武器产生了新的信任感。他们都是男人"②。这些具有象征意义的词汇和意象模式表明了克莱恩对于菲勒斯权力的界定，也体现出19世纪90年代运用此象征表达的时代局限性。③

从现实再现的层面看，克莱恩毫无疑问以这些隐喻表达回应了19世纪90年代男性气质危机中男性所面临的窘境，以及当时新男子气概观对于男性性别能力的欲求，并且在作品中再现出实现这种欲求的方式，传达了克莱恩对于现实问题的思考。弗莱明男性气质生产的能量累积终于让他在身体快感与战斗心理的合二为一里"明确地忘却了自我"④，"让神经衰弱麻痹症与无思想、无身体的歇斯底里症融合在一起，变成了无形体"⑤，即无器官体。他承受着战争机器和欲望机器对其无器官体的吸引和排斥。这两种机器的生产和反生产的相互作用生产出来的能量强度使他进入了以死亡本能和性能力释放来实现的男性气质精神分裂生产。第二天战斗中的弗莱明与第一天逃跑中的

---

① 作品原文中"没用的""无能"均为"impotent"（出现三次），"直立"一词为"erect"（出现八次），"精神振奋"一词为"uplift"（出现四次），"震颤"一词为"quiver"（出现十次）。这些词语都具有暗示男性性功能和性快感的歧义性。

② Stephen Crane, *Prose and Poetry*, ed., J. C. Levenson, New York: Library of America, 1984, p. 193.

③ Bert Bender, *Evolution and the "Sex Problem": American Narratives During the Eclipse of Darwinism*, Ohio: Kent University Press, 2004, p. 63.

④ John Pettegrew, *Brutes in Suits: Male Sensibility in America*, 1890 – 1920, Baltimore: The Johns Hopkins University Press, 2007, p. 215.

⑤ Lisa A. Long, *Rehabilitating Bodies: Health, History, and the American Civil War*, Philadelphia: University of Pennsylvania Press, 2004, p. 160.

弗莱明截然不同①，他变成了一个"战争魔鬼""野蛮人"和"野兽"。② 在冲锋陷阵时"像个精神不正常的士兵"③，融入整个部队的疯狂中。"那些像疯子一样向前冲的士兵发出一阵欢呼声，像暴民的吼叫，十分粗野……产生出一种疯狂的热情。"④ 在这种疯狂的奔跑中，弗莱明感到自己来到了一块对他而言"新的、不为人知的土地"⑤——男性气质建构的新开始。在这片新的土地上，爱欲本能凝结在化身女性的军旗中，激发着他的疯狂欲动。在他奋不顾身向前冲的时候——

> 一丝爱意在他的心中油然而生，那就是对近在身边的军旗的绝望的喜爱。那面军旗是美的创造，是攻无不克的象征。它是光辉灿烂的女神，俯身对他摆出一副高傲的姿态。它是一个女人，红白相间，爱恨交织，它用充满希望的声音召唤着他。⑥

军旗的女性化身暗示出弗莱明爱欲本能中的性欲望要素，在将弗莱明对军旗的热爱导引出来之时，也诱引着他将这种性欲望释放出来。"他从心底发出请求它保护的呼喊"⑦，并纵身一跃夺过了死去旗手手中的军旗。带着对军旗的热爱，在接下来的战斗中，弗莱明勇敢地充当旗手，冲到最前方。他感觉"自己有一种野蛮人的勇敢精神，充满宗教的狂热。他能作出有意义的牺牲，死得伟大"⑧。"他像一匹发狂的野马"冲向敌旗，他的战友也"好似豹

---

① 霍兹福德（Howard C. Horsford）认为在第一场战斗中，弗莱明在击退敌人的进攻中首先盲目地开火还击，但当敌人反攻时他却受到惊吓，又同样盲目地开始逃跑。作品在描写第二天的战斗时分以颠倒的形式重复了弗莱明经历的第一场战斗。前面一部分关于逃跑的一天与后面一部分关于成为英雄的一天形成了抗衡。参见 Howard C. Horsford, "He Was a Man", *New Essays on The Red Badge of Courage*, ed., Lee Clark Mitchell, Cambridge: Cambridge University Press, 1986/ Beijing University Press, 2007, p. 116。
② Stephen Crane, *Prose and Poetry*, ed., J. C. Levenson, New York: Library of America, 1984, pp. 174 – 175.
③ Ibid., p. 182.
④ Ibid., p. 183.
⑤ Ibid., p. 184.
⑥ Ibid., p. 186.
⑦ Ibid..
⑧ Ibid., p. 205.

子扑食，一跃扑向敌军的军旗。他猛地一拽，把旗子夺了过来"①……终于，弗莱明及其战友以生成动物将自身的性能量释放了出来。

在一些评论家看来，作品中的这些动物形象以歇斯底里和狂热的形式展现出肉体的威严和身体的力量，是一种退化表现，是克莱恩对达尔文退化论的呼应。② 这种解读强调本能说，将人与动物视为二元对立，因此忽视了动物形象中的生成力量。佩蒂格鲁和隆恩看到了退化中蕴含的能量，但也仍将之作为一种毁灭力，而非突破力。从德勒兹的精神分裂分析看，克莱恩不仅呼应了达尔文的退化论，而且再现出退化这一变化过程中所蕴藏的生产力量，在某种程度上超越了达尔文的退化论思想，旨在从退化本能的语境中找寻具有突破性的男性气质生产方式，隐含了从19世纪90年代男性气质的衰变中去寻获新的重构力量和重构方式的思想。弗莱明的能量释放，一方面体现出自我的消解和碎片化过程，为其男性气质的重复生产转换为具有生产性力量的差异性重复做出了准备；另一方面，这种能量释放将弗莱明囚禁在俄狄浦斯辖域化中的男性气质欲望释放出来，解除了俄狄浦斯和权威力量对男性气质欲望的束缚作用，成就了弗莱明自我的突破生产。弗莱明的这种能量释放，本质上是一个爱欲本能和死亡本能共同作用下的精神分裂过程。在此过程中，作为主体的他变成了欲望机器的产物，去感受着欢乐和痛苦。这种精神分裂过程也是"一个破译的过程，一个消除恐惧的过程"③。在这一过程中，与其第一场战斗相同的是弗莱明忘掉了自我，不同的是弗莱明将内在突破与外力作用融合起来，相辅相成，其个体和集体不再发生冲突，所以他成为战友们公认的英雄——欲望的集体表达。弗莱明的精神分裂过程也是一种体验政治，"但这种体验已不再是个人的体验，而是在个人、其欲望和其力量中非人的体

---

① Stephen Crane, *Prose and Poetry*, ed., J. C. Levenson, New York: Library of America, 1984, p. 206.

② 参见 Lisa A. Long, *Rehabilitating Bodies: Health, History, and the American Civil War*, Philadelphia: University of Pennsylvania Press, 2004, p. 148; John Pettegrew, *Brutes in Suits: Male Sensibility in America, 1890 - 1920*, Baltimore: The Johns Hopkins University Press, 2007, p. 215; Bert Bender, *Evolution and the "Sex Problem": American Narratives During the Eclipse of Darwinism*, Ohio: Kent University Press, 2004, p. 66。

③ Gilles Deleuze, *Negotiations: 1972 - 1990*, Trans. Martin Joughin, New York: Columbia University Press, 1995, p. 11.

验。它指向的是个人的自我和英雄本质"①。在这种体验中，弗莱明在忘掉自身的同时也成为自己的康复师，使自我获得了重建可能，使自己终于成为男人。

对于文本结尾"他是个男人"的明确表达评论界关注颇多，但就弗莱明是否可以真正称得上一个男人却存在意见分歧。不管是认可还是不认可文本中的这种表达，总体上看，大多数评论对于这部作品结尾的解读有些流于肤浅，主要原因在于评论家们忽略了19世纪90年代的统一话语和内战记忆话语对当时男性气质建构的影响，以及克莱恩创作该作品时的个人境况。首先，19世纪90年代的历史语境决定了《红色英勇勋章》这部作品的现实意义，这一时期美国男性处于神经衰弱症和武士精神合谋生产新的男性形象的话语中；其次，克莱恩本人的身体和精神备受此双重话语的纠缠和困扰。他的身体一直虚弱，很早就罹患肺结核，并因此疾病英年早逝。然而他的身体状况并未能阻止他对冒险生活和武士精神的追求。他的内心生活如同《红色英勇勋章》中的康柯林一样，有着一种难以抗拒的冲动，也"有一只动物……在愤怒地踢来踢去，希望获得自由"②。他的个性如同主人公弗莱明一样，充满着矛盾性，是一个像弗莱明一样"孤独而英勇的抗争者，不停息地要摆脱令人压抑的社会的桎梏，追求最本真状态的生活"③。克莱恩的矛盾性成为其时代矛盾性的写照，其身体和精神的痛苦使他成为19世纪90年代身陷男性气质危机中的美国中产阶级白人男性的代言人。在整个国家将带来国民灾难的内战作为建立新的国民个性、国民自豪感甚至是国家未来发展方向的试金石，将军事品格作为治疗社会疾患的良方，或者以内战教训作为更新国民活力的方法时，克莱恩撰写了一系列战争作品④，参与这一社会历史话语，表达了他

---

① Mark Seem, "Introduction", *Anti-Oedipus: Capitalism and Schizophrenia*, Gilles Deleuze & Felix Guattari, Minneapolis: University of Minnesota Press, 1983, p. xix.
② Keith Gandal, "A Spiritual Autopsy of Stephen Crane", *Nineteenth-Century Literature*, Vol. 51, No. 4, March 1997, p. 506.
③ Keith Gandal, *Class Representation in Modern Fiction and Film*, New York: Palgrave MacMillan, 2007, p. 122.
④ 除《红色英勇勋章》一书外，克莱恩还写下了许多有关战争的短篇小说。如 *A Mystery of Heroism*、*An Episode of War*、*Death and Child*、*The Upturned Face* 等。这些战争作品都表现了克莱恩对英雄主义的认识：英雄主义是一些不同的充满矛盾的集合体。

对社会现实问题的关怀和思考。

因此，克莱恩对作品结尾的处理和描写是意味深长的。弗莱明及其战友在战斗中的疯癫表演以尚武男性气质的极致表现促成了战斗的胜利，然而更让弗莱明高兴的是内战终于结束——"枪弹的射击和还击都已成为过去"，"他能以旁观者的姿态去审视"过去的所作所为，对于自己的英雄业绩他"感到欣喜和无愧"①。但是，内战带来的心理伤害却通过"衣衫褴褛的士兵"的幽灵，以不在场的在场搅扰着他，以幻想的形式警醒着弗莱明有关战争的罪孽——尚武英雄主义的残酷性。这种残酷性，在佩蒂格鲁看来，体现了19世纪末期规范化男性气质所追求的理想特征混淆了人类和动物、野蛮和文明之间的区别，所以呈现出退化本质。② 但是，克莱恩在此更多地表现出内战老兵在内战结束后的普遍心态，同时也暗讽了19世纪90年代遭受神经衰弱症病患的美国男性对尚武精神的重新拾取。凯普兰有关作品既采用了男子气概的范式又颠覆了这一范式的观点，直接引起了评论界对作品中讽刺/反语问题的长期探讨。但正如德里克指出的，克莱恩明白的讽刺并不能表示他对于男性身份基础的文化歪曲和否定的简单反对和认同。③ 在作品中，克莱恩表现出弗莱明的男性气质生产本身是一个时间性过程，涉及当下、过去和将来三种时间。④ 并且通过这一过程，克莱恩传达了自己对美国中产阶级白人男性气质建构的过去、现在和未来关系的理解和认识。

19世纪90年代，美国社会对于内战的记忆更多地呈示出对英雄主义主题的关注，有关战争的残酷性和罪恶感已经逐渐淡出人们的记忆。尤其对北方人来说，忘却而非记忆成为战后统一文化的绝对主题，正如克莱恩在作品中所写的，"伤疤像花儿一样凋谢了"⑤。但与此同时，美国男性的神经衰弱症

---

① Stephen Crane, *Prose and Poetry*, ed., J. C. Levenson, New York: Library of America, 1984, p. 210.

② 参见 John Pettegrew, *Brutes in Suits: Male Sensibility in America, 1890–1920*, Baltimore: The Johns Hopkins University Press, 2007, pp. 14–15。

③ 参见 Scott S. Derrick, *Monumental Anxieties: Homoerotic Desire and Feminine Influence in 19th Century U. S. Literature*, New Brunswick: Rutgers University Press, 1997, p. 190。

④ 根据德勒兹的观点，生成是一种时间性过程，涉及习惯、记忆和生成三种时间。参见莫伟民等《二十世纪法国哲学》，人民出版社2008年版，第552页。

⑤ Stephen Crane, *Prose and Poetry*, ed. J. C. Levenson, New York: Library of America, 1984, p. 212.

使他们试图在对内战的集体记忆中拾回战争中的尚武精神，生成新的男子气概。然而记忆和生成是一对矛盾关系，"记忆有着再辖域化的作用，它有着暂时的组织结构，而生成是反记忆的"①。所以在和解文化和统一话语中，为了面对现实，老兵们选择性地对待和记忆过去，将内战中的尚武精神视为 19 世纪 90 年代男子气概的重要组成要素，忘却了尚武精神中所包含的残酷性。全体美国男性也试图通过尚武精神，不断寻求重新修复他们已被工业化文明所耗竭的力量和活力，但是究竟哪些是老兵男子气概的辉煌亮点，究竟是什么造就了一个合乎传统的男性的问题，并没有一致认识。② 克莱恩以弗莱明的形象给出了自己的回答。弗莱明"把自己的罪孽抛到很远的地方"，在将战争阴影生成为不可见性中，非常高兴地感受到自己具备了客观看待"先前信奉的准则里那些厚颜无耻和空洞浮华的东西"的能力。③ 在这一过程中，弗莱明感受到一种新的男性气质的生成——能带给他自信和面向未来勇气的"镇定自若的男子汉气概"④，一种可以被理解为淡定成熟的男性气质，另一种与以罗斯福为代表的充满狂热豪情、雄心勃勃的男性气质意识形态形成鲜明对照的男性品质，也是克莱恩自身所期待的男性气质。所以，克莱恩仅在此时才点明弗莱明"是一个男人"⑤。事实上，他最终不仅成为一个男人，也成为他那个时代的男人典范。

希尔伯指出：美国内战的最终结局是"北方赢得了战争，南方赢得了和平"⑥。在世纪末的统一话语中，南北双方见证的不仅是南北人民之间的感情纽带，更是两个地区投资者和商业领袖之间的经济财政关系。政治家、记者，甚至是金融大鳄都对浪漫而富于情感的和解文化表现出敬意。虽然许多北方老兵、黑人、原来的废奴主义者都反对"忘却和原谅"的心态，并继续质疑

---

① Gilles Deleuze & Felix Guattari, *A Thousand Plateau: Capitalism and Schizophrenia*, Trans. Brian Massumi, Minneapolis: University of Minnesota Press, 2005, pp. 294 – 295.

② 参见 Nina Silber, *The Romance of Reunion: Northerners and the South*, 1865 – 1900, Chapel Hill & London: The University of North Carolina Press, 1993, p. 171。

③ Stephen Crane, *Prose and Poetry*, ed. J. C. Levenson, New York: Library of America, 1984, p. 212.

④ Ibid..

⑤ Ibid..

⑥ Nina Silber, *The Romance of Reunion: Northerners and the South*, 1865 – 1900, Chapel Hill & London: The University of North Carolina Press, 1993, p. 2.

南方压迫黑人以及南方的民权和政治权力问题,但是沉浸在消费娱乐生活中的北方人已经在赞颂历史健忘症的实施政策。对于后重建时代的北方人来说,南方已不再是给他们带来战争痛苦和毁灭感的区域,而是越来越广泛地被开发为旅游胜地,变成了一片充满闲暇轻松和浪漫情怀的土地。用历史学家里尔(Jackson Lear)的话说,南方由于没有受到公司体制和商业文化的同化,其特征明显、真实可触的生活方式成为反现代生活的避风港[1]。南方虽然处于前现代和前工业化时代,却可以将北方城市的生活烦恼转化为充满魅力和引力的生活方式[2]。因此,北方人开始采用南方形象来抚慰自己的社会和心理需求,前往南方体验南方的平和生活。并且在越来越关心自身社会不断衰变的维多利亚标准时,北方人开始以维多利亚的怀旧视角看待南方和整个统一进程,试图通过和解过程来重构维多利亚理想。

克莱恩在作品结尾两段呼应了这种历史语境,继续表现了他对现实社会的观照。弗莱明完成了男性气质的欲望生产之后,与战友之间又表现出新的差异来:战友们沮丧的心情,对现实的抱怨和艰难的跋涉与弗莱明微笑的表情、对过去的思考、对未来的憧憬形成了鲜明的对照。这种对照,一方面表现了弗莱明可以平静地思考他对战争疾患的征服,其身体可以隐藏起有关自身在战争中残酷表现的感知记忆,但另一方面表现出战争疾患深深穿越了社会身体,整个部队奄奄一息的状态削弱了与联邦主义的积极关联,也给压抑着弗莱明的暴力行为的爆发表现增添了一丝差异[3]。这丝差异进一步扩展了弗莱明对男性气质的突破性认识。如同本德指出的,克莱恩在结尾部分对弗莱明的内疚描写中,坚定地表现了"一个被道德感点燃并发出微弱光亮的灵魂……在达尔文式的现实中可以生存"一样[4],克莱恩通过弗莱明表达了他对19世纪90年代男性气质建构的期待方向。在弗莱明的爱欲本能战胜了他的死亡本能后,克莱恩沿袭了浪漫传奇对主人公经历危险和对抗最终走向成功并

---

[1] 转引自 Nina Silber, *The Romance of Reunion: Northerners and the South*, 1865–1900, Chapel Hill & London: The University of North Carolina Press, 1993, p. 69。

[2] Ibid., pp. 81–82。

[3] 参见 Lisa A. Long, *Rehabilitating Bodies: Health, History, and the American Civil War*, Philadelphia: University of Pennsylvania Press, 2004, pp. 161–162。

[4] Bert Bender, *Evolution and the "Sex Problem": American Narratives During the Eclipse of Darwinism*, Ohio: Kent University Press, 2004, p. 68.

不可避免地走入婚姻的描写手法，让弗莱明"怀着恋人的渴望憧憬着宁静的天空、清新的草地和凉爽的小溪等形象———一种温柔的、持久和平的生活"①。

这种"温柔持久的和平生活"正是19世纪90年代的美国社群，在混乱无序的社会秩序和纷乱变化的性别关系模式中，寻求和谐和理想化生活的象征，映衬出福克纳（William Faulkner）和莫里森（Toni Morrison）笔下的南方浪漫传奇色彩，表现了南北和解话语的建构基础是自然的亲密关系而非政治纽带。这种"温柔持久的和平生活"也隐含了以克莱恩为代表的美国中产阶级白人男性试图解脱自身充满矛盾的男性气质或者说神经衰弱症时，所产生的怀旧式向往，以及对尚武英雄主义主流意识形态的暗讽——弗莱明虽然获得了英雄主义的男性气质，但他的理想生活却是与英雄主义色彩相对照的充满情感的和平生活。"镇定自若的男性气质"给弗莱明更加带来一种真实感。从某种意义上说，克莱恩将弗莱明塑造为托马斯·卡莱尔（Thomas Carlyle）式的真正英雄——一个带着"原始朴实的真诚"②品质克服自身恐惧并最终获得宁静的精神力量的英雄，一个具有与喧嚣的工业化时代男性品质对峙的英雄，一个承载了克莱恩的时代批判思想的英雄。通过弗莱明这一人物，克莱恩表达出在恢复男性气质同一性意义的基础上，其本人对以平和式男性气质来作为现代社会自我定义基础的深切期待，折射出他对符合19世纪90年代社会语境的男性气质现实建构的理性思考。克莱恩通过内战记忆，将向后看的欲望融入了19世纪90年代当下抚慰文化的重构趋势中，彰显出白人男性气质的欲望生产并非一种本能品质，而是一种社会需求，从而预示了美国白人男性气质建构的反本质主义色彩。

《红色英勇勋章》并不是一部简单地反映内战的战争小说，作品经常被人忽略的副标题"美国内战的一个片段"（"An Episode in the American Civil War"）其实昭示出克莱恩的明显意图：通过对美国内战中的一个战争片段的回忆来阐释蕴含在《红色英勇勋章》中的历史话语和时代话语的意义。

克莱恩巧妙地将有关19世纪90年代男性气质危机的讨论话题与内战记

---

① Stephen Crane, *Prose and Poetry*, ed. J. C. Levenson, New York: Library of America, 1984, p. 212.
② Thomas Carlyle, *On Heroes, Hero-Worship and the Heroic in History*, 1869, Teddington: The Echo Library, 2007, p. 121.

忆和统一话语编结在一起,并非讲述了弗莱明的个人故事,而是将一些想法组织起来最终编成弗莱明的故事①,使故事本身成为一种叙事建构疗法②,将真相和虚构,加上大量的情感交织在作品的字里行间,以对主人公男性气质欲望生产的过程再现和结局处理传递出他自身在痛苦、矛盾和困惑中复活男性气质的追求过程,表达了他对于19世纪90年代男性气质理想建构的向往,渗透了他对于时代现实的深切关怀,对美国男性气质未来发展方向的预测,其中也隐含了他对于男性气质主流意识形态的讥讽。

《红色英勇勋章》从性属生产的层面表明克莱恩对于男性气质问题的关注从《街头女郎梅吉》和《贫穷实验》中由身体感官引起的观察思考进入有关中产阶级白人男性气质身份建构的自我驱动力的探讨。他对于19世纪90年代男性气质危机问题的理解和思考又加深了一步,从阶级他者反观自身转移到了对中产阶级身份建构问题内在要素的思考上,并从男性气质生产的本源上探究到了男性气质生产的动力所在,试图为自身和整个中产阶级白人男性走出男性气质危机的困境探索一条出路。因此,作品在与男性气质主流话语的融混中,含纳了克莱恩本人对于19世纪90年代美国中产阶级男性气质建构既认同又抵牾的复杂心态,折射出美国国民在19世纪末期纷扰多乱的时代语境中对于自身身份寻求和建构的迷惑和抗争心理。

---

① Joseph M. Meyer, "Henry's Quest for Narrative in *The Red Badge of Courage*", The Midwest Quarterly, Vol. 59, No. 1, Autumn 2017, p. 24.
② Ibid., p. 23.

第三章 男性气质的种族意蕴

19世纪90年代在美国历史上对于白人和黑人都是一个非常特殊的时期,经历了重建时期的美国社会步入后重建时期。一方面,从奴隶转变为自由民的黑人不断涌入北方城市,这种身体流动使黑人开始"跨越种族界限,步入城市飞地,爬上社会阶梯,并最终挺进文明体系"[1],一些黑人开始身份转型,成为新黑人[2]。另一方面,南方白人一直在与自己不再是奴隶主人的现实抗争,北方白人也忧心忡忡地目睹黑人种族对于白人文明的渗透。在阶级、性属领域已深感自身男性气质遭受到威胁的中产阶级白人男性在种族领域也面临同样威胁,他们害怕黑人种族的自由解放和崛起将摧毁白人种族的优越性。虽然进入后重建时期,但整个国家仍然以黑白种族隔离来处理重建时期尚未完成的事情,白人仍然采用种族暴力手段试图镇压黑人种族。1896年的普莱西案(Plessy V. Ferguson)就标志着最高法院对《吉姆·克劳法案》有关种族隔离政策合法性的最终认可和确认。

与此同时,19世纪90年代的经济萧条使白人男性无力履行作为白人妇女

---

[1] Marlon Bryan Ross, *Manning the Race: Reforming Black Men in the Jim Crow Era*, New York & London: New York University Press, 2004, p. 17.

[2] 新黑人与他们被剥夺了人身权利的奴隶祖先有着明显区别,他们要求享有法律上规定的公民权。19世纪90年代的一些社论指出新黑人的特征是"受过教育""举止文雅""拥有金钱",而且拥有财产权被视为要求获得政治权利的黑人的重要标志。参见 Henry Louis Gates & Gene Andrew Jarret, eds. *The New Negro: Readings on Race, Representation and African-American Culture, 1892–1938*, New Jersey: Princeton University Press, 2007, p. 10。一般认为"新黑人"这一概念作为一个有着特定历史含义的术语,指的是第一次世界大战结束后黑人身上出现的一种不愿再逆来顺受,而是愿为保卫自己而牺牲的精神状态。这一意义与阿兰·洛克的《新黑人:一种阐释》出版密切相关。但"新黑人"这一概念早在19世纪末就出现了,指的是与以"汤姆叔叔"为代表的南方农村黑人相对的获得了人身自由的黑人,这些黑人向北迁徙,落脚于北方城市。本著作的新黑人指的就是这些自由黑人。

供养者的既定角色和职责，促使他们从直觉上构想出"黑人强奸禽兽"（black rapist beast）的威胁感。① 这些经济上受到阉割的白人男性试图为白人妇女提供远离"黑人强奸犯"的保护，通过暴力、恐吓以及最终隔离来保持所谓的白人种族纯正性，并以此为名在19世纪末期兴起了横扫美国的以伪科学为基础的种族主义浪潮。② 种族矛盾在19世纪末愈演愈烈，从白人布道坛到大学讲台，从政治演讲到廉价小说，黑人被建构为一个无能自治和不可教化的种族，对美国文明构成威胁。白人使用愤世嫉俗的逻辑来解释他们对待黑人的态度，以科学种族主义将黑人界定为落后野蛮、经济依赖、低劣退化的物种。尤其针对那些踌躇满志和充满开拓精神的黑人、不再从事卑劣工作的黑人和开始积累财富获得成功的黑人，白人更具恐惧感和威胁感。他们残酷地以拷打、火刑、私刑、肢解来处置跨越了"规定位置"的黑人，甚至对黑人男性施行阉割。对那些无法获得成功的黑人，他们又将之作为证实有关黑人种族低劣论断的证据。因此在整个19世纪90年代，具有明显的关于白人优越性和黑人种族堕落特征的叙事文本大量出版发行，直接针对美国黑人社群的私刑和白人种族骚乱的作品数量空前增长，有关私刑、黑人强奸者和白人受害者的戏剧在各地上演。这一时期与过去美国历史上的任何一个时期相比，与种族和性属话语的联系更为密切，被誉为一个文化焦虑的高潮期③。在这一时期，美国白人将黑人定位为兽性和性能量缩影的做法，其实从一个侧面暴露了美国白人在面临国家统一、黑人解放、性别角色变化、劳工冲突不断增加、美国多族裔未来发展等问题时的忧虑，也是美国白人在努力保持白人优越性的基础上企图寻求解决这些问题的一种表现。

---

① 根据历史学家乔尔·威廉姆逊（Joel Williamson）的观点，以强奸白人妇女罪处以黑人男性私刑在1889年前并不是一个引起关注和评论的主题。1889年前白人对黑人强烈的恐惧感主要源自害怕黑人大规模崛起后会杀害白人，或者伤害白人，或者破坏白人财产。但在1889年及随后年代，有关黑人强奸白人妇女的罪行及其惩罚引起了新的巨大的关注。1889—1899年，平均每隔一天就有一人被处以私刑，其中三分之二为黑人。参见 Joel Williamson, *A Rage for Order: Black/White Relations in the American South Since Emancipation*, New York: Oxford University Press, 1986, pp. 84–85。

② Donald R. Wright, "African American", *A Companion to 19th-century America*, ed., William L. Barney, Malden: Wiley-Blackwell, 2006, pp. 205–206.

③ Matthew Wilson, "Border Controls of Race and Gender: Crane's 'The Monster' and Chesnutt's 'The Conjure Woman'", *Multiculturalism: Roots and Realities*, ed., James Trotman, Bloomington: Indiana University Press, 2002, p. 203.

第三章　男性气质的种族意蕴

对于黑人来说，19世纪90年代也意义深远，是他们面临种族现代化转型的时期。身处吉姆·克劳法律体系中，已经觉醒的新黑人开始思索怎样利用即将到来的20世纪的全新性来建立一种新型的种族关系。一小群后奴隶制时代出生的黑人男性和女性，活跃在美国文坛上，努力发出黑人种族的声音，表达出黑人种族的政治诉求和艺术特色。同为新黑人领袖代表的杜波瓦（W. E. B. Du Bois）和华盛顿（Booker T. Washington），他们激进的民权运动观和保守的种族妥协观发出的是两种不同但均具影响力和代表性的黑人声音，为黑人争取平等权利付出了同等努力，也对白人种族主义观产生了一定影响。但是，黑人男性拥有规范男性气质的权利被否定，他们作为创业者的自我塑形能力特征以及种族秉性现代化所需的科学发现品质也被否定，因此，构建新型种族关系的问题实际上无法回避怎样主张男性责任来将黑人种族带入现代性的问题。[1] 可以说，19世纪90年代见证了白人和黑人以各自方式进行的种族身份政治实践，预示了20世纪美国国民身份在种族关系上的发展方向。

克莱恩的《怪兽》直接且尖锐地反映了19世纪末期美国白人和黑人的关系建构问题。[2] 故事围绕黑人马夫亨利·约翰逊因在大火中营救主人医生特拉斯哥特的儿子吉米时，脸部被烧伤且严重毁容前后的不同境遇而展开，着重铺展了作为白人个体的医生和白人集体的小镇居民在接纳和驱逐约翰逊的问题上的分歧，以及医生因此遭遇到的窘境。这部作品是克莱恩《维罗姆维尔故事集》中两篇有关成人的故事之一，被认为是克莱恩所有作品中最具隐秘性和残忍性的一部作品，也被克莱恩自我评价为所有作品中最好的一部作品[3]。作品中维罗姆维尔小镇的原型就是克莱恩的家乡，位于纽约、新泽西和

---

[1] Marlon Bryan Ross, *Manning the Race: Reforming Black Men in the Jim Crow Era*, New York & London: New York University Press, 2004, p. 15.

[2] 《怪兽》是克莱恩少为人知的杰作之一，也是其维洛姆维尔系列故事中的第一个故事，于1898年在《哈泼斯新月刊》（*Harper's New Monthly Magazine*）上发表，并于1899年与《蓝色旅馆》（*The Blue Hotel*）和另一维洛姆维尔系列故事《他的新手套》（*His New Mittens*）一起收录进《〈怪兽〉和其他故事》中。

[3] 虽然许多读者都将《红色英勇勋章》视为克莱恩最好的作品，但克莱恩本人却将《怪兽》摆在第一位，接下来是《乔治的母亲》（*George's Mother*），一篇名为《求爱的老头》（*An Old Man Goes a - Wooing*）的小故事和《街头女郎梅吉》。

费城交界处的杰维斯港，一个从 19 世纪末期开始向繁荣城市转型的乡村小镇。约翰逊这一人物的原型一种说法是其家乡一个脸部因癌症受毁的男人，另一说法是得到好心医生救治的被称为"大象人"的约翰·梅里克，还有一种说法是"罗伯特·刘易斯私刑案件"中的黑人刘易斯。

这部小说对于种族问题的表现在出版之时就引起了巨大反响。康拉德看完克莱恩给他的故事提纲后感叹道："这个故事肯定不错，是适合你的题材。"豪威尔斯也表扬这部作品是美国最好的短篇小说。弗雷德里克在阅读了作品草稿后却要求克莱恩迅速毁掉这个作品，吉尔德（Richard Watson Gilder）因为害怕读者无法接受而不同意将之刊登在《世纪》杂志上。更有甚者，霍桑的儿子朱利安·霍桑（Julian Hawthorne）指责克莱恩的这部作品是对艺术和人性的亵渎。然而六十多年后，这部作品又赢得了黑人作家埃里森的赞扬，他将克莱恩认定为从马克·吐温到福克纳之间表现种族主义的一位伟大作家。虽然这部作品不及克莱恩的《街头女郎梅吉》和《红色英勇勋章》有名，但更显示出克莱恩创作的成熟性，当之无愧是克莱恩的杰作之一。近年来评论家们对该作品的关注从作品的风格特征、叙事技巧等转向了作品的语境意义，力图从历史文化语境去阐释这部作品，探讨出作品中有关怪物符号意义的真正所指，以及黑人刻板形象与白人优越性之间的权力话语运作意义和种族文化意义。很多评论热衷于约翰逊毁容前后不同境遇对比的历史意义以及特拉斯哥特医生与白人社群之间的分歧，从约翰逊毁容导致"无脸"这一事实审视黑人的历史命运和白人的道德取向。但是这些评论大都从黑人立场审视作品的种族意义，并没有充分认识到克莱恩所表现出的从白人立场对于黑人问题的反思，尤其忽视了作品所表现的不同种族间男性气质的相互影响，以及黑人男性气质在白人男性气质重构中的他性作用。结合男性气质和种族话语的互动关系看，整个作品以白人性为基调，将白人主体塑造为列维纳斯式的伦理主体，将黑人视为种族他者来作为确定白人主体自我身份的途径，通过从白人立场再现出对种族他者的诠释，揭示了白人领会自身的角度和深度。克莱恩在这种白人性占主导地位的社会语境中，将黑人男性气质界定为白人男性气质的他性终极形式，将之建构为某种具有夸张效果，且与白人男性气质相对的种族他性表演，突出了黑人的性属可见性和种族可见性给白人男性气质优越性带来的威胁。作品以黑人约翰逊的毁容和无脸作为男性气质危机中白人试图重新以白人优越性来建构种族伦理关系的契机和起点,启述出白人男性气质政治对于黑人男性气质他性表演的不同态度,暗示了白人男性气质建构中的他者颠覆踪迹。由此,作品隐含了克莱恩对于19世纪90年代美国社会在白人性自我建构和种族他者现代化进程中的矛盾交锋现实的思考,以及对20世纪美国种族关系发展状况的预测。

第一节 男性气质的种族他性表演

《怪兽》的白人性在故事开篇就隐含在白人小孩吉米和其父亲特拉斯哥特医生的父子关系中。吉米在花园中的火车游戏和父亲在草坪里的割草机,从游戏想象和现实生活的交汇中,铺陈出小镇和医生家庭的生活背景和个性特征——维罗姆维尔是一个受到工业化和城市化侵蚀的小镇,医生是一位"割起草来如同给一位牧师刮胡须"[1]一样讲求严谨规则的维多利亚式的中产阶级人士。花园和草坪的意象传达出小镇生活的宁静秩序和怀旧感。但吉米的火车游戏毁坏了父亲花床上的一朵牡丹花——父亲经过精心经营获得成就的象征,打破了这种秩序感和稳定感,也成为展现父子关系的交叉点。吉米修复花朵的失败以及在父亲面前的胆怯,衬托出医生作为白人社群父权制代言人的权威。虽然特拉斯哥特医生以一个慈祥宽容的父亲形象原谅了吉米,但其语气中显示出的内在威严使吉米油然而生"躲藏起来"[2]的想法。作品开篇对这一偶然事件的描述首先以隐喻的方式在吉米的游戏结果中暗示出社会转型的代价——"现代性需要暴力介入,尤其是针对文化他者的暴力来作为其获得成就的代价"[3]——铺垫了作品将要表现的主题思想。其次,吉米火车游戏中的"36号引擎"和医生手中"嗡嗡作响的割草机"表明人类在将自然世

---

[1] Stephen Crane, *Prose and Poetry*, ed. J. C. Levenson, New York: Library of America, 1984, p. 391.
[2] Ibid., p. 392.
[3] Jacquline Denise Goldsby, *A Spectacular Secret: Lynching in American Life and Literature*, Chicago: University of Chicago Press, 2006, p. 140.

界转换为一个超现实的城市风景时自己也被彻底机械化了。① 在这种机械化活动中，被吉米的"引擎"损坏的花朵因为"花茎受了伤，只能蔫蔫地悬垂在吉米的手中"②，暗示了美国中产阶级白人男性充满身体活力的男性气质遭遇到损毁的现实状况和未来景象。同时，这一事件中父子关系的内涵潜藏了白人的父权，这种父权在接下来的叙事中凸显为与黑人性相对的白人性，主宰着故事的发展脉络。并且具有伏笔意义的是，吉米修复花朵的失败和试图躲藏起来的感受，预演了日后医生在挽救"因毁容而无脸"的约翰逊时遭遇到的困境和放逐感。

与医生的花园和吉米的游戏形成对照的是黑人马夫约翰逊的生活场景和男性气质：马车、农场、羊群、奶牛和马匹、干草、马具等展现的仍然是维多利亚时期的田园生活。驾马车、洗马车、套车轮等体力活——与机械化相对的展现人类自然身体活力的活动——彰显出约翰逊黑人男性气质的身体力量，一种使白人感受到种族存亡威胁的力量，也是白人利用白人性对之进行压制的一种理由。很明显，约翰逊被塑形为19世纪黑人刻板形象的复制品——孩童化和女性化的黑人男性形象。类似《哈克贝利·芬历险记》中的黑奴吉姆，约翰逊是白人男孩吉米的好伙伴，其认知能力被贬低至儿童层次："对生活中的每件事［他都和吉米］有着完全一致的看法。"③ 其黑人性被视为白人性的衬托之物："吉米哪天犯了错，就会跑到马厩去用亨利的犯错来安慰自己。亨利也会由于自身的种族塑性经常拿自己的错误给犯了错又不好意思的吉米当垫脚。"④ 与此对应，约翰逊在镇上街道这样的公共领域内的形象与19世纪末期黑人秀中的黑人艺人形象无异，受到白人的观看和嘲笑："亨利，你这是去参加今晚的赏饼舞吧？""他没长胡子吧？""把胸挺起些！"⑤ 评论界

---

① 参见 John Carols Rowe, *Literary Culture and U. S. Imperialism: From the Revolution to World War* Ⅱ, New York: Oxford University Press, 2000, p. 145。

② Stephen Crane, *Prose and Poetry*, ed. J. C. Levenson, New York: Library of America, 1984, p. 391。

③ Ibid., p. 392。

④ Ibid., p. 393。

⑤ Stephen Crane, *Prose and Poetry*, ed. J. C. Levenson, New York: Library of America, 1984, p. 396。"赏饼舞"（cakewalk）是一种黑人舞蹈形式，包含了阔步和跳跃的动作，并颁发糕点作为赏品。这种舞蹈起源于非洲，是黑奴们喜爱的一种舞蹈。美国内战后的黑人秀演出中经常表演这种舞蹈。"cakewalk"一词多被译为"步态舞"，笔者根据字面意义和内涵将之译为"赏饼舞"。

多认为约翰逊的刻板形象和黑人艺人形象再现出 19 世纪黑人的怪物性，克莱恩正是利用这种怪物性描写满足了 19 世纪末期白人读者群的"期待视野"。但是，大多数评论没有明确认识到约翰逊形象中所具有的与"旧黑人"相对的自由黑人的特性及其现实意义，同时对于约翰逊本人对这场黑人性展演的理解和回应关注不够，从而忽视了约翰逊黑人秀中的他性表演在黑人和白人中所产生的不同效应，以及白人性对于这种自由黑人男性气质他性表演的压制缘由。

约翰逊的自由黑人形象在克莱恩交代其马夫形象的外貌特征时就被暗示出来："他是一个长相非常英俊的黑人，在镇上边郊许多黑人居住的地方，大家都知道他有着发亮的浅肤色，是个有分量且表现突出的人物。"① 这一外貌特征很明显与作品后半部分约翰逊的毁容形成了鲜明对照。饶维（John Carols Rowe）指出，此处描写中的矛盾修饰法和双关语表现出约翰逊在小镇黑人社群中的重要地位，一方面来自其浅肤色——19 世纪美国非常流行的有关黑人的典型的种族主义刻板形象特征，另一方面来自将约翰逊的智慧和善良比作"发亮（光芒）"的复杂比喻②。其实这种双关语的作用更在于暗示出约翰逊具备不同于"旧黑人"的形象特质，传达了约翰逊自由黑人特征的先锋性和影响力。矛盾修饰法则隐含了约翰逊作为"自由黑人"将遭遇到的厄运。虽然克莱恩并没有明确地将约翰逊比作能给黑人社群带来光明的太阳，但是"发亮"一词实际上是构成"太阳"比喻的前提。这种比喻意义也隐含在约翰逊与白人的关系建构上：他的光芒成为吉米崇拜他的一个原因，也与"特拉斯哥特医生就是月亮"③ 的比喻形成了对照。

马夫形象和自由黑人形象的双重交织使约翰逊的男性气质他性表演具有了相辅相成性。身为马夫的约翰逊认识到身体所意味的一系列可能性，因为

---

① Stephen Crane, *Prose and Poetry*, ed. J. C. Levenson, New York: Library of America, 1984, p. 393. 原文为："…and he was known to be a light, a weight, and an eminence in the suburb of the town…" "light" 既是一个双关语，包含了"浅色"和"光亮"双层含义，其另一层意义"轻的"又与"weight"（重量）一词构成了矛盾修饰法。

② 参见 John Carols Rowe, *Literary Culture and U. S. Imperialism: From the Revolution to World War II*, New York: Oxford University Press, 2000, p. 144。

③ Stephen Crane, *Prose and Poetry*, ed. J. C. Levenson, New York: Library of America, 1984, p. 393.

"身体是承载意义的物质性再现,也是各种可能性的实在化表现"①。约翰逊的身体可能性具体呈现出双重特征:白天他在医生家里扮演的是马夫的角色,夜晚前往女友家约会、行走在镇上街道上时展现的是他经过精心装扮的自由黑人形象。

> 在厨房吃完晚饭后,约翰逊走到马车车库的阁楼上开始细心地打扮起来。哪怕是王宫里的美女也不会像约翰逊一样花这么多心思在打扮上。……当他走出房间,优哉游哉地走在马车道上,不会有人怀疑他是洗马车的。
> 这与他那条紫色裤子并没有关系,与那顶镶着鲜艳丝带的草帽也没有关系。这种变化体现在亨利内心深处的某个地方,但也丝毫没有赏饼舞中的那种夸张。他就是一个吃完晚饭后出来散步的绅士,温文尔雅,既有地位和财富,在其他方面也卓有成就。在他的生活中他可从来没有洗过什么马车。②

约翰逊展现的双重身体可能性均受到了他所处历史时期历史规范的驱使和抑制。马夫形象在白人和大多数黑人看来是黑人男性理所当然的角色——一种极度可见(hypervisible)的黑人男性角色,也是黑人男性在白人文化中的一种既定的、历史的和传统的角色,是服从和衬托白人性权威的黑人男性刻板形象。这种自由黑人形象则在黑人社群和白人社群中产生了不同的效力。在黑人朋友皮特面前,有着自由黑人形象的约翰逊与白天穿着马夫粗布衣裳的约翰逊判若两人。他气宇轩昂,慷慨大方,让皮特顿感自卑,心生艳羡。在女朋友贝拉家,约翰逊的到访让女朋友及其家人受宠若惊,他们之间的交往彬彬有礼。然而白人对于约翰逊的这种形象却充满了讥讽和鄙夷。与镇上白人的嘲弄相似,雷夫斯奈达理发店里的白人对约翰逊的说长道短进一步暴露了白人性对黑人性的抑制,他们对约翰逊"黑笨蛋""上等货"和"黑时

---

① Judith Butler, "Performative Acts and Gender Constitution: An Essay in Phenomenology and Feminist Theory", *Feminist Theory Reader: Local and Global Perspective*, Eds. Carole Ruth McCann & Seung - Kyung Kim, New York: Routledge, 2003, pp. 416 - 417.

② Stephen Crane, *Prose and Poetry*, ed. J. C. Levenson, New York: Library of America, 1984, p. 395.

髦哥"① 的称呼充分显示出白人对黑人刻板化的种族想象,并且在这种种族想象中充满了对约翰逊自由黑人形象的疑谤和否定。威尔逊(Matthew Wilson)认为克莱恩在此处表现出约翰逊具有内战后出生的一代黑人所具有的缺点:因为没有经历过奴隶制,他们缺乏模仿白人的能力,所以他表现不出赏饼舞的夸张效果,只是将"城市黑人时髦公子"的形象移植到乡村小镇,并沉浸在这种模仿中,视白人的嘲弄为一种"奉承",没有意识到种族主义的存在。② 很显然,威尔逊的观点有些偏颇,误读了约翰逊的自由黑人形象以及克莱恩的用意。另一些评论家注意到约翰逊形象对于白人性的反作用力。扬恩指出"紫色裤子"成为表现约翰逊女性化的一个标记符号,甚至潜藏着同性恋的意蕴。白人呼叫:"那条紫色裤子不是我给他的吗?"③ 道出了黑人性对白人性的模仿,也揭示了这种阴柔性实则与白人本身有关,因此约翰逊的形象既嘲弄了黑人,也讽刺了他的白人观众。④ 摩根则认为白人的嘲弄和说长道短暴露了他们试图控制镇上黑人男性的焦虑感,与罗斯福总统在古巴对有色人种的帝国主义种族控制需求如出一辙,因为约翰逊身上承载着白人试图压制的欲望,并且白人希望运用这种压制来界定自身。⑤ 这些评论都认识到黑人时髦公子的形象对许多白人来说代表了一种具有威胁性的僭越,但是就这一

---

① "黑笨蛋"(coon)一词来源于黑人秀中一个叫作库恩(Zip Coon)的人物,指的是北方大城市里被解放的黑人。他们受过良好教育,有着舒适的生活环境,穿戴体面。"黑时髦哥"(black dandy/dude)是黑人秀中的一个标准人物,是受到嘲弄的城市里衣着光鲜、踌躇满志的黑人形象。罗特(Eric Lott)指出:"黑时髦哥在字面意义上意味着对废奴主义的胁迫融汇,在寓意上象征了对倡导废奴主义者的阶级威胁。融汇一词本身就部分包含了阶级抱负的寓意。""黑笨蛋"和"黑时髦哥"这两类人物被看成是过于热心的黑人男性形象,是白人的竞争者。他们都衣着时髦,试图超过其他黑人和同等级的白人,但不管他们如何努力却总是无法实现自身的追求,因为他们总是被当作小丑式的人物受到嘲弄和奚落。参见 LeRoy Ashby, *With Amusement for All: A History of American Popular Culture Since 1830*, Lexington: University Press of Kentucky, 2006, p. 19; Pschy A. Williams–Forson, *Building Houses out of Chicken Legs: Black Women, Food and Power*, Chapel Hill: The University of North Carolina Press, 2006, pp. 50–51。

② 参见 Matthew Wilson, "Border Controls of Race and Gender: Crane's 'The Monster' and Chesnutt's 'The Conjure Woman'", *Multiculturalism: Roots and Realities*, Ed. James Trotman, Bloomington: Indiana University Press, 2002, pp. 206–207。

③ Stephen Crane, *Prose and Poetry*, ed. J. C. Levenson, New York: Library of America, 1984, p. 397.

④ 参见 Elizabeth Young, *Black Frankenstein: The Making of an American Metaphor*, New York & London: New York University Press, 2008, pp. 88–89。

⑤ 参见 William M. Morgan, *Questionable Charity: Gender, Humanitarianism, and Complicity in U. S. Literary Realism*. New Hampshire: University Press of New England, 2004, p. 85, p. 82。

形象对于黑人种族的意义并没有深入挖掘，没有探究到约翰逊黑人男性气质他性表演中的黑人性意义，以及这种黑人性对男性气质危机中的白人身份建构的作用所在。

19世纪末20世纪初，黑人时髦公子成为美国社会新的黑人刻板形象。在黑人上演的黑人秀中，这一形象传达出白人对于黑人自我塑形的担忧，也表达了黑人试图引起社会关注和文化认同的欲望。同时，这一形象在黑人秀中通过自我塑形的方式，以及对获得自由的黑人的自豪感和进取心进行嘲弄式的模仿，成为对权威有意颠覆的象征。黑人时髦公子以其具有表演性的身体和装扮，一方面展现出在黑人现代身份构建中的解放精神与白人现代身份构建中的解放精神具有交汇性，另一方面反映出在走向现代主义时期黑人对于文化认同追求的复杂性。① 在某种程度上，黑人时髦公子成为黑人种族现代化转型的先锋，彰显出黑人性的社会发展潜力，代表了具体的或普遍的新黑人的美学观和黑人的现代意识。②

因此，约翰逊时髦公子的黑人形象以自我合法化的文化表演形式实践着种族逾越的可能性。这种可能性并非以肤浅的服饰表演展露出来，而是体现出逾越变化的内在本质，而且这种"逾越的成功之处就在于没有过分表演"③。约翰逊将具有逾越性的他性表演作为种族身份表现的巧妙手段，张扬了黑人男性气质新的可见性，在黑人社群中对黑人种族自我现代化的转型起着宣传和推动作用。与此同时，约翰逊表现出的黑人种族现代化很明显给白人带来了威胁。尤其对于19世纪90年代身处男性气质危机中的白人男性来说，这种新黑人的男性气质无疑对他们构成了直接挑战。正如弗雷基亚（E. Franklin Frazier）所言，"生产出新黑人的新精神开始了对整个种族的转

---

① 参见 Monica C. Miller, "The Black Dandy as a Bad Modernist", *Bad Modernisms*, ed., Douglas Mao & Rebecca L. Walkowitz, Durham: Duke University Press, 2006, p. 191。

② 更多有关黑人时髦公子与现代主义的关系，可参见 Monica C. Miller, "The Black Dandy as a Bad Modernist", *Bad Modernisms*, ed., Douglas Mao & Rebecca L. Walkowitz, Durham: Duke University Press, 2006, pp. 179 – 205。

③ 亚历山大（B. K. Alexander）指出：种族逾越是一种文化表演和身份的社会建构，是对符合社会期待的自我定义的追求。逾越表现为一种成品、过程和表述行为。参见 Bryant Keith Alexander, "Passing, Cultural Performance and Individual Agency", *Men and Masculinities: Critical Concepts in Sociology*, Vol. IV, ed., Stephen M. Whitehead, London & New York: Routledge, 2006, pp. 51 – 55。

型。美国面临一个已经觉醒的新种族,在获取自身力量时白人种族要准备与其他种族的男性进行竞争"①。为了赢得这场竞争,白人性给黑人性强加上认知暴力,将黑人种族标签化、动物化和怪物化。在白人眼中,黑人时髦公子"经常被置于失败的模仿框架中,是将白人习俗拙劣愚蠢且不相称地变成了黑人自身的低俗风格"②。更有白人以私刑、火刑、阉割等实际暴力行为来摧毁黑人种族,从而达到维护白人性地位的目的。

所以,在白人统治的种族社会中,白人性与黑人性的级差十分分明。约翰逊的他性表演与镇上小戏院里上演的有关忠诚和双重身份的白人戏剧《东林怨》(East Lynne)隐含了这种鲜明的级差对照。如同约翰逊的表演是对黑人秀的仿拟,小戏院是对纽约大都市剧院的仿拟,两者都成为白人娱乐生活的组成部分,但其观看模式和效果截然不同。"戏院里看戏的镇上的小伙子都挤在角落里,明显地三五成群,姿态各不相同,尽显伙伴情谊,丝毫没有社会等级之分。"③然而,约翰逊的身体双重特征却成为镇上白人与黑人等级差异的表征。《东林怨》严格符合道德准则的结局反衬出约翰逊因为他性表演而最终受到白人拒斥的结局。处于这种对比中,约翰逊身体可能性的双重特征将黑人身体和男性气质变成了私人领域和公共领域论争的场域。对于镇上白人的嘲弄,约翰逊报之以暗笑,"表现出如同拥有上好金属品般的窃喜"④。理发店白人的议论声中不乏"菲勒斯的性亢奋"和"黑人给白人带来的同性恋快感"⑤,但"[约翰逊]并不是没有注意到他身后发出的一阵谑嘲声。相反他感受到同样的快感,对这种街道展示他总是很有眼光。他的脸上带着喜悦之情离开了他刚刚获得一些胜利的地方,转进了一条狭窄的街道"⑥。由此可

---

① 转引自 Marlon Bryan Ross, *Manning the Race: Reforming Black Men in the Jim Crow Era*, New York & London: New York University Press, 2004, p. 15。
② Shane White & Graham J. White, *Stylin': African American Expressive Culture from Its Beginnings to Zoot Suit*, Ithaca and London: Cornell University Press, 1998, p. 92.
③ Stephen Crane, *Prose and Poetry*, ed. J. C. Levenson, New York: Library of America, 1984, p. 395.
④ Ibid., p. 396.
⑤ Elizabeth Young, *Black Frankenstein: The Making of an American Metaphor*, New York & London: New York University Press, 2008, p. 89.
⑥ Stephen Crane, *Prose and Poetry*, ed. J. C. Levenson, New York: Library of America, 1984, p. 397.

见，白人眼中女性化的约翰逊已经意识到在以白人性为主的公共领域内黑人男性气质他性表演所具有的斗争意义。或者说，在种族主义话语中经历了黑人性被否定质询的约翰逊，学会了以福柯所言的"颠倒的话语"，通过精心准备，采取挪用白人文化的手段来进行文化抵抗，将白人质询转变为黑人男性气质和白人男性气质论争和政治斗争的场所[1]，与白人性进行着较量。

这种较量一直贯穿在整个故事中。克莱恩十分注意在文本结构和叙事发展中将约翰逊的他性表演映托在小镇白人性的集体展演中，以突出小镇的"同质群体性"[2]。周六夜晚镇上广场上欢娱的人群以个体性缺失的方式再现了19世纪末期美国乡村小镇的公众娱乐生活——一种与约翰逊在街道上的个体表演相对的集体表演。这种集体表演将工业化和科技化转型的特征融合在小镇社群的物质无意识和集体无意识中，也以景观化的手段包含了小镇集体声音生产的方式——将约翰逊黑人秀表演变为怪物性表演的种族主义意识形态的前提暗示和再现伏笔。

与镇上广场白人无意识集体表演同时发生的是特拉斯哥特医生家的火灾事件——故事发展的转折点。许多评论对这一事件引起了高度重视，侧重从克莱恩的文体技巧来分析这一事件的意义，且大都将这场大火视为革命者和暴动的隐喻，认为克莱恩通过大火这一比喻本体，表达了黑人与美国独立战争和内战遗留下来的奴隶制残余进行斗争的意义。这种解读存在简单化倾向，一是忽视了约翰逊作为自由黑人形象在火灾中的他性表演所体现的意义，二是忽视了这场大火与白人性权威之间的内在联系。事实上，这场大火成为白人性通过深化黑人刻板形象来抑制约翰逊自由黑人形象塑形的一个契机。

如评论界一致认为的，约翰逊的救人之举明显被动物化、女性化和奴性化，他在火灾现场的他性表演被描绘为黑人艺人的闹剧一般。就像约翰逊及

---

[1] 有关黑人男性气质与霸权、话语和种族、性属的关系，参见 David Marriot, "Reading Black Masculinities", *Men and Masculinities: Critical Concepts in Sociology*, Vol Ⅳ, ed., Stephen M. Whitehead, London & New York: Routledge, 2006, pp. 7-22。

[2] Jennifer Carol Cook, *Machine and Metaphor: The Ethics of Language in American Realism*, New York: Taylor & Francis Group, 2007, p. 46.

贝拉一家的文明举止被嘲弄为"像三个猴子"[①]一样,约翰逊又被描摹成像动物一样"笨拙地四肢着地在烟雾中爬进了楼上大厅"[②],在熊熊火苗中他发出的是像濒于绝望的动物一样的号叫。在吉米面前,他成了一个吓破了胆的黑鬼幽灵;他用毯子将吉米包裹起来就如同"一个吓人的强盗头目在实施绑架"[③]。这些形象描写都是19世纪白人感伤主义罗曼司写作中黑人种族刻板形象的翻版。[④] 吉米呼喊"妈妈"的哭声则表明吉米从约翰逊的姿态和行动中辨认出的是一个能给予他母亲般安全感的形象[⑤],这无疑从他给约翰逊原有的菲勒斯位置上将约翰逊女性化了[⑥]。面对噬人的大火,约翰逊无法找到逃跑出路时,油然而生一种屈从心理:"他想屈从,因为先辈的原因而屈从,就像在十分完善的奴隶制中一样投身到这场大火中。"[⑦] 饶维指出这种屈从心理凸显了约翰逊黑人性的卑贱血统,是文本叙事将其英勇行为转换到白人医生的冒险救人之举上的原因,因此濒于绝望境地的约翰逊进一步再现出19世纪黑人种族各种刻板形象的漫画图:逃亡奴隶、胆怯卑贱的奴隶、住在荒野、充满异国情调的原始人等形象特征。[⑧]

但是值得注意的是,约翰逊在大火中的他性表演被贬损有着更为深层次的原因。大多数评论从文本结构注意到大火是整个叙事发展的一个重要转折点,指出火灾结束后,文本转向了对维罗姆维尔小镇种族主义偏见的叙事。确实,大火成为从黑人性表演转为白人种族政治实践表演的转折点。与其街头的他性表演相比,约翰逊在大火中的形象被进一步刻板化,其自由黑人的

[①] Stephen Crane, *Prose and Poetry*, ed. J. C. Levenson, New York: Library of America, 1984, p. 398.
[②] Stephen Crane, *Prose and Poetry*, ed. J. C. Levenson, New York: Library of America, 1984, p. 404.
[③] Ibid..
[④] 参见 John Carols Rowe, *Literary Culture and U. S. Imperialism: From the Revolution to World War II*, New York: Oxford University Press, 2000, pp. 152 – 153。
[⑤] 参见 Ibid., p. 153。
[⑥] 根据切奇(Joseph Church)的观点,从心理分析的视角看吉米在毁花事件后跑到约翰逊的马厩寻求宽慰以及他对约翰逊的崇拜表明他将约翰逊视作了菲勒斯的替代品。参见 Michael Schaefer, *A Reader's Guide to the Short Stories of Stephen Crane*, New York: G. K. Hall, 1996, p. 253。
[⑦] Stephen Crane, *Prose and Poetry*, ed. J. C. Levenson, New York: Library of America, 1984, p. 405.
[⑧] 参见 John Carols Rowe, *Literary Culture and U. S. Imperialism: From the Revolution to World War II*, New York: Oxford University Press, 2000, pp. 153 – 154。

形象被进一步抑制，而且大火将之面部毁容，彻底将约翰逊从刻板化的形象转为了怪物化的形象。对约翰逊他性表演的这种贬损过程，充分体现出白人性在认知暴力基础上，对具有种族逾越可能的黑人性任意进行压制和监管的事实——一种比嘲弄更为严重的种族霸权实践。所以，对救火场面的描写突出了白人的优越性，在将约翰逊非人化的过程中逐步将其从故事的中心位置转移到了边缘位置，并以此作为对约翰逊自由和自我意愿表达的还击和惩罚。① 这场大火在克莱恩对现实世界的文学再现中，既是种族主义毁灭力量的文学醒示，也是文学象征。② 然而，文本叙事虽似被带有种族偏见的全知叙述者所掌控，在文本表层进一步将约翰逊的黑人性兽性化，但对火灾事件的深层叙事却充满了约翰逊作为自由黑人他性表演对白人种族主义的抵抗和斗争心理，以及黑人种族在走向现代化过程中所面临的困惑和困境。

约翰逊冲进火灾大厅见到的第一景象是火苗正在吞噬一幅表现《独立宣言》签署的挂画："那幅画突然就向一头倾倒，掉到地板上，爆发出噼啪的炸裂声。"③ 扬恩对于"炸裂声"代表了美国独立革命的传统被种族主义势力所摧毁的阐释误解了这一场景的意义所在。事实上，《独立宣言》本身就包含了强烈的白人性，它所宣扬的美国公民、爱国主义甚至是国民身份等概念均基于白人男性气质，是美国社会和政治秩序中性别等级和种族等级的奠基石。《独立宣言》挂画的烧毁，既有对内战前奴隶制度和19世纪废奴主义者的嘲弄④，也隐含了"受压迫者的反抗"⑤，暗示出美国政治生活中持续的矛盾冲突，包含了意识形态的潜文本⑥，更意味着白人男性气质权威的式微。这种式微使白人性加强了对黑人性的压制，试图在压制中阻碍黑人等边缘群体的崛

---

① 参见 Jacquline Denise Goldsby, *A Spectacular Secret: Lynching in American Life and Literature*, Chicago: University of Chicago Press, 2006, pp. 144 – 146。

② 参见 Elizabeth Young, *Black Frankenstein: The Making of an American Metaphor*, New York & London: New York University Press, 2008, p. 85。

③ Stephen Crane, *Prose and Poetry*, ed. J. C. Levenson, New York: Library of America, 1984, p. 403.

④ 参见 John Carols Rowe, *Literary Culture and U. S. Imperialism: From the Revolution to World War II*, New York: Oxford University Press, 2000, p. 152。

⑤ William M. Morgan, *Questionable Charity: Gender, Humanitarianism, and Complicity in U. S. Literary Realism*. New Hampshire: University Press of New England, 2004, p. 74。

⑥ 参见 Price McMurray, "Disabling Fictions: Race, History, and Ideology in Crane's 'The Monster'", *Studies in American Fiction*, Vol. 26, No. 1, Spring 1998, p. 52。

起及发展，以便巩固自身具有权威性的身份地位。约翰逊冲进大火中营救吉米的行为，以黑人秀的形式彰显出黑人性和白人性之间的这种张力以及约翰逊的奋力抗争。在这种抗争中，约翰逊充满了是前进还是屈服的犹豫心理。这种心理可以被归因于其奴隶先辈的卑贱性，但文本中"奴隶制"一词更多承载的是一种隐喻和心理意义，而非历史意义，因为历史已经过去，留下的是历史的遗产。① 这种遗产以父辈屈从心理和黑人秀的形式包含在约翰逊的他性表演中，反映出"战后黑人所经历的驯服心理——在奔向自由和退回奴隶制之间的矛盾冲突"②。所以，这种心理表现的意义凸显了19世纪90年代新黑人亦即自由黑人身份表演时的一种困惑：继承黑人秀传统反映的是黑人的一种恋物心态，放弃黑人秀传统则意味着他们将会失去发展黑人文化历史重要组成部分的根本方法。

从这一意义来看，大火展演了黑人走向种族现代化的艰难过程，尤其是如何面对科技化的困境。不少评论都认识到导致约翰逊毁容的直接杀手并非大火本身而是特拉斯哥特医生实验室中的化学药品。有评论指出克莱恩通过医生的科学家身份、实验室和面部被烧毁的黑人重写了玛丽·雪莱的弗兰肯斯坦的怪物故事，通过实验室的药品诞生出约翰逊的怪物性，将黑人再现为种族主义实验室中被烧毁的弗兰肯斯坦式的怪物。③ 但也有评论认为约翰逊在医生家实验室的毁容，并非对一些伪科学中内在的种族主义的嘲弄，而是克莱恩对现代科学故弄玄虚地宣称改造甚至是控制自然的直接讽刺。④ 麦克梅锐则认为这一情节反映出19世纪末期科学话语和医学话语在巩固种族主义时的作用——黑人种族的灭绝如同实验室中的大火一样自然。⑤ 这些评论不无道理。遗憾的是，这些评论忽略了一个重要事实：实验室是约翰逊试图逃出大

---

① 参见 Price McMurray, "Disabling Fictions: Race, History, and Ideology in Crane's 'The Monster'", *Studies in American Fiction*, Vol. 26, No. 1, Spring 1998, p. 65。

② Nan Goodman, *Shifting the Blame: Literature, Law, and the Theory of Accidents in Nineteenth-century America*, New Jersey: Princeton University Press, 1998, p. 120.

③ 参见 Elizabeth Young, *Black Frankenstein: The Making of an American Metaphor*, New York & London: New York University Press, 2008, p. 84, p. 86。

④ 参见 John Carols Rowe, *Literary Culture and U.S. Imperialism: From the Revolution to World War II*, New York: Oxford University Press, 2000, p. 153。

⑤ 参见 Price McMurray, "Disabling Fictions: Race, History, and Ideology in Crane's 'The Monster'", *Studies in American Fiction*, Vol. 26, No. 1, Spring 1998, p. 68。

火的一条生路——黑人试图通过科学来获得种族转型出路的一个隐喻。正如内图（Jonathan Tadashi Naito）指出的，实验室象征着自由的可能，给约翰逊提供了逃离无法回避的先辈们所受屈辱的机会。在奴隶制辞令和现代性辞令的突兀连接中，二者之间令人困扰的联系表明科技以及现代城市文化，给约翰逊这个世纪末的非裔美国人带来的是象征了变化的可能性，在给他们带来对不可知的未来无法想象的机会时也很容易将他们带回他们熟知的历史的奴役性中。① 但是利用科技进行种族转型这条出路充满艰辛。当约翰逊打开实验室的门时，各种气味似乎带着"妒忌、憎恨和恶意"② 向他袭来——暗示出白人对于黑人种族现代化的抵触反应。但在实验室门口，约翰逊却看到了一幅奇妙的画面，实验室就像一个"开满了燃烧着的花朵的花园"③：

  紫罗兰色、深绯红色、翠绿色、靛蓝色、橙黄色、紫红色等各色花朵四处盛开。有一处熊熊燃烧的火焰完全像精美的珊瑚红一样，在另外一个地方有一团东西就像一堆暗暗发出磷光的翡翠。但是这些奇妙的景象都只是在起伏翻腾的呛人烟雾中隐约浮现。④

这个鲜花簇拥的花园以伊甸园般的美好景象召唤着黑人的理想追求，因为"他们相信科技的再生能力，相信科技是他们获取新的经济机会、逃避种族主义和在美国社会获得一席之地的手段"⑤，也是他们种族进步所依靠的手段之一。事实上，科技一直是美国种族身份建构的一个重要因素，但是在科技力量反映男性气质与种族身份之间的关系时，白人性和科技能力通常被视为相互间的自然组成部分，而且是男性气质最根本的要素。这一观念被贯穿到19世纪末期许多畅销小说中，其中的男性主人公都是体魄健壮、有着聪明才智、善于解决问题的白人工程师，黑人则经常被讥贬为愚蠢无能的科技受

---

  ① 参见 Jonathan Tadashi Naito, "Cruel and Unusual Light: Electricity and Effacement in Stephen Crane's *The Monster*", *Arizona Quarterly*, Vol. 62, No. 1, 2006, p. 57。
  ② Stephen Crane, *Prose and Poetry*, ed. J. C. Levenson, New York: Library of America, 1984, p. 405.
  ③ Ibid..
  ④ Ibid., pp. 405–406.
  ⑤ Bruce Sinclair, ed., *Technology and the African American Experience: Needs and Opportunities for Study*, Cambridge, MA: Massachusetts Institute of Technology, 2004, p. 11.

害者。在科技与种族的关系上,科技承载了意识形态意义。对白人来说,物质文化上的差别,包括科技方面的差别,是辨别文化优越性而非道德标准的更为清晰和更为容易的方法。① 虽然像约翰逊一样的黑人寄希望于通过科技来获得种族进步,但是白人性却利用科技贬贱和毁泯黑人的他性表演和男性气质。

当约翰逊冲进实验室时,他的"紫色裤子"被"像豹子一样"的橙黄色火苗"死死咬住",屋内的大火也呈现出另一番景象,像"带着静静微笑"的"宝蓝色妖女"以"比老鹰还快的速度,用爪子抓住了约翰逊"②。约翰逊只能带着黑人的号叫,低头踉跄,左磕右绊地伺机逃跑。大多数评论家从实验室的大火景象读出了其中的种族含义。有人认为约翰逊的"紫色裤子"处于两种颜色体系的交界处,既与鲜艳火苗的自由游戏相连,也与黑人时髦公子的种族刻板形象相接,二者之间的交接则通过"死死咬住"这条裤子的橙黄色火苗意象体现出来。这种黑人刻板形象与颜色意象的结合显示了对种族规范的直接批判。③ 也有人认为火苗的女性化形象是白人妇女的化身,在喷薄而发的实验室象征着白人歇斯底里的种族恐慌和种族暴力。因此,实验室的一幕演述出白人妇女和黑人男性的狭路相逢,不仅导引出白人对黑人已有的恐惧,也诱发了白人想象中由黑人男性气质所指的强奸犯和异族通婚带来的文化效应,而且通过将约翰逊转变回"一件东西"而颠倒了斯陀夫人《汤姆叔叔的小屋》中关于白人伊娃和黑人汤姆之间的感伤意蕴。④ 这些评论实际上将吉姆·克劳法律体系在对待白人优越性的忧虑和威胁时所采用的二元黑/白逻辑论接受为了后重建时期政治、文化和文学作品中有关种族认同的决定要素,忽视了种族认同的多元性,没有注意到科技因素在种族身份建构中的作用。可以说,通过大量意象表现出的实验室的燃烧景象既以错位的方式再现

---

① Bruce Sinclair, ed., *Technology and the African American Experience: Needs and Opportunities for Study*, Cambridge, MA: Massachusetts Institute of Technology, 2004, p. 137.

② Stephen Crane, *Prose and Poetry*, ed. J. C. Levenson, New York: Library of America, 1984, p. 406.

③ 参见 Elizabeth Young, *Black Frankenstein: The Making of an American Metaphor*, New York & London: New York University Press, 2008, p. 96。

④ 参见 William M. Morgan, *Questionable Charity: Gender, Humanitarianism, and Complicity in U. S. Literary Realism*. New Hampshire: University Press of New England, 2004, p. 83。

出"看"的各种效果①,也间接地孕育了科技的毁灭力量。实验室里约翰逊奋力抗争试图寻求逃路的过程被白人性完全抑制,并将具有新的黑人男性气质的约翰逊转化为科技事故受害者的形象。②被比喻为女性形象的火苗以一种妖媚启开了约翰逊的毁容之路——怪物化之路。约翰逊跌倒在桌子旁,桌上罐子里流出的化学液体如同"发光扭动的蛇"。深红色的蛇状物蜿蜒着慵懒地往下滴,并且——

  摇着发出"咝咝"声的有着腐蚀威力的蛇头在桌子旁躺着的那个紧闭双眼的男人上面扭来扭去,接着突然间带着神秘的冲动它又流动起来,这条红色的蛇直接流到了约翰逊仰着的脸上。

  不一会儿这家伙爬过的地方就开始冒烟了,在团团火苗和沉闷的爆炸声中像炽灼宝石般的化学滴珠静静地慢悠悠地一阵一阵往约翰逊的脸上掉。③

曾经呈现出伊甸园般美好画面的实验室最终被充满邪恶的撒旦化身"蛇"所控制。"蛇"的意象不但阻止了约翰逊的出路,而且吞噬了约翰逊的面部,并最终将之怪物化,将之转变为一名"无脸的他者"。"蛇"也使约翰逊新黑人形象最终屈服于特拉斯哥特医生的化学药品,成为科技的牺牲品,成为19世纪黑人秀中经常出现的城市事故受害者的角色代表,成为与白人文化抗争的受害者。但是,克莱恩将约翰逊的种族他性表演展示为一场对白人男性气

---

① 参见 Michael Fried, *Realism, Writing, Disfiguration: On Thomas Eakins and Stephen Crane*, Chicago: The University of Chicago Press, 1987, p. 96。

② 19世纪的黑人秀中城市黑人形象经常以时髦公子、骗子或罪犯的形象出演,或者就是城市事故受害者。黑人经常被表现为对科技充满困惑、承受着机器逻辑的压力、对城市拥堵手足无措的形象。在许多上演的舞台滑稽剧和滑稽歌舞剧中黑人的角色命名是"黑人化学家""我们的有色售票员"和"对手理发师"等,以及不会使用城市科技产品和商品的使用者、消费者和供应商等。事故受害者这种角色表现了内战后涌入城市的黑人的身体无能和事故易发性。黑人秀研究历史学家铎尔(Robert Toll)指出,与事故有关的黑人秀其作用在于给白人带来教训,因为许多白人也是第一次面对城市生活,面对城市科技带来的危险。黑人事故受害者的这种作用与好撒玛利坦人法即当时美国的法律体系相关。另一位研究专家利普西兹(George Lipsitz)也认为黑人秀中黑人给白人社会展示的是"自然自我与工业文化中的规范自我之间的冲突"(Nan Goodman, *Shifting the Blame: Literature, Law, and the Theory of Accidents in Nineteenth-century America*, New Jersey: Princeton University Press, 1998, pp. 118 - 119)。

③ Stephen Crane, *Prose and Poetry*, ed. J. C. Levenson, New York: Library of America, 1984, p. 406.

质的反演,"对性别歧视的菲利斯中心主义的一种文化抵抗形式"①。在白人主体与黑人他者的相遇中,约翰逊的黑人男性气质表演在白人男性气质身份重建中留下了他者的踪迹。在故事的发展中,这种他者踪迹进一步地映衬出白人性的主体地位——白人男性气质在种族伦理关系建构中的政治实践表演,以及黑人种族在白人男性气质或美国国民身份建构中具有颠覆性的他性作用。

第二节 男性气质的种族伦理建构

毫无疑问,《怪兽》的主要故事发生在大火和约翰逊毁容后,且以特拉斯哥特医生为中心再现出小镇接纳或者拒斥"无脸的他者"约翰逊的认知和伦理行为,进一步揭示了在与怪物化的他者约翰逊的相遇中,小镇居民和特拉斯哥特医生之间不同的白人种族主义观——父权制种族主义观和融合论种族主义观之间的相撞摩擦②,潜藏了克莱恩对于19世纪90年代男性气质危机中白人男性气质种族伦理建构的反思和回应。

在《怪兽》中,克莱恩有意在约翰逊毁容后没有刻画出其被毁面孔的具体模样,更多呈现的是小镇社群对于约翰逊作为无脸他者的反响。约翰逊"脸"的被毁事件只是引发小镇白人男性气质政治实践的导火索,克莱恩的深层动机在于考察白人自我在与"无脸的他者"的相遇中,其主体身份所陷入的困境,对19世纪90年代白人男性气质危机中"奋发型"男性气质政治充满质疑,并预示出美国社会白人男性气质在种族关系处理中的未来走向。

---

① David Marriot, "Reading Black Masculinities", *Men and Masculinities*: *Critical Concepts in Sociology*, Vol IV, ed., Stephen M. Whitehead, London & New York: Routledge, 2006, p.7.

② 父权制种族主义指一个国家或某个历史时期居主流地位的种族从自身利益出发占有对少数族裔的统治权,这种种族主义也被称为竞争论种族观,尤其指美国白人和黑人之间的种族关系。融合论种族主义将父权制种族主义和人道主义相结合,不提倡对黑人进行恐怖统治,而主张以种族隔离的形式对黑人进行教化。这两种种族主义都是社会达尔文主义的产物,在19世纪90年代前期父权制种族主义盛行,后期及进步时期融合论种族主义观尤其得到受教育者和慈善人士的广泛接受。参见 Lena E. - Hall, ed., *Dictionary of Multicultural Psychology*: *Issues*, *Terms*, *and Concepts*, Thousand Oaks: Sage, 2005, p.133; George M. Fredrickson, *The Black Image in the White Mind*: *The Debate on Afro - American Character and Destiny*, 1817 - 1914, Middletown: Wesleyan University Press, 1987, pp.283 - 319。

作为自由黑人代表的约翰逊的他性表演被白人性压制的结果是他被烧成了"一件东西",被人从实验室里抱出放在草地上,预示了怪物的诞生。大多数评论关注到约翰逊从有脸到无脸的变化带给白人社群的不同反响,从而对小镇的种族主义进行道德批判。同时,这些评论也开始关注到特拉斯哥特医生为约翰逊的重生所付出的英雄般的努力,并将之置于与白人社群的对立面,强调出白人社群的虚伪性。但是,这些评论对于约翰逊"无脸"本身的含义,以及约翰逊作为"无脸的他者"对白人自我身份建构的伦理作用缺乏深入探讨。

值得注意的是,约翰逊作为"一件东西"生死未卜之时,小镇的民间谣传和公共媒体就开始宣布他的死亡,尤其是早报的报道以专访和社论的形式包含的私人话语和公共话语,共同宣告了约翰逊的社会死亡,将约翰逊事件转化为一件社会和文化的公共事件,暗示出白人社群消灭黑人性的心理意向。另外,小镇居民在媒体错误信息引导下表现出的对约翰逊这位马夫的悼念,则表明白人的意愿是将黑人性融化在自己的记忆中来突出白人的伦理责任——"许多人对于自己在约翰逊活着的时候没有给予他帮助心生悔意,甚至因此认为自己既愚蠢又吝啬。亨利·约翰逊的名字一下子在小男孩中成为圣人的称号。"[1]——这种伦理责任感的生成来自白人种族想象中黑人性对白人性造成威胁的消亡,是以黑人性的虚无来呈现白人存在的自身轮廓。但是,这种伦理责任感既与他们先前对于约翰逊他性表演的戏谑嘲弄形成了对照,也是对他们在得知约翰逊并未死亡而是变成了无脸怪物后又迅速转为回避和驱逐约翰逊的莫大讽刺。

这种对照和讽刺源自约翰逊有脸与无脸的区别。当约翰逊以黑人时髦公子的形象出现在小镇上时,白人虽然感受到了黑人种族逾越的威胁,但此时的约翰逊有着明显的他性特征,可以被白人辨识,可以被白人以种族优越性进行控制,以刻板化的黑人形象来认定和衬托白人自身的身份权威。然而大火毁坏了这种可辨识的特征,所以小镇面临的真正恐慌是约翰逊失去了这种

---

[1] Stephen Crane, *Prose and Poetry*, ed. J. C. Levenson, New York: Library of America, 1984, p. 412.

外在的身份标记,"不管是从社会角度还是从身体角度他都被毁容了"①,且被白人社群归为黑人的怪物性。这种有关怪物性的认识与19世纪90年代美国娱乐业在马戏团、娱乐场所和海滨休闲场所尤其是纽约巴华利街道两边的廉价博物馆里展示的畸人秀主题不无关系,彰显了在白人恐慌文化中视觉的作用②,也是19世纪90年代美国社会泛滥的私刑文化逻辑的产物——私刑被转化为对约翰逊脸部的烧毁③,更是黑人兽性刻板形象的延续。虽然约翰逊已经是自由民身份,美国法律似乎已将他纳入人的范畴,但至少在民众的想象里他还没有从下等人(subperson)的层次上站立起来。④ 在此,脸以其怪物化的可见性特征彰显出被歪曲的黑人性本质。脸是身份特征可辨识的物质化形式的最好依据,所以对于小镇白人来说,约翰逊的无脸一则意味着需要重新给予约翰逊一种身份标记,意味着重新创造一种白人与黑人的伦理关系,将白人对于黑人种族灭绝论的不同认识观带出水面。二则相比被约翰逊毁容实体化的怪物性承载了更多的意义。这种意义正是列维纳斯"脸"的概念所传递出来的:约翰逊的无脸以抽象化的他异性召唤着白人的种族伦理责任。这种伦理责任恰恰反映了在以肤色为判断标准的生物学种族主义向以白人个性特征为判断标准的意识形态上的种族主义转变中,白人所面临的与黑人和其他种族之间的关系问题⑤,也是白人在其自我身份建构的现实中,或者说在将被认可了的白人种族个性特征作为"美国公民"的普遍标准来巩固其国民文化中的白人性中,新的种族关系所带来的伦理责任。这种他异性的召唤所带

---

① Stanley Wertheim, *A Stephen Crane Encyclopedia*, Westport: Greenwood Press, 1997, p. 226.
② 参见 Bill Brown, *The Material Unconscious: American Amusement, Stephen Crane and the Economies of Play*, Cambridge: Harvard University Press, 1996, p. 204。
③ 参见 Jacquline Denise Goldsby, *A Spectacular Secret: Lynching in American Life and Literature*, Chicago: University of Chicago Press, 2006, p. 113。
④ 参见 Gregory Laski, "'No Reparation': Accounting for the Enduring Harms of Slavery in Stephen Crane's *The Monster*", *The Journal of Nineteenth-Century Americanists*, Vol. 1, No. 1, 2013, p. 52。
⑤ 在《白人民众的灵魂》一文中,麦克斯(Walter B. Michaels)认为重建时期是白人种族身份的符号学意义被提升至新的层次的一个时期,更具意义的是这也是美国首次在政治上被迫面对黑人声音中新出现的不屈不挠性的时期。在这种以种族作为构成公共文化类型的认知历史发生变化的时期,以肤色为判断标准的种族主义转变为以个性特征为判断标准的种族主义。在从生物学向意识形态的转变中,被认可的一些白人种族个性特征就被随意作为"美国公民"的标准,以此来巩固国民文化中的白人性,并认为这种白人文化优越于其他种族文化。参见 Walter Benn Michaels, "The Souls of White Folks", *Literature and Body: Essays on Populations and Persons*, ed., Elaine Scarry, Baltimore: The Johns Hopkins University Press, 1988, pp. 185–209。

来的伦理责任成为白人恐慌的真正原因,也是小镇白人社群和特拉斯哥特医生之间的冲突所在。

对于无脸所带来的伦理责任,小镇社群并不是没有认识。再次发生在雷夫斯奈达理发店里的议论就是有关约翰逊的归宿问题:是应该让约翰逊死去,还是像医生一样挽救他,并最终归结到约翰逊的无脸上。

"唉,什么让他变得这么可怕?"另一个人问道。

"因为他没有脸了。"理发师和工程师异口同声道。

"没有脸了?"那个男人重复了一下,"没有脸他可怎么办呢?"

……

当理发师将剃须泡沫涂在工程师的脸颊上时,他似乎心事重重,突然他脱口而出,"如果没有脸你会怎么办?"他对着店里的一群人大声叫道。

……

"我在想没有脸是什么感觉呢!"雷夫斯奈达若有所思地说道。

那个先前在说话的男人,感觉自己说得不错,便把说过的话重复了一遍:"你会愿意为他付出一切,你会竭尽全力帮助他,为他花光你所有的钱。啊,然后……"

"不会的,你看",雷夫斯奈达说道,"如果你没有脸!"[1]

在一些评论家看来,雷夫斯奈达的话是作品表现维罗姆维尔小镇社群对待约翰逊态度发生变化的一个转折点,暴露了小镇社群缺乏普遍的人类同情心。但是希罗(Molly Hiro)指出小镇的社会弊端并不能由同情来获得解决,克莱恩的这部作品是通过一个无脸的角色对同情本质进行实验,表现出同情这种情感在20世纪的社会科学话语和克莱恩的想象社群中,如同雷夫斯奈达的问题一样,悬在空中,没有答案,只是一个问题而已。[2] 希罗的观点不无道

---

[1] Stephen Crane, *Prose and Poetry*, ed. J. C. Levenson, New York: Library of America, 1984, p. 424.

[2] 参见 Molly Hiro, "How It Feels to Be Without a Face: Race and Reorientation of Sympathy in the 1890s", *Novel*, Vol. 39, No. 2, Spring 2006, p. 180。

理。小镇居民并非没有同情心——火灾之后，哈金索普法官接纳了医生一家和约翰逊，镇上居民涌至法官家希望看望受伤者，一个老妇人甚至带来了神奇的膏药。但是，自约翰逊无脸事实公开后，这种同情就消失了，或者说同情就变成了一个问题。究其深层原因，是由于约翰逊的无脸带来的新的种族关系建构中所包含的种族伦理责任，不管对于白人还是黑人，都充满了不确定性。雷夫斯奈达的言语就表述出对这种种族伦理责任的困惑。正是由于其不确定性，没有明确答案，作品展布出小镇社群以自己的认知和行动对这一问题给予的不同回答，诠释出19世纪90年代美国白人种族从政治、法律、经济、社会等方面对于后重建时期种族伦理责任的认识，也展现了黑人种族对这一问题的反响。在此过程中，克莱恩也传递了自己对这一问题的思考。

第一个对约翰逊无脸做出反应的是哈金索普法官。对于这一人物形象的认识，评论界存在两类观点：一类认为法官是类似于霍桑《红字》中的齐灵沃斯一样的撒旦式人物，是维罗姆维尔小镇上缺乏道德者的代言人；另一类则指出法官是衬托特拉斯哥特医生错误理想主义的务实人物，他对医生的劝告具有伦理正确性。这两类观点均没有认识到法官身份的历史意义，都有失偏颇。相比雷夫斯奈达，法官的职业身份无疑使他对于约翰逊无脸事件的评论更具有权威代表意义。第11章中，哈金索普法官与特拉斯哥特医生之间就约翰逊的归宿问题的对话甚为经典，引起了评论家的广泛兴趣。法官认为"不管怎样这可怜的家伙应该死去"，并指出医生让约翰逊活下来的话实施的是"有问题的慈善行为"，因为约翰逊"会从此变成一个怪物，完完全全的怪物，而且很可能脑袋已经受损。……这种慈善行为只是一种美德的悖谬而已"。[1] 杜利认为作为小镇道德裁判的法官给医生的劝告具有伦理正确性[2]，这一观点存在误读，根本没有考虑到作品中的种族话语。从美国19世纪末期的种族话语和法律现实来看，法官的话渗透了社会达尔文主义的思想：黑人

---

[1] Stephen Crane, *Prose and Poetry*, ed. J. C. Levenson, New York: Library of America, 1984, p. 413.
[2] 参见 Patrick K. Dooley, *The Pluralistic Philosophy of Stephen Crane*, Urbana: University of Illinois Press, 1993, p. 101。

种族不能适应社会就应该灭绝①,并以科学种族主义观对白人慈善行为提出批评②。而且法官的话由于他的特殊身份隐含了美国法律对于黑人和白人种族相同的慈善救赎行为的不同衡量标准。③ 从种族话语和法律现实隐含的自我与他者的伦理关系看,法官的这些观点作为对约翰逊他者的无脸的回答,包含了自我的优先性,从根本上意味着自我对他者责任的放弃,奉行的是父权种族主义道德观:占统治地位的白人主体对居于从属地位的黑人客体拥有处置权,这是内战前奴隶制中白人与黑人主奴关系的遗风。但是,这种对他者责任的放弃其实源于一种主体性危机——在对白人男性气质产生威胁的黑人男性气质进行终结中反映出来的白人身份的不稳定感。法官接受的只是一种既定的种族关系,对未来的新的种族伦理关系充满不确定性,甚至是恐惧感。所以他对医生说:"他［约翰逊］会成为你的创造物……纯粹是你的创造物。很明显老天爷都已经放弃了他,他死了,你却重新赋予他生命。你在创造他,他会变成一个怪物,而且没有理智。"④扬恩指出,法官在此将由大火生产出的约翰逊的怪物性进行了重新定位,转向了其中人的言语和行为作用,呼应了大火发生前白人在黑人秀怪物性生产中的作用。⑤ 但是法官在此使用的"创造"一词包含的意蕴却是在医生救活约翰逊的过程中生成了新的东西。这种新的东西,不是白人眼中原有的黑人怪物性的复制,而是对白人现成世界的伦理偏离。对白人主体而言,这是一种新的无法预测的对白人性的威胁感,而他们无法找到一种合适的解决方法。所以,当医生坚持因为约翰逊冒死救了他的儿子所以他不能放弃约翰逊时,法官感受到"整个事情有些难以把握","对一个男人来说很难知道该怎么办"。⑥ 类似雷夫斯奈达,法官的犹豫表明

---

① 参见 William M. Morgan, *Questionable Charity: Gender, Humanitarianism, and Complicity in U. S. Literary Realism*. New Hampshire: UP of New England, 2004, p. 87。

② 参见 Price McMurray, "Disabling Fictions: Race, History, and Ideology in Crane's 'The Monster'", *Studies in American Fiction*, Vol. 26, No. 1, Spring 1998, p. 55。

③ 参见 Nan Goodman, *Shifting the Blame: Literature, Law, and the Theory of Accidents in Nineteenth-century America*, New Jersey: Princeton University Press, 1998, p. 99。

④ Stephen Crane, *Prose and Poetry*, ed. J. C. Levenson, New York: Library of America, 1984, p. 414.

⑤ 参见 Elizabeth Young, *Black Frankenstein: The Making of an American Metaphor*, New York & London: New York University Press, 2008, p. 86。

⑥ Stephen Crane, *Prose and Poetry*, ed. J. C. Levenson, New York: Library of America, 1984, p. 415.

他同样陷入了面对新的种族伦理关系的困惑，也从一个侧面反映出美国法律面对新的种族关系的无能和矛盾性。对白人来说，怎样既能阻碍种族威胁感，又能满足基本的自我对于他者的责任感——一种基本的伦理关系——是一个令人困惑的问题。

这种种族威胁感也表征在约翰逊的无脸给小镇女孩和女人带来的惊恐和歇斯底里上，并成为镇上男人以女人作为理由来驱逐约翰逊的原因。相比毁容前白人社群从约翰逊的黑人形象中感受到的种族逾越的威胁感，毁容后的约翰逊明确地给白人社群带来一种性别威胁。这种威胁首先体现在约翰逊在夜晚将面部贴在孩子们生日舞会的窗口，将小女孩塞蒂吓哭的事件中。在此，他被描绘为无名无脸的"一件东西，一件可怕东西"[1]，开始了由黑人秀的刻板形象向黑人禽兽形象的转变，给小镇带来一系列骚乱：一个老妇人为了逃离他折断了腿，一个爱尔兰姑娘在大街上看到他大动肝火，镇上头面人物们的老婆因为害怕无脸的约翰逊不愿再参加特拉斯哥特夫人家的茶会。克莱恩在此形象地再现了在其文化中甚为流行的黑人禽兽形象，并表现出这种由无名无脸带来的恐惧感实际上来自整个国度对于黑人男性气质的否决。[2] 深入地看，这种无名无脸性也隐含了伦理关系中无名无脸者不值得给予责任回应的思想[3]，从根本上铺垫了白人社群驱逐约翰逊的"正当"理由。

而且，约翰逊从黑人秀向黑人禽兽刻板形象的转变，隐含了白人性对于黑人男性气质认识观从内战前向内战后的时代转变。内战前，白人对于黑人的恐惧感主要来自害怕黑人大规模崛起后会对白人的生命和财产造成威胁，

---

[1] Stephen Crane, *Prose and Poetry*, ed. J. C. Levenson, New York: Library of America, 1984, p. 429.

[2] 参见 Matthew Wilson, "Border Controls of Race and Gender: Crane's 'The Monster' and Chesnutt's 'The Conjure Woman'", *Multiculturalism: Roots and Realities*, Ed. James Trotman. Bloomington: Indiana University Press, 2002, p. 208。

[3] 在讨论对大屠杀事件中受害者的回忆中，列维纳斯提到了无名无脸性之间的关系。他认为无名实际上意味着已经无脸，其受到的待遇是似乎无名无脸者从来不值得给予回应，似乎对某人的命名是超出对其进行认可的麻烦的。参见 Claire Katz & Lara Trout, eds. *Emmanuel Levinas: Critical Assessments of Leading Philosophers*, Vol. Ⅵ.: *Beyond Levinas*, London & New York: Routledge, 2005, pp. 215 - 217。列维纳斯一直强调自我与他者伦理关系中自我对于他者的责任回应，无名无脸是自我对这种他者责任的推卸。《怪兽》中约翰逊的无名无脸性成为白人自我对于黑人他者责任推卸的理由。

害怕黑人会杀害白人，破坏白人的财产。然而内战后，这种威胁转化为一种性威胁。黑人男性形象多被白人视为动物性和性能量的缩影，并被扣上"黑人强奸者"的帽子，成为困扰着白人的、具有普遍危险性的黑人禽兽刻板形象。这种形象与19世纪90年代美国国民话语有关黑人男性气质的恶毒形象——黑人男性的身体被视为性欲亢奋，易于犯罪——密切关联，也是19世纪90年代白人试图解决自身面临的一系列焦虑感的手段体现。黑人男性作为强奸者的身份定型与许多美国人面临社会动荡时作出的各种反响纠缠在一起，尤其在白人优越论者看来，成为象征阻碍白人团结一致进行国家复兴的社会动乱的一个外在符号，使许多美国白人感受到一种危机重重的种族困境。所以在重建时期及随后的年代里，针对黑人的白人暴动日渐增加。这些暴动，在侯兹（Martha Hodes）看来，只有在政治定义中才能得以阐释，一是因为政治是个很宽泛的定义，包含了公民身份的传统行为和如选举权和经济独立等权利，以及性别作用的力量；二是因为男性气质的定义在美国政治思想体系中一直含纳了公民的权利和责任[1]。19世纪90年代，白人的种族困境使白人将黑人自由民对民主的渴求转变为对白人种族的威胁，将黑人始自19世纪60年代和19世纪70年代的政治斗争越来越视为一种社会性强暴，视为对白种男性在美国社会和文明中对所有事物拥有权的侵犯。[2]

所以，另一位小镇权威人物和法律的实施人——警长——向医生通报约翰逊带来的骚乱情况以及小镇居民的反响时，"他开始跑，一大群人追赶他，向他投石头。但在铸造厂和铁路附近他又逃脱了"[3]。描绘出由约翰逊引起的白人暴动以及私刑处罚[4]，一种本质极端的白人男性气质政治实践手段（这种描绘在许多评论家看来是克莱恩在影射1892年发生在其家乡杰维斯港的黑人

---

[1] 转引自 Sandra Gunning, *Race, Rape, and Lynching: The Red Record of American Literature*, 1890 - 1912, Oxford: Oxford University Press, 1996, p. 7。

[2] 参见 Michael A. Bellesiles, ed., *Lethal Imagination: Violence and Brutality in American History*, New York: New York University Press, 1999, p. 355。

[3] Stephen Crane, *Prose and Poetry*, ed. J. C. Levenson, New York: Library of America, 1984, p. 431.

[4] 参见 Elizabeth Young, *Black Frankenstein: The Making of an American Metaphor*, New York & London: New York University Press, 2008, pp. 99 - 100。

罗伯特·刘易斯的私刑案件）①；但是警长的通报也传达出对于这种黑人"犯罪"的法律干涉和法律无奈——虽然将约翰逊送入监牢，却"无法作出指控"②，因为英美法律体系如同伦理思想一样讲求意图性。这一通报也揭示了约翰逊法律地位的含糊性，载负了一种讽刺意味：文本蕴含的历史意义和意识形态意义之间是一种相互矛盾而非相互巩固的关系③。警长的叙述是对法官有关怪物制造担忧的现实化的回应和补充，从事实化的层面展现出约翰逊刻板形象在社群和法律中的遭遇。这种遭遇的本质"使约翰逊成为小镇社群内心深处恐惧感的替罪羊象征"④，所以小镇社群对他的驱逐暴露了他们保持其内心深处原有内在平衡感的企图。与此同时，警长在叙述中对于"怪兽"一词言辞闪烁，也显露出他试图隐避白人性的怪物制造给白人世界自身带来的回击力。克莱恩通过对警长言辞闪烁的描写意味深长地讽刺了白人男性气质危机，因为19世纪90年代与黑人强奸者刻板形象形成对照的是美国社会和文明越来越被描绘为一具白人女性身体，随时需要防范禽兽般的黑人男性的侵犯。处于危险中的女性化的白人性被作为白人优越论者的基本论调来解释针对黑人社群发起的恐怖行动，并宣称这种斗争是关乎种族生存的斗争，与民主概念无关，所以所有黑人男性不会被简单地剥夺公民权，而是会堂而皇之地被消灭根除。⑤ 因此，在警长向医生建议保释约翰逊时给约翰逊带上一个面具或面纱的犹疑中，其实藏掖着白人社群对约翰逊身份认同的遮蔽和湮没，从根本上否决了白人自我与黑人他者之间的伦理关系，"也暗指特拉斯

---

① 1892年的罗伯特·刘易斯私刑案件中，克莱恩哥哥威廉·克莱恩法官曾试图救下刘易斯，但最终失败。一些评论家结合这一事件认为《怪兽》中的特拉斯哥特医生的原型是威廉·克莱恩。克莱恩的侄女、威廉·克莱恩的女儿也认同这一观点。参见 Paul Sorrentino, ed., *Stephen Crane Remembered*. Tuscaloosa: The University of Alabama Press, 2006, p. 51.

② Stephen Crane, *Prose and Poetry*, ed. J. C. Levenson, New York: Library of America, 1984, p. 430.

③ 参见 Price McMurray, "Disabling Fictions: Race, History, and Ideology in Crane's 'The Monster'", *Studies in American Fiction*, Vol. 26, No. 1, Spring 1998, p. 53.

④ Matthew Wilson, "Border Controls of Race and Gender: Crane's 'The Monster' and Chesnutt's 'The Conjure Woman'", *Multiculturalism: Roots and Realities*, Ed. James Trotman. Bloomington: Indiana University Press, 2002, p. 210.

⑤ 参见 Sandra Gunning, *Race, Rape, and Lynching: The Red Record of American Literature*, 1890–1912, Oxford: Oxford University Press, 1996, p. 7.

哥特医生本人也需找到一种面纱带上"①，晦藏了医生被白人社群驱逐的命运走向。同时在警长的通报中，特拉斯哥特医生因为救治约翰逊而受到小镇排斥放逐的命运被明朗化——受到约翰逊惊吓的小女孩的父亲希望警察逮捕医生。

法官和警长，作为小镇的权威人物以及美国政治法律的象征，是父权制种族主义者的典型代表，在对约翰逊的种族恐惧和性恐惧的交汇中，不断以拥有白人性或者菲勒斯的优势来作为其白人男性气质的能指。而约翰逊的黑人男性气质却是通过强奸者的形象——生殖器的暗喻来作为象征的。实际上，白人对于约翰逊强奸者刻板形象的恐惧，其原因是约翰逊拥有白人男性在文明化过程中所牺牲的东西——充满原始生命力的男性气质。所以，白人在对自身男性气质怀旧式的伤痛中产生心理异化感和偏执感，使他们不断通过对黑人施加私刑来作为对黑人逾越白人种族规范现实和想象的严厉惩罚，以暴力或其他手段来替代对黑人男性生殖器真实阉割的仪式化过程，实现对黑人的去势化。

在作品中，以法官和警长为代表的小镇居民推行的科学种族主义，与故事主人公特拉斯哥特医生的融合论种族观形成了鲜明的对照。医生对约翰逊跨越种族的救赎在一些评论看来加强了作品的反种族主义主题，但同时也反映出一种"中产阶级的乌托邦"。也有评论指出，这种跨越种族救赎与约翰逊跨越种族救赎形成对照，衬托出白人性对黑人的贬低，特拉斯哥特医生并非真正的黑人种族同情者。虽然这些评论意见不一，但可以明确的一点是特拉斯哥特医生"是镇上拒绝将约翰逊妖魔化的唯一白人男性"②，他的形象在呼应19世纪90年代的美国社会现实的同时传达出"广泛的讽刺意义"③。所以，克莱恩以一位医生作为约翰逊的拯救者并非偶然，而是有着深刻的社会现实意义。

19世纪90年代，在社会达尔文主义的影响下，科学种族主义被白人优越

---

① Elizabeth Young, *Black Frankenstein*: *The Making of an American Metaphor*, New York & London: New York University Press, 2008, p.101.
② Ibid., p.85.
③ Price McMurray, "Disabling Fictions: Race, History, and Ideology in Crane's 'The Monster'", *Studies in American Fiction*, Vol.26, No.1, Spring 1998, p.55.

性论调者以自然选择论、种族纯洁论等用来作为维护白人性、实施社会控制、驱逐自身种族威胁的辩护理由，也以此作为实施父权制慈善和教育项目的根据。一小部分人欣然接受黑人种族灭绝的愿景，但不管来自北方还是南方的一些白人进步主义者，其中不乏医生职业者，都认为仅仅依靠过于严格的种族控制无法阻止社会动乱，所以从优生学的角度，他们建议寻求社会公正和社会控制之间的平衡性。① 他们并不否定白人的优越性和黑人的低劣性，但认为白人的恐黑症（negropholia）有夸大嫌疑，通过私刑或其他手段对黑人进行恐怖统治或否定黑人在美国的未来发展没有必要，也很残酷。他们主张黑人的进步最好在种族隔离中进行。这种种族主义将父权制种族主义和人道主义结合起来，被乔治·弗雷德里克（George Frederick）称为融合论种族主义（accommodationist racism），从 19 世纪 90 年代后期开始至进步时期，尤其得到受教育者和慈善人士的广泛接受。

特拉斯哥特医生正是一位融合论种族主义者，但是他的这一身份为评论界所忽视，导致对该人物不同甚至是矛盾的理解。从医生融合论种族主义者的身份看，作品对于他的形象刻画并不存在矛盾性。作品开篇对于医生修理草坪的细节描写及其与儿子吉米之间的关系呈现铺垫了白人性/父权制的基调。这种父性的基调，根据列维纳斯的伦理观，具有双重意义：一方面展现出白人种族自我在儿子这个他者的实体性存在中得以延续和超越——父权制种族主义优生学的期待；另一方面这种父性的存在成为兄弟之间关系的一个"中介"，是兄弟之间平等关系的保障——融合论种族主义者寻求社会公正和社会控制平衡点的基础。吉米和约翰逊之间的手足情谊验证了这种父性的中介功能，他们之间的"兄弟之爱"成为白人自我能够通过他者之脸而为他者服务的一个隐秘基础，预示了特拉斯哥特医生准备从火中营救约翰逊并以儿子的理由来挽救无脸的约翰逊时所愿承担的责任。在准备从火中救出约翰逊的那一刻，医生就表现了他对科学种族主义的不同意见："他与疲惫挣扎着，在不为己知和不为人知的情况下以各种深深的亵渎方式诅咒起自己的学生时

---

① 参见 Robert C. Bannister, *Social Darwinism: Science and Myth in the Anglo-American Social Thought*, Philadelphia: Temple University Press, 1989, p. 181。

代来。"①所以，医生的救人动机"更多出于一种心理感受，而非一种意识形态上的觉悟"②，包孕了融合论种族观中的人道主义思想，成为与小镇社群父权制种族主义分歧的真正缘由。

但是，医生的医学学术背景以一种潜在的方式影响着他救护约翰逊的动机。同时不容忽视的是，融合论种族观的原始立场同样来自父权制种族主义。小镇上十位医生中的六位聚集在法官家中会诊火灾中受伤的特拉斯哥特医生父子和约翰逊后，对黑人约翰逊"无法活下来"的诊断结果其实是他们对黑人种族灭绝的愿景。与此对应，当特拉斯哥特医生得知约翰逊的厄运时，他的反应是看看约翰逊脸上的绷带是否需要重新调整，而不是确诊约翰逊是否会死亡。摩根认为作品在此推动着中产阶级白人社群去近距离接触变形的黑人在场。特拉斯哥特医生对受伤黑人的照顾行为表明克莱恩洞察到白人男性气质的文化层级建构，探测到白种美国人对自身被驱逐、失败和失去权威的恐惧③。这一分析有其合理性，但是摩根没有明确的一点是，在这一可以理解为医生下意识的职业习惯动作中，更多地隐藏和预设了医生的白人性——融合论种族观，即黑人种族并非应该灭绝，而是应当被很好地隔绝起来。这种观点贯穿了医生对于黑人种族的整体认知，也是他与镇上居民出现分歧的根源所在，使他在与法官讨论无脸约翰逊的归宿时进退维谷。当法官站在科学种族主义立场提出"不管怎样这可怜的家伙应该死去"时，医生的脸上"闪过一丝认同的目光，在法官的言语中他似乎看到了一个老问题"④，并以"谁知道呢"的反问回答道出了他对于黑人种族灭绝问题的疑惑。同时，在法官指责他行使"错误的慈善行为"和"美德的悖谬"时，他不断重复："我该怎么办？他冒着生命危险救了吉米。我该怎么办？"⑤很明显地表达了他的伦理困惑。医生萌发的在吉米和约翰逊之间的选择困惑与其对种族问题的有限洞察力相关，这种困惑与他准备从火中救出约翰逊时的矛盾愤懑心理是一致的，

---

① Stephen Crane, *Prose and Poetry*, ed. J. C. Levenson, New York: Library of America, 1984, p. 408.
② Price McMurray, "Disabling Fictions: Race, History, and Ideology in Crane's 'The Monster'", *Studies in American Fiction*, Vol. 26, No. 1, Spring 1998, p. 55.
③ 参见 William M. Morgan, *Questionable Charity: Gender, Humanitarianism, and Complicity in U. S. Literary Realism*. New Hampshire: UP of New England, 2004, p. 87。
④ Stephen Crane, *Prose and Poetry*, ed. J. C. Levenson, New York: Library of America, 1984, p. 413.
⑤ Ibid., p. 414.

因为他的认识与其职业对于种族的分析和法律的规定产生了矛盾，而他无法找到一种积极的解决方法。① 但是，在法官代表的法律规定及政治话语以隐性的白人性通过无脸的约翰逊将怪物性与黑人男性连接起来并将医生定位为怪物的制造者时，医生愠怒地回答，"他会成为你想要的东西，他会成为各种可能的东西"②，则将白人性对于黑人种族塑形的作用明示化。同时，他对法官鳏夫身份和不育现实的暗讽表明他已经认识到白人男性气质的衰退与黑人种族灭绝论之间的关系。

不容忽视的是，医生所奉行的融合论种族观反对黑人灭绝论，却并不否定白人性。因此在与无脸约翰逊的关系建构上，他更多强调父性的作用，不断重复使他陷入困境的理由"他［约翰逊］救了我的儿子"。这种父性角色一方面呼应了他在吉米和约翰逊兄弟情谊中的父性作用；另一方面强调了黑人种族对于白人种族伦理的利用价值。"医生对于吉米与约翰逊共同成长或消亡命运的初步感受，以一个问题的形式，即在依赖于将黑人孩童化机制的社会里白人男孩如何能长大成人的问题，将《怪兽》这部作品置于了文化分析中。"③医生的理由中体现了白人种族如何得以优生延续的问题，表达了白人在与黑人新的伦理关系建构中白人父性功能的重新定位意图。医生以"你能杀了他吗？"④ 的质疑从自我与他者的伦理关系上，对法官的父权制种族主义提出了伦理学的反抗，暗示了约翰逊的脸/无脸所昭示出白人种族观中的"非正义性"。如牛敦（Adam Zachary Newton）所言，在种族主义社会中，黑人约翰逊已经是一个无限的他者，一个白人眼中的否定条件，而非伦理盈余之物⑤；而作为一个无脸他者，约翰逊进一步显示了白人和黑人在种族社会中的伦理不对称性。他的脸/无脸成为唤起白人自我道德意识的载体，也成为衡量白人

---

① 参见 Price McMurray, "Disabling Fictions: Race, History, and Ideology in Crane's 'The Monster'", *Studies in American Fiction*, Vol. 26, No. 1, Spring 1998, p. 56。

② Stephen Crane, *Prose and Poetry*, ed. J. C. Levenson, New York: Library of America, 1984, p. 414.

③ Price McMurray, "Disabling Fictions: Race, History, and Ideology in Crane's 'The Monster'", *Studies in American Fiction*, Vol. 26, No. 1, Spring 1998, p. 62.

④ Stephen Crane, *Prose and Poetry*, ed. J. C. Levenson, New York: Library of America, 1984, p. 414.

⑤ 参见 Adam Zachary Newton, *Narrative Ethics*, Cambridge: Harvard University Press, 1995, p. 200。

自我道德标准的文化/他者在场。

　　医生否决放弃约翰逊并给予约翰逊精心照顾的行为确实呈现了人道主义的道德立场，他将无脸的约翰逊送至黑人埃里克·威廉斯家中供养的举动在一些评论看来同样充满了人道主义色彩。但是如扬恩指出的，医生的这一举动是试图将约翰逊置于其熟悉的文化场所中恢复其黑人身份，同时医生对于威廉斯的态度充分展露出其白人优越性和白人权威性的地位——父权种族主义的印记，所以他对约翰逊的照顾只是公司垄断制资本主义的文化霸权和契约论的展演[①]。由此观之，医生对于约翰逊的精心照顾，以及充满人道主义色彩的拯救举动，实施的是一种有别于黑人灭绝论的白人男性气质政治手段，是"吉米·克劳法律体系"和"普莱西案件"中白人所倡行的"平等但隔离"政治的翻版。虽然医生承担起了对他者的责任，将黑人视为"白人的负担"，但这种负担承担是以白人男性气质政治为前提的。这种前提在作品中火灾后医生家新房子重建的细节中被隐示出来。"这栋房子就像在灰烬中诞生的神奇组合。医生的办公室是最先建完的，医生马上将他的新书、仪器设备和药品搬了进去。"[②]这一细节多被评论界所忽略，但这一细节不仅留下了弗兰肯斯坦式故事的痕迹，暗示出奴隶制残余之上的国家重构[③]，也泄露出医生在面对新的种族伦理关系时的物质准备和心理准备。与此同时，医生将约翰逊安置在新房马车库上的一间房子里———一种白人庇护下的隔离场所，意味着医生将在"平等但隔离"的政治策略中重新开始种族伦理关系的探索和试验。

　　这种对种族关系的探索和试验同样发生在下一代吉米及其伙伴身上。当吉米从外婆家疗伤回家后已"无法认出约翰逊"[④]，但他慢慢地与约翰逊重建起有别于火灾前的兄弟情谊的新关系。他与其伙伴们以敢于触摸带着面纱的怪物约翰逊为荣的游戏，在比尔·布朗看来，是内战后美国如畸形人展览和廉价博物馆等娱乐方式的产物。吉米此举将约翰逊的怪物性公众化和合法化，

[①] 参见 Elizabeth Young, *Black Frankenstein: The Making of an American Metaphor*, New York & London: New York University Press, 2008, p. 149。

[②] Stephen Crane, *Prose and Poetry*, ed. J. C. Levenson, New York: Library of America, 1984, p. 430.

[③] 参见 Elizabeth Young, *Black Frankenstein: The Making of an American Metaphor*, New York & London: New York University Press, 2008, p. 99。

[④] Stephen Crane, *Prose and Poetry*, ed. J. C. Levenson, New York: Library of America, 1984, p. 435.

对约翰逊的触摸给他及伙伴们带来的是发现种族秘密的刺激感和兴奋感,以及拥有黑人的自豪感——奴隶制残余中所有权的重现。[1] 他们的游戏呼应了生日晚会上小女孩塞蒂被贴在窗口的约翰逊的无脸吓哭后,一群男孩假想的英勇之举,都展演出罗斯福所倡导的奋发型男性气质品质,并与镇上男孩们互相争论中的口头禅"我爸爸说的"一起隐现了这种男性气质文化的延续性和发展方向,以及"白人文化神话自动重复的代际传递事实"[2]。但是,医生却对吉米的游戏——父权种族主义的遗产——表现出一种隐忧。他试图追问吉米是否对约翰逊造成伤害,这种追问与他询问警长镇上居民在驱赶约翰逊时是否给约翰逊造成伤害的担忧如出一辙,反映了医生对待黑人种族的父性的人道主义关怀。由于白人的这种关怀尚处于萌芽状态,所以当吉米被父亲的追问和严肃表情吓哭时,医生变得一时语塞。这种隐忧和语塞"也许是一种愧疚的表现,但并未隐含对奴隶制这种长期谬恶的赎罪之意,而更像是以否认罪责的形式来串通对奴隶制的持久支持"[3]。由此,一方面显示出医生在黑白种族间试图同样行使父性功能时责任承担的冲突,以及与白人性之间的矛盾,另一方面显示出融合论种族观的局限性及其白人性终极立场。

然而,奉行传统父权制种族主义观的小镇居民并不理解医生的融合论种族观,更没有认识到这种新的种族观中的白人性立场。法官虽然预测到医生不愿放弃救治约翰逊的后果是创造怪物性,指责医生"充满问题的慈善之举",但他没有看到医生慈善之举的真正意图。镇上居民从种族灭绝论的角度将对黑人怪物性的恐惧迁怒于医生,并试图将医生绳之以法。塞蒂父亲温特对医生的谩骂,邻居汉尼根一家的搬迁,镇上女人的尖刻议论,由哈金索普法官和富翁约翰·忒尔夫等四个男人组成的代表团以镇上女人的名义要求医生将约翰逊送离小镇的劝诫等,均明白地传达了小镇社群对医生的排斥。然而,特拉斯哥特医生的种族观使之不愿放弃以白人性对黑人种族进行教化。

---

[1] 参见 Bill Brown, *The Material Unconscious: American Amusement, Stephen Crane and the Economies of Play*, Cambridge: Harvard University Press, 1996, pp. 207-208。

[2] Jennifer Carol Cook, *Machine and Metaphor: The Ethics of Language in American Realism*, New York: Taylor & Francis Group, 2007, p. 50.

[3] Gregory Laski, "'No Reparation': Accounting for the Enduring Harms of Slavery in Stephen Crane's *The Monster*", *The Journal of Nineteenth-Century Americanists*, Vol. 1, No. 1, 2013, p. 62.

所以，当忒尔夫提议将约翰逊送走或交由公共慈善机构时，医生以"没有人会像我这样照顾他"[1]为由表示拒绝，坚持将约翰逊留在身边，隔离在他家后院。这不仅是将约翰逊"作为对镇上社群一个持久的提醒：底层阶级给他们的社会优越性带来威胁"[2]，而且表明医生对他者责任承担的具体认识——以医生为代表的白人自我试图以黑人庇护者的身份教化黑人，在融合论种族观的基础上实践白人男性气质政治，进而实现白人男性主体性的重构开端。

克莱恩将这种重构开端建构在医生对约翰逊的周到关怀上，即白人男性母性化倾向及其身份转型上，将医生塑形为与奋发型男性气质对立的女性化男性形象，并且另外塑造了一个与医生女性化男性形象相对的男性化女性形象[3]——镇上的老处女马莎·戈德温。男性化女性和女性化男性一样是19世纪90年代男性气质危机的典型表征，承载着国民文化堕落和种族衰亡的内涵，传示出一种世纪末情绪[4]。而且颇有意味的是，这一老处女形象与法官的鳏夫形象又形成照应，一个象征不孕，另一个象征不育。这种不孕和不育的事实很显然影射了罗斯福"种族自杀论"中的忧虑。马莎，这个具有男子气概、喜好说是道非的女性形象，与克莱恩其他作品中的女性形象既有相似之处，也有明显差别。

> 她是一个很有思想的女人，对于亚美尼亚的局势，中国妇女的生存环境，住在尼亚加拉大道上的敏斯特夫人与小伙子格力斯肯姆之间的偷情，浸礼教会主日学校《圣经》课堂里的争论，美国对古巴武装分子的责任，以及其他一些惊天动地的事情，她都要发表坚定的意见……她主张所有的土耳其人都该被推到海里淹死，敏斯特夫人和小伙子格力斯肯姆该在同样的绞刑架上并排绞死。实际上，这个心平气和的女人，在她的眼里虽只看到过和平，却总是在为无比残暴的信条辩解。在这些问题

---

[1] Stephen Crane, *Prose and Poetry*, ed. J. C. Levenson, New York: Library of America, 1984, p. 446.
[2] Nan Goodman, *Shifting the Blame: Literature, Law, and the Theory of Accidents in Nineteenth-century America*, New Jersey: Princeton University Press, 1998, p. 110.
[3] 有关"男性化女性"的内容可参见 Laura L. Behling, *The Masculine Woman in America*, 1890 - 1935, Urbana: University of Illinois Press, 2001。
[4] 参见 Roger N. Lancaster & Micaela di Leonardo, *The Gender/Sex Reader: Culture, History, Political Economy*, New York: Routledge, 1997, p. 188。

第三章 男性气质的种族意蕴

上她总是会无懈可击，因为她最终会以嗤之以鼻的方式来战胜她所有的对手……然后马莎严肃地皱着眉头走进厨房，像拿破仑一样天下无敌。①

有关克莱恩塑造马莎这一人物的意图，评论界说法不一。罗洛多（Nick Lolordo）认为马莎表现了克莱恩的社会权力观：女性在成为个体受害者的同时也成为专制王国的集体巩固者。② 饶维指出，克莱恩与马莎对于美国国内有关统治和排斥少数族裔和妇女的政策以及国际时事的看法基本一致。③ 但摩根却认为饶维的解读有误，他的观点是马莎充满沙文主义的言论使她成为罗斯福扩张论的代言人，其表露的残酷的意识形态正是克莱恩所质疑和批判的。因此，通过马莎这一人物，克莱恩讽刺了罗斯福宣扬的白人男性气质的控制征服观。④ 实际上，饶维和摩根的解读均存在一定问题，因为两位评论家对于马莎言行的细节描写都有共同误读⑤，导致对这个人物形象的理解偏差，也导

---

① Stephen Crane, *Prose and Poetry*, ed. J. C. Levenson, New York: Library of America, 1984, p. 432.
② 参见 Nick Lolordo, "Possessed by the Gothic: Stephen Crane's 'The Monster'", *Arizona Quarterly*, Vol. 57, No. 2, 2001, p. 16。
③ 参见 John Carols Rowe, *Literary Culture and U. S. Imperialism: From the Revolution to World War Ⅱ*, New York: Oxford University Press, 2000, p. 160。
④ 参见 William M. Morgan, *Questionable Charity: Gender, Humanitarianism, and Complicity in U. S. Literary Realism.* New Hampshire: UP of New England, 2004, p. 75, p. 86。
⑤《怪兽》第 19 章中讲述到邻居凯莉来到马莎的厨房议论约翰逊逃跑造成镇上混乱并被抓以及温特要求警长逮捕医生的情节时，有以下描写：
马莎终于放下手中的餐盘，扭头面对这位言辞轻率的说话者。"哈！"她又说了一声，把一大块棕色抹布挂起来。凯特听到了这位兴奋来客的到访，她在房间放下手中的小说迅速走下楼来。她是个看上去令人发冷的小个子女人，两片肩胛骨像两块冰条似的，因为她的肩膀总是一耸一耸的。"活该他失去所有的病人。"她突然以嗜血成性的语气说道。她的两片嘴唇就像一把剪刀一样把这番话从嘴里剪了出来。"呵，他会的，"凯莉·道金叫喊起来，"不是很多人都说他们不会再去找他看病了吗？你要是病了，特拉斯哥特医生会把你吓死的，不是吗？他会吓死我的，我得一直想想才行"。马莎昂着头来回踱步，不时地沉思般皱着眉头打量着这两个女人。（Stephen Crane, *Prose and Poetry*, ed. J. C. Levenson, New York: Library of America, 1984, p. 434.）
此处有关"'活该他失去所有的病人。'她突然以嗜血成性的语气说道。她的两片嘴唇就像一把剪刀一样把这番话从嘴里剪了出来"。这段话，饶维和摩根都认为是在描写马莎。笔者就此问题通过"斯蒂芬·克莱恩研究学会"的网站向克莱恩研究专家韦西姆（Stanley Wertheim）请教过。韦西姆认为克莱恩对于马莎的描写充满含糊性。虽然他指出这番话符合作品对于马莎个性的描写，并认为此段对话仅发生在马莎和凯莉之间，但他同时认为从作品对于凯特的形象描写上，有理由质疑此番话不是马莎所言，而是凯特所言。笔者认为从此处文本的衔接和连贯性分析、对凯特的形象描写、对马莎人物个性的深层分析，以及对照第 22 章中凯莉、凯特和马莎就约翰逊怪物性的讨论，认为此处的"她"指的是其妹妹凯特。

致二者完全将马莎的言论等同于 19 世纪 90 年代美国的帝国主义扩张论，造成了有关马莎对特拉斯哥特医生和约翰逊事件看法的矛盾性理解，其原因在于忽视了作品对于马莎这个人物的深层次个性表现。

由于未婚夫早逝，马莎寄居在妹妹凯特家，但"她几乎承担了所有家务活，以此作为获得生存权利的交换。大家都心照不宣地认为她干这些活是替她英年早逝的未婚夫修行赎罪。她的未婚夫死于天花，但并不是从她那里传染来的"①。马莎在经济上依赖于妹妹和妹夫，她的劳动并不像黑人约翰逊和威廉斯一样可以获得金钱回报，而是获得一种无法忍受的耐性作为回报。由此可见，马莎和妹妹家形成了一种契约关系——奴隶制度的翻版②。这一点与法官的情形也形成了对照。鳏夫法官同样与其妹妹住在一起，很耐心地忍受这位"精神上无行为能力"的妹妹三十年，并成功地藏匿了妹妹的人寿保险。与马莎在与其妹妹的契约关系中的奴隶身份不同，法官在与其妹妹隐形的契约关系上表现了主人的身份，这是马莎和法官两个同样象征种族自杀论忧虑的人物在对待种族问题上有着截然不同意见的根本原因。虽然面对社会不公行为时，马莎"这个像逝去激情的陵墓似的女人可能是镇上最凶猛的评论者"③，但在其看似残酷的意识形态中存在着人道主义冲动力，使其公开同情古巴叛乱分子和亚美尼亚人，隐秘地支持中国人④，表现出同情弱势一方的立场观。这种对国际事务关心中的人道主义冲动力，奠定了她对国内种族问题的认识基础，使她站在了支持在约翰逊事件中处于与镇上群体相对的少数者之列的特拉斯哥特医生和约翰逊的立场上。所以，她对特拉斯哥特医生容留约翰逊以及约翰逊的无脸怪物性的理解和评论之间并不存在矛盾性。

马莎的形象确实很明显地记录了时代转型的痕迹，"年轻时她的梦中充满

---

① Stephen Crane, *Prose and Poetry*, ed. J. C. Levenson, New York：Library of America, 1984, p. 432.

② 参见 David Halliburton, *The Color of the Sky：A Study of Stephen Crane*, Cambridge：Cambridge University Press, 1989, p. 194。

③ Stephen Crane, *Prose and Poetry*, ed. J. C. Levenson, New York：Library of America, 1984, p. 433.

④ 参见 David Halliburton, *The Color of the Sky：A Study of Stephen Crane*, Cambridge：Cambridge University Press, 1989, p. 194。

着花前月下的爱情，一个男人的面庞。而现在却是另外一回事，在厨房里她的梦想奇怪地与古巴、热水壶、亚美尼亚、锅碗的清洗较着劲，整个混成了一团"①。克莱恩通过这一形象，将帝国主义的冒险性带入美国家庭，将家庭空间与帝国主义网络编织在一起，表现了"19世纪向内看、具有感伤色彩的美国乡村生活被向外看、全球化、武力化的文化精神所替代的趋势"②。马莎的个性特征也表明"由女性控制的家庭私人领域受到了男性公共领域机械化和决定论思想的侵蚀"③，折射出时代的矛盾性影响。虽然在妹妹家她没有经济权力，但她不容置疑地视自己为"家庭大厦的顶梁柱……由她对事情做出界定，但她全身心投入的是亚美尼亚和格力斯肯姆以及中国和其他话题"④。处于边缘地位的马莎主动积极地以强硬的个性争取话语权，但也不乏生存技巧和斗争策略。她有意让自己保持传统妇女形象，做"一个柔弱、无知甚至是愚蠢的家伙，只是私下里如果她想到宇宙认定的就是这样一种进程时她会表现出对宇宙的蔑视"⑤。正是这种蔑视使她在女性身份男性化转型中，具备了理性思考和看待问题的能力。所以，当妹妹凯特和邻居凯莉发表针对特拉斯哥特医生的轻蔑且苛刻的评论时，马莎并未发表意见，只是"不时地沉思般皱着眉头打量着这两个女人"⑥。这种"皱着眉头"的动作与文本描写特拉斯哥特医生和哈金索普法官"皱着眉头"的动作形成照应，表明马莎对于小镇种族道德伦理问题同样存在着疑惑和思考。

颇有意味的是，克莱恩在马莎的形象塑造上体现了与约翰逊形象塑造的异曲同工性：二者都是阈限或边缘人物。约翰逊是黑人形象的转型代表，马莎则是19世纪末期"男性化女性"的真实写照，新女性形象的转型代表，尤其在其思想观念上体现出男性化的特点。这种新女性形象代表了"向前看的

---

① Stephen Crane, *Prose and Poetry*, ed. J. C. Levenson, New York: Library of America, 1984, p. 433.
② William M. Morgan, *Questionable Charity: Gender, Humanitarianism, and Complicity in U. S. Literary Realism*. New Hampshire: UP of New England, 2004, p. 75.
③ John Carols Rowe, *Literary Culture and U. S. Imperialism: From the Revolution to World War II*, New York: Oxford University Press, 2000, p. 161.
④ Stephen Crane, *Prose and Poetry*, ed. J. C. Levenson, New York: Library of America, 1984, p. 433.
⑤ Ibid., p. 434.
⑥ Ibid., p. 433.

特征和进步主义思想的理想化表达"①。这两个人物一个象征种族逾越，一个象征性别逾越，均给传统的种族或性别规范带来威胁，"给小镇的社会分层秩序带来威胁"②，均衬托出19世纪90年代的白人男性气质危机。但与约翰逊采用身份转型对付白人性不同的是，马莎的转型是潜意识的。"她是一台引擎"，"她令人畏惧"③，却并不自知如此。在话语权的获取上，马莎表现出的强硬品质符合罗斯福所倡导的奋发型男性气质品质。但重要的一点是，马莎在具备这些品质时仍然表现出理性地思考问题和认识问题的能力，代表了一种理性的白人男性气质政治倾向。当凯莉再次来到马莎家传播特拉斯哥特医生受到塞蒂父亲温特的驱逐和攻击的消息时，马莎戳穿了温特有关塞蒂受到约翰逊无脸永久伤害的谎言，并表明了支持特拉斯哥特医生的立场："'如果我是特拉斯哥特医生，'马莎大声叫道，'我会把可鄙的詹克·温特的脑袋拧下来'。"④同时，马莎和约翰逊身份的内在共通性，以及她对待种族问题的人道主义念头使她对于约翰逊无脸的认识不同于法官和小镇其他居民，而是充满理解，且具有独立判断能力。她极力反驳凯莉和凯特附庸白人集体声音的做法，张扬出自我的个体性，明确表达了她个人与小镇群体对约翰逊无脸产生恐惧感不一样的态度。当马莎表示会努力不因约翰逊的无脸而害怕他时，并不像饶维所说的是在指责特拉斯哥特医生给予约翰逊救助⑤，而是显示出在人道主义的前提下在白人和黑人之间建立新的种族伦理关系的可能性，证明了医生融合论种族观的可接受性。

《怪兽》是克莱恩作品中涉及种族主题最为突出的一部，写就于克莱恩在英国流放期间，也是他1898年作为战地记者奔赴美西战场前不久的时间里。不少评论从历史语境将《怪兽》与19世纪90年代美国的种族问题和帝国主

---

① Charlott J. Rich, *Transcending the New Woman: Multiethnic Narratives in the Progressive Era*, Missouri: University of Missouri Press, 2009, p. 3.

② John Carols Rowe, *Literary Culture and U. S. Imperialism: From the Revolution to World War II*, New York: Oxford University Press, 2000, p. 161.

③ Stephen Crane, *Prose and Poetry*, ed. J. C. Levenson, New York: Library of America, 1984, p. 434.

④ Ibid., p. 442.

⑤ 参见 John Carols Rowe, *Literary Culture and U. S. Imperialism: From the Revolution to World War II*, New York: Oxford University Press, 2000, p. 161.

义意识形态连接起来，认为克莱恩是一位反美帝国主义意识形态的作家[1]，通过该作品对罗斯福提倡的"艰苦生活"中的奋发型白人男性气质观给予了讽刺式的回答[2]。从医生和马莎这两位人物形象看，克莱恩确实通过女性化男性的形象对奋发型男性气质提出了质疑，并进一步通过男性化女性的形象表达了对男性气质危机中美国国民身份在国际国内建立种族伦理关系的思考。医生和马莎二者虽都是白人男性气质危机的典型代表，在对待无脸他者约翰逊的态度上却都充满了人道主义思想。同时，尽管马莎对待国际事务的态度与罗斯福的帝国主义思想有着某些一致性，但克莱恩突出了她理性思考和独立看待问题的能力。所以，一方面克莱恩通过这两个人物给以罗斯福为代表的奋发型男性气质代表传递了有关国民身份建构的重要思考问题：以白人男性气质政治在国际和国内建构新世纪的美国国家形象时，应该如何理性且具有独立性地看待国际国内的种族问题，如何在国际和国内处理好美国与种族他者的关系，或者白种美国人应该如何承担他者责任等。但另一方面，克莱恩也再现了医生和马莎试图探索新的白人和黑人的伦理关系时所遭遇到的类似命运：马莎的言论遭到了小镇传统种族观的代表——妹妹凯特和邻居凯莉的强烈反对，特拉斯哥特医生因为继续容留约翰逊而遭到小镇居民的放逐。由此可见，克莱恩也充分认识到了新的种族伦理关系建构的现实冲突性和艰难性，表达了他对于白人男性气质政治前景的不确定感和矛盾心态。

---

[1] 参见 Thomas A. Gullason, "Stephen Crane: Anti-Imperialist", *American Literature*, Vol. 30, May 1958, pp.: 238 – 239; John Carols Rowe, *Literary Culture and U. S. Imperialism: From the Revolution to World War II*, New York: Oxford University Press, 2000, p. 155。

[2] 参见 William M. Morgan, "Between Conquest and Care: Masculinity and Community in Stephen Crane's 'The Monster'", *Arizona Quarterly*, Vol. 56, No. 3, Autumn 2000, p. 63。罗斯福曾阅读过克莱恩《一个男人和另外几个男人》（*A Man and Some Other Men*）的故事手稿。这个故事讲述的是发生在美国西部的一个白种美国牧羊人被一群墨西哥人杀害的故事。罗斯福在 1896 年 8 月 18 日写给克莱恩的信中谈到了他对这个故事的看法："我希望有一天你能写出另外一个有关拓荒者和墨西哥鬼子的故事，拓荒者应该最终获得胜利，这样才会更为正常。"摩根以此认为《怪兽》是克莱恩给予罗斯福此番建议的答复。

第三节　男性气质的种族颠覆踪迹

对于克莱恩创作《怪兽》的动机和理由,评论界说法不一。从克莱恩当时的个人情况看,由于在美国国内,其名声因为多拉·克拉克事件①遭受影响,在精神上克莱恩倍感舆论压力;②同时他与有夫之妇克拉·泰勒③有染也招致议论纷纷,使他在心理上"产生了幽闭恐惧症的困扰"④。在经济上克莱恩日渐窘迫,在身体上克莱恩备受疾病困扰而每况愈下。因此,有评论认为由于其个人原因,克莱恩选取了当时流行的有着市场卖点的怪物题材进行创作,以此缓解经济压力。⑤ 也有人认为《怪兽》书写了克莱恩本人的心理创伤。⑥ 但很少有评论注意到《怪兽》与康拉德的《水仙号上的黑家伙》(The

---

① 多拉·克拉克(Dora Clark)是一个名声不佳的豪华游乐场妓女,克莱恩在为《纽约期刊》(New York Journal)撰写有关豪华游乐场的报道时曾多次采访她。1896 年 9 月 16 日凌晨,克莱恩与克拉克及另一位女歌手一道,前往红灯区音乐厅"百老汇花园"准备采访。途中,克拉克及女歌手被纽约警察盘问并被起诉至法庭指控其色诱。克莱恩出庭作证克拉克的无辜。但在警察的调查中,克莱恩的私生活被辩护律师曝光,克莱恩被认为是一个倒卖鸦片给妓女的鸦片吸食者。此事受到纽约新闻界的广泛关注,克莱恩的名声受损,其纽约真相调查记者生涯结束。参见 Stanley Weitheim, A Stephen Crane Encyclopedia, Westport: Greenwood Press, 1997, pp. 5 - 6。

② 克莱恩在 1897 年 11 月 29 日写给其兄长威廉·克莱恩的信件中提到了他在美国的境况与英国的写作情况,其中包括《怪兽》《新娘来到黄天镇》《一叶扁舟》等作品,并写道:"在美国似乎有许多人想要封杀、埋葬和忘记我,仅仅出于刻薄和妒忌或者因为我已没有价值……他们对我的所有议论当然给我很大压力……"参见 Stanley Wertheim & Paul Sorrentino, The Correspondence of Stephen Crane, Vol. I, New York: Columbia University Press, 1988, p. 301。

③ 克拉·泰勒(Cora Taylor,后命名为克拉·克莱恩)出生于艺术世家,1896 年与克莱恩相识时是艾伦·泰勒的妻子,并曾是富商儿子的情人,且三次易嫁。她与克莱恩同居后,并没有得到克莱恩家族的欢迎和承认。由于在国内克莱恩感到声名受损,两人移居英国。克拉陪伴克莱恩走完了他最后一段岁月。参见 Stanley Weitheim, A Stephen Crane Encyclopedia, Westport: Greenwood Press, 1997, pp. 67 - 70。

④ Keith Gandal, Class Representation in Modern Fiction and Film, New York: Palgrave MacMillan, 2007, p. 124.

⑤ 参见 Elizabeth Young, Black Frankenstein: The Making of an American Metaphor, New York & London: New York University Press, 2008, p. 81。

⑥ 参见 Keith Gandal, Class Representation in Modern Fiction and Film, New York: Palgrave MacMillan, 2007, pp. 124 - 152。

Nigger of "The Narcissus"）之间的相似之处①。两部作品在题材和主题上有着隐秘的相似之处，都通过世纪之交的黑人形象探讨了男性气质危机和性别身份建构问题，从种族的角度传达出在同质性社会中传统性别规范虽然开始瓦解，但男性气质的传统理念仍然很难被超越和被重构的思想。在一定程度上，康拉德的作品给克莱恩的《怪兽》带来了创作灵感，在《怪兽》中克莱恩突出了美国白人种族优越性的问题。这种"种族优越性是帝国主义行动一个不可或缺的特征。在为帝国主义行动的辩护中，盎格鲁－撒克逊主义与各种各样有关白人身份、白人的负担、天定命运论、责任承担等论辩关联起来"②。所以《怪兽》并不是简单地如评论界所言对奋发型男性气质观给予的讽刺式答复，其中包含的丰富意义和内涵远远超出了讽刺意味。虽然整部作品的基调在白人性，但黑人男性气质一直贯穿在作品中，既成为表现两种不同白人男性气质政治实践的起点，也以他异性影响着白人男性气质的政治实践。克莱恩敏锐地认识到美国国内种族问题中白人自我与黑人他者之间的伦理关系的互动作用，旨在通过《怪兽》警醒美国白人，在其现代化和帝国主义化的国民身份建构中应该如何看待黑人与其他种族的颠覆踪迹。

很显然，作品前半部分着重于约翰逊的黑人男性气质表演，后半部分着重于白人男性气质政治表演。许多评论都认为克莱恩在作品后半部分白人男性气质政治表演中将约翰逊变成了一个"看不见的人"。但事实上，在第10章描写镇上居民对于约翰逊救火而"死去"的反响时，克莱恩就有意通过镇

---

① 大多数评论在讨论康拉德和克莱恩的关系时都认为康拉德的《水仙号上的黑家伙》在创作观点和叙事技巧上均受到了克莱恩的《红色英勇勋章》的影响，主要体现在印象主义手法的运用上。《水仙号上的黑家伙》于1897年1月以连载的形式刊登在《新评论》（*New Review*）杂志上，克莱恩在美国阅读了这个连载故事，并对这部作品赞赏有加，认为康拉德是19世纪描写海洋神秘生活的最佳作家，因此到达英国后克莱恩萌生了拜访康拉德的想法。两人一见如故，并从此结下了深厚的友谊。康拉德将《水仙号上的黑家伙》的创作素材与其《阿尔迈耶的愚蠢》一书赠送给克莱恩，以示对克莱恩的崇拜，克莱恩也尽力在美国帮助康拉德推介《水仙号上的黑家伙》这一作品。1897年6月克莱恩开始创作《怪兽》，将创作提纲交给康拉德，受到了康拉德的鼓励。参见 Ian Watt, *Conrad in the Nineteenth Century*. California: University of California Press, 1981, pp. 126 - 127; Stanley Weitheim, *A Stephen Crane Encyclopedia*, Westport: Greenwood Press, 1997, pp. 59 - 63。

② E. T. Lowery Love, *Race Over Empire: Racism and U. S. Imperialism*, 1865 - 1900, Chapel Hill: University of North Carolina Press, 2004, p. xi.

上孩子们的儿歌吟唱"黑鬼黑鬼不会死,黑黝黝的脸庞亮晶晶的眼"①,埋伏了约翰逊黑人性的存活力量和继续与白人性抗争的力量。虽然成为无脸他者,但约翰逊并没有像法官所言变成一个精神上有问题的他者,而是透过脸上缠着的绑带——白人性对黑人身份的遮掩——中露出的一只眼睛"一眨不眨地盯着法官",法官只能"不时地偷偷地瞄一瞄这只不眨的眼睛"②。这只眼睛中显示出的魔力给法官带来了威慑力,将法官的法律权威转化为白人和黑人伦理关系中的道德权威,法官只能设法避开这只眼睛的监控去说服医生放弃约翰逊。在这只眼睛中,法官遭遇到一种看事物的目光,而非一种被看的目光,因为这是一只没有表情、没有面孔来表达其自身目光含义的眼睛③。这种目光中的威慑力与约翰逊进行黑人男性气质他性表演时流露出的斗争精神具有一致性,颠倒了其男性气质他性表演的被观看目光,将之化为"正义的形象和全景式监控"④,在法官家庭这个私人领域中监视着白人男性气质政治的实施,并赋予约翰逊一种新的可见性———一种具有监视作用的可见性。约翰逊以他者的监控形式否定了法官的权威,也使法官的种族灭绝政治观的表达处于一种尴尬和无理之地。这种他性监控化身为道德权威,使法官在面对医生的融合论种族伦理观时,也陷入矛盾困惑中。同样,对于医生融合论种族观下的白人男性气质政治,约翰逊也充满了抵抗。约翰逊洞穿了白人性对之进行重新身份化的动机——医生将之送往黑人威廉斯家中照顾的内在意图。很显然,约翰逊对威廉斯"分不清猪和马的区别"的评价,明确表达了他对自身与威廉斯所代表的黑人群体之间的差别的认识觉悟:一个是有着种族提升和种族现代化思想的自由黑人代表,另一个是仍然保留了奴隶遗风的黑人群体代表。约翰逊意识到医生将之送往威廉斯家照顾的目的是试图回到白人与黑人"内战前的契约关系"⑤,是以一种强制性的权力将白人性施加于黑人

---

① Stephen Crane, *Prose and Poetry*, ed. J. C. Levenson, New York: Library of America, 1984, p. 412.

② Ibid., p. 413.

③ 参见 Bill Brown, *The Material Unconscious: American Amusement, Stephen Crane and the Economies of Play*, Cambridge: Harvard University Press, 1996, p. 233。

④ Ibid..

⑤ Jacquline Denise Goldsby, *A Spectacular Secret: Lynching in American Life and Literature*, Chicago: University of Chicago Press, 2006, p. 149 – 150.

性之上来重构白人与黑人之间的伦理关系。约翰逊拒绝接受这种契约关系和"平等而隔离"的生存方式,他以从威廉斯家中逃跑的方式表达了他对文化霸权或白人男性气质政治的反抗。

约翰逊的逃跑给小镇带来了恐慌。他贴在窗口偷看特丽萨家的舞会给塞蒂造成惊吓成为小镇驱逐他甚至是医生的原因之一,但约翰逊偷看行为本身的意义几乎被评论界忽略了。从白人男性气质政治的视角看,这种偷看隐含了约翰逊向白人文化中黑人强奸者禽兽刻板形象的转型。但从约翰逊无脸他者的视角看,这种偷看行为与其对法官的监视和对医生的抵抗行为性质相同,更多的是一种文化偷窥行为。这种行为,一方面体现出作为偷窥者的约翰逊拥有某种对白人文化构成威胁的力量,另一方面因为"文化偷窥是在黑人主体性再现获得承认或不被承认之间交替更迭的"[1],所以这种行为从本质上蕴含了黑人主体性建构的矛盾性:在极度可见和不可见中如何实现黑人的身份建构和种族提升。从叙事发展来看,约翰逊的偷窥行为意味着他对新的黑人身份建构的坚持和继续,这一点在他接下来拜访女友时的行为举止和毁容前拜访女友的行为举止之间并无甚差别得到应验。扬恩认为约翰逊拜访女友时的时髦公子的行为举止是约翰逊被女性化的文本体现,与其在偷窥舞会场面时隐含的性亢奋形象形成了对照。[2] 但比较约翰逊毁容前的时髦公子形象和毁容后的无脸他者形象,可以看出"约翰逊个人及其风格并没有受到中心化权力范围的影响"[3],白人男性气质政治并未能泯灭和阻止约翰逊新黑人思想的继续发展。虽然他的无脸给女友一家造成恐慌惊吓,但他仍然举止文雅地邀请女友作为舞伴参加舞会,继续着他种族提升的行动。虽然成为无脸他者,但约翰逊仍以积极主动的他者姿态继续着黑人男性气质的他性表演,间接地敦促了白人对新形势下自我和他者种族关系的思考以及白人男性气质政治的实践,也为种族颠覆积蓄力量。

---

[1] Todd W. Reeser, *Masculinities in Theory: An Introduction*, Malden: John Wiley and Sons, 2010, p. 165.

[2] 参见 Elizabeth Young, *Black Frankenstein: The Making of an American Metaphor*, New York & London: New York University Press, 2008, p. 104。

[3] 参见 Jacquline Denise Goldsby, *A Spectacular Secret: Lynching in American Life and Literature*, Chicago: University of Chicago Press, 2006, p. 143。

但是，正如罗斯指出的，身份表演并不能说明从政治上自觉使用身份来带动社会变化，也无法证明身份构成方式其本身总是由个体和群体的历史情形来变革的这一事实。[①] 约翰逊黑人男性气质的不断表演虽然是自我认同的一个过程，其中不乏政治意义，但他的这种表演只是一种意识自觉，而非政治自觉。约翰逊个人依赖于表演性来作为种族和性属身份的建构手段，忽略了集体身份认同的方式是由特定社会、政治、经济和文化变化决定和历史塑造的现实事实。同为黑人的女友一家及威廉斯一家并不能理解约翰逊无脸他者的真正意义和价值，他们代表的是布克·梯·华盛顿妥协论种族观中温从驯服且与白人合作的黑人形象，所以他们参与到将约翰逊怪兽化的过程中，"像白人一样也将约翰逊制造成了怪兽"[②]。

约翰逊新的黑人个体性虽然没有被法官所代表的种族灭绝论所消灭，却被医生所代表的新的白人男性气质政治所压制。当约翰逊被医生从监牢接回家后，从此变成了披着面纱的无脸他者。面纱被白人性以一种新的身份特征掩盖了约翰逊缺失的面孔——他者具身化的自我在场以及与白人性相对的黑人性标志，也掩盖了约翰逊作为他者以脸/无脸对白人自我的责任诉求。医生给予约翰逊面纱的行为隐藏了他对存在于脸与无脸之间、他者的他异性和平等性的要求之间的张力的回避，隐藏了他采用政治手段来解决伦理问题的意图。约翰逊同意披上面纱的行为则意味着他接受了与医生之间形成的庇护者和被庇护者的新的种族伦理关系，也意味着他对医生白人男性气质政治的接受，因为面纱、绑带和面具构成了约翰逊在种族社会中黑人地位的隐喻。约翰逊既成为种族主义社会中不可见的他者，又像畸人秀一样极度可见[③]，他也因此陷入一种自相矛盾的处境——黑人种族现代化遭遇白人男性气质政治所带来的困境。

一些评论认识到约翰逊在文本里最后出场中的变化，认为他倒退式的变

[①] 参见 Marlon Bryan Ross, *Manning the Race: Reforming Black Men in the Jim Crow Era*, New York & London: New York University Press, 2004, p. 19。

[②] Elizabeth Young, *Black Frankenstein: The Making of an American Metaphor*, New York & London: New York University Press, 2008, p. 104.

[③] Ibid., p. 101.

化符合克莱恩的自然主义种族逻辑①,指出他由"一个几乎是无生命的客体"变成了"去生命化的存在"——他曾被医生赋予生命,最后又死亡了②。这种评论只是对约翰逊个人命运变化的单向理解,没有深入认识到约翰逊的他性功能以及克莱恩的真正意图。确实,带着面纱的约翰逊与有脸和无脸的约翰逊其行为举止间有着明显的变化。在其最后出场中,约翰逊成为吉米及其伙伴的游戏娱乐工具,成为一个商品化的人③,吉米及其伙伴与约翰逊之间形成了一种观看者与景观的关系④。怪兽般的约翰逊带着面纱坐在盒子上的场景,其隐含意义指称的是一系列如拍卖台、黑人秀舞台、畸人秀展览等表演展台,呈现出黑人身体受到某种惩罚的效果,同时约翰逊在面纱下的言语、姿态和面容也表现出一种完全被客体化的效果⑤。但不容忽视的是,约翰逊对于观看者甚至是戏弄者的漠视以及他在这种展台上的客体化效果给白人自我带来了反冲力。

> 怪兽在低声吟唱着一首奇怪的黑人歌曲,其实说不上是一段连贯的吟唱。他根本就没有注意到这些男孩子。⑥
> ……
> 坐在盒子上的怪兽将他带着面纱的脸孔仰起,而且和着节拍挥舞着双臂,像在唱着宗教圣歌一样。"快看他。"一个小男孩大声叫道。他们回过头去,都被怪兽不可言表的姿势中的肃穆感和神秘性愣住了。怪兽哭泣般的歌唱哀婉缓慢。男孩们都往后退了退,似乎被一种葬礼般的神

---

① 参见 Lolordo, Nick. "Possessed by the Gothic: Stephen Crane's 'The Monster'", *Arizona Quarterly*, Vol. 57, No. 2, 2001, p. 13。
② Elizabeth Young, *Black Frankenstein: The Making of an American Metaphor*, New York & London: New York University Press, 2008, p. 105.
③ 参见 John Carols Rowe, *Literary Culture and U. S. Imperialism: From the Revolution to World War II*, New York: Oxford University Press, 2000, p. 163。
④ 参见 Bill Brown, *The Material Unconscious: American Amusement, Stephen Crane and the Economies of Play*, Cambridge: Harvard University Press, 1996, p. 207。
⑤ 参见 Elizabeth Young, *Black Frankenstein: The Making of an American Metaphor*, New York & London: New York University Press, 2008, p. 104。
⑥ Stephen Crane, *Prose and Poetry*, ed. J. C. Levenson, New York: Library of America, 1984, p. 436.

奇力量怔住了。他们看得如此投入，都没有听见医生骑着马匹来到了马厩。①

从文本的叙事发展看，带着面纱的约翰逊的言语权似乎被剥夺了，转化为吟唱这种更为原始的言语表达方式。这种吟唱的声音与小镇周末夜晚娱乐的声音和小镇女人搬弄是非的议论声音有着本质的区别。所以，克莱恩在重现约翰逊这个弗兰肯斯坦式的形象时，并不像扬恩所言表现出约翰逊这个怪兽身上的政治内容以及内在的文学自我已被抽空，使其变成了意义不明的外表②，而是更多地展现了约翰逊的黑人性传统及其对于白人而言的神秘性和不可界定性。克莱恩笔下带着面纱的约翰逊预兆了新黑人领袖杜波瓦有关黑人形象的面纱论的表达，将种族主义对黑人身份生产所产生的效果连接起来。约翰逊葬礼般哀婉的吟唱似乎在悼念白人男性气质政治中黑人新身份建构所遭遇的文化谋杀，但这种吟唱中蕴藏了无法预测的颠覆力量，对在游戏中模仿和继承奋发型白人男性气质的男孩们产生了威慑力和震撼力——预示出黑人性与白人男性气质政治未来交锋中的斗争力量和他性作用。并且，克莱恩将这种他性颠覆力量隐含在了作品结尾中，使有关医生被放逐的故事结尾意味深长。

在故事结尾，由医生妻子主持的茶会受到了小镇妇女的集体抵拒，象征着医生一家被整个小镇社群排逐，医生的慈善之举不仅毁损了自己的事业——失去病人，也殃及其家庭原有的规范的社群生活和道德权威。然而面对妻子的哭泣和镇上女人的抵拒，特拉斯哥特医生无能为力，只能默默地、机械地、重复地数着茶杯。评论界对作品结尾医生这一动作的意义阐释不尽一致。有的认为克莱恩最终表现出女性作为受害者和施害者的双重角色，整个结尾充满悲观色彩，体现出社会力量对个体力量可能性的决定性摧毁力。③也有的指出，故事结尾所表现的医生的婚姻稳固性表明他们家已没有空间留

---

① Stephen Crane, *Prose and Poetry*, ed. J. C. Levenson, New York：Library of America, 1984, p. 438.
② 参见 Elizabeth Young, *Black Frankenstein：The Making of an American Metaphor*, New York & London：New York University Press, 2008, pp. 104－105。
③ Ibid., p. 105.

给约翰逊让他重回文本中。医生数着的茶杯象征的是家庭失去的荣耀和给医生带来社会地位的财产权,医生数茶杯的动作暗示出医生终究会将约翰逊作为一个可牺牲形象[1],并且作品里所表现的美国社会中对抗性话语的"外在性"不再存在,就像马莎的邻居凯莉所说的:"你不能与整个小镇对抗。"[2]但是,从克莱恩的创作意图看,克莱恩在结尾中更多地蕴含了他自己对于美国种族问题以及美国白人男性气质政治的矛盾心态。在与黑人重构种族伦理关系中,特拉斯哥特医生这个昔日曾得心应手地掌控自身、家庭、事业,甚至是"草坪"的中产阶级白人男性将自身定位为一位文雅的、有教养的父权主义者/家长主义者,他试图以慈善之举推行融合论种族观,但遭到小镇居民对其道德权威和事业前景的无情剥夺,他实施其白人男性气质政治的抱负遭到阻遏和放逐,他只能空洞茫然地凝望未来。由此观之,作品意在唤起读者对这位家长的遭遇,而并非对那位被牺牲的黑人男性的遭遇表示同情[3]。作品在经历了春夏秋冬四个季节后,在结尾回应了作品开篇的白人性主题,重新回到了白人性建构的问题上。正如摩根指出的,克莱恩在作品结尾虽然保留了豪威尔斯的现实主义创作矛盾——人道主义行动需付出社会代价并通常给人无效之感,但在表现医生夫妇被小镇疏离化和卑贱化的过程中,克莱恩对于白人自我身份和社会性的重新描述在文本中并没有结束。[4] 实际上,在给医生带来安慰感的机械重复的数茶杯动作中,医生重新面临选择:是继续坚持己见容留约翰逊而付出继续失去自己在社群中的立足之地,还是放弃照顾约翰逊的努力回到其原有的中产阶级氛围中。不管如何选择,其中都充满了种族他者带来的颠覆性踪迹。医生的选择是克莱恩留给读者的,更是留给以罗斯福为代表的美国白人男性气质政治的实施者的。

1899 年在英国的家中,克莱恩接受了《伦敦瞭望》(*London Outlook*)杂

---

[1] 参见 Jacquline Denise Goldsby, *A Spectacular Secret: Lynching in American Life and Literature*, Chicago: University of Chicago Press, 2006, p. 152。

[2] Michael T. Gilmore, *The War on Words: Slavery, Race and Free Speech in American Literature*, Chicago: University of Chicago Press, 2010, p. 40.

[3] 参见 David Leverenz, *Paternalism Incorporated: Fables of American Fatherhood, 1865-1940*, New York: Cornell University Press, 2004, p. 105.

[4] 参见 William M. Morgan, *Questionable Charity: Gender, Humanitarianism, and Complicity in U. S. Literary Realism.* New Hampshire: University Press of New England, 2004, pp. 96-97。

志的专访，谈到了他对于新美国以及美国帝国主义的看法：

> 美国人民很茫然却又充满好奇地将自身视为未来的帝国权威。……占领古巴正是他们想做的，占领波多黎各和菲律宾被号称是一个国家在其与另一个国家交战时的军事需要和义不容辞的责任。……大家都支持进攻的一方，……这些人相信在整个世界行将乱象横生之时，自己有足够的价值成为掘金者，这样下来美国就走进了帝国主义。……据我看来，并不存在什么直接的美国人的帝国主义观。美国在其国土上迎接的是她所要迎接的，她挑战那些她要挑战的。这些被挑战者不管谁来都会发现她的弱点，但永远不会发现她不情愿做这些事。我这样说是因为我就这样认为。①

从这段话可以看出克莱恩对于19世纪90年代白人男性气质政治的认识，这种认识观在《怪兽》这部作品中已经表露出来。《怪兽》确实可以被视为克莱恩给予罗斯福的答复，其中不乏对奋发型男性气质观的讽刺，但克莱恩更多从融合论种族观的角度表达出自己对美国帝国主义扩张行为的批评，以及对这种意识形态中涉及的种族伦理关系建构的看法，再现了以白人性为中心的白人自我与种族他者之间新的伦理关系的建构途径。这种伦理关系不仅存在于美国白人与国内黑人之间的伦理关系建构中，也存在于美国帝国主义发展过程中与国外种族他者的伦理关系建构上。《怪兽》记录了融合论种族观在19世纪90年代的萌芽状态，预感出白人如何定位种族他者、如何承担他者责任，甚至如何利用种族他者等问题对于白人自我身份建构的重要性，以及对于20世纪新美国建设的重要性，预见了融合论种族观在进步时期的发展趋势和对美国政治的前景影响。虽然作品结尾的模糊性暴露了克莱恩对于白人男性气质的矛盾心态，但其中的种族颠覆踪迹却表明克莱恩通过这部作品在警醒美国国民：真正的主体性观念的成立基点不在于我自己，而在于异于我的他者，具有他性的他者才构成真正主体性的前提——承担对种族他者的责任是白人自我身份建构的行动起点，也是白人自我身份建构中人道主义理想的出发点。

---

① R. W. Stallman & E. R. Hagemann, *The War Dispatches of Stephen Crane*, New York: New York University Press, 1964, p. 243.

结　　论

  19世纪90年代的美国社会转型以及美国中产阶级白人男性遭遇的男性气质危机，对美国文学的创作和发展毫无疑问产生了深远的影响。作为这一时期新生代的作家代表，克莱恩凭借自身非凡的文学天赋和才华、充满冒险和波西米亚式的生活经历，对于社会现实问题的敏感反应，加入当时有关男性气质与国民身份建构互动关系的讨论话语，在其作品中镂刻了男性气质在阶级、性属和种族话语中危机再现的深入印痕。本著作从性别研究视角，结合男性气质研究和后结构主义有关男性话语和主体性等理论阐述，从阶级、性属和种族三个维度对克莱恩作品中男性气质再现予以详细讨论，揭示了克莱恩作品的性别主题：克莱恩的作品展演出丧失力量源泉的现代个体，在资本主义市场控制力和灵魂缺失的工业化机械力规训的驱使下，试图在社会性别身份的变化中追寻自我身份蜕变活力的过程。作品回响着对日益增强的阶级流动性的担忧，对中产阶级自身男性气质衰变的彷徨和抗争，对蜂拥而至的族裔和种族他者威胁的伦理思考。通过作品再现我思主体到身体主体再到伦理主体的变化，克莱恩从中产阶级白人男性的立场，探究了19世纪90年代美国男性气质危机中中产阶级白人男性的主体性问题，表达了自己对于19世纪90年代男性气质及其重构的看法。一方面，克莱恩以自身的行动和文学创作认可了19世纪90年代的男性气质观；但另一方面，克莱恩也彰显出对男性气质主流意识形态的理性思考，生发出对主流意识形态提倡的奋发型男性气质建构的质疑和反省。他以文学创作为媒介，在美国男性气质危机中生产出一个男性化的美国现代性形式，展现出男性气质作为文化意指实践在美国文学和文化发展史中的历史逻辑作用和意义，证实了美国历史"是在社会和文化建构中通过性属和男性气质去支持和寻求权力的历史"①。在这些作品创作中,克莱恩有意识地背叛了早期现实主义文学中的文雅传统,以一种文化自觉性从作品形式到作品内容都开始了新的探索,显示出美国文学从现实主义到自然主义再到现代主义的更迭递嬗症候,并通过文学创作表达了其本人对于19世纪末期美国社会转型中国民身份建构的复杂和矛盾心态。这几部作品也代表了克莱恩早期、中期和后期的创作特点,展示了克莱恩对于19世纪末期美国男性气质危机问题的认识轨迹。

《街头女郎梅吉》和《贫穷实验》作为克莱恩的贫民窟代表作,记录了在19世纪末期的美国社会现实中,中产阶级白人男性在城市空间里所面临和所感受到的阶级威胁,从阶级与男性气质的相互影响开启了克莱恩对于19世纪90年代美国男性气质危机的思考。克莱恩采用当时流行的贫民窟小说和新闻随笔形式,将城市的他者性作为社会变化的场所和标志,从跨越性别和跨越阶级的观看行为入手,表现出不同阶级对于男性气质的理解或逾越,赋予现实主义作品一直视为背景和主题的城市空间一种非真实性本质。在克莱恩的笔下,城市变成了凯普兰所言的"一个陌生空间,被作为对社会变化逃避过程的空间转喻"②。借助这种空间转喻,克莱恩在将城市他者化的过程中,敏锐地意识到19世纪末期美国社会性别关系的变化给中产阶级白人男性带来的反身性思考,突显了男性气质和阶级实践之间的互动关联。

颇有意味的是,克莱恩在其作品中对于男性气质危机的最初再现和思考始自性别二元关系中男性的对立面——女性。《街头女郎梅吉》中贫民窟女郎梅吉的蜕变故事,一方面以景观化的手段呈现出性别关系建构中,传统女性气质由于对中产阶级男性气质的误读而发生的变形和变质反应,另一方面显露了阶级话语对男性和女性不对称的性别关系实践所造成的影响和后果。在将男性气质危机符号化的表征中,克莱恩传达了自身对于传统女性气质的怀旧情感和中产阶级男性气质遭受美国文化女性化威胁的忧虑。在此基础上,克莱恩进一步认识到不同阶级之间男性气质的差异性。《贫穷实验》中的年轻

---

① Bret E. Carroll, ed., *American Masculinities: A Historical Encyclopedia*, Thousand Oaks, California: Sage, 2003, p. 2.

② Amy Kaplan, *The Social Construction of American Realism*, Chicago: The University of Chicago Press, 1988, p. 44.

人本着坚定的中产阶级立场,通过易装的男性气质逾越手段深入贫民阶层,近距离观看贫民阶层的身体表演和符号化过程,其目的在于寻获造成男性气质差异的阶级根源。年轻人在观看贫民阶层男性身体的过程中,对贫民男性身体能指意义的不同理解,既揭示出男性身体和男性气质的关系,也暴露了中产阶级男性权力在身体间性中的客体化过程,更展现出男性气质作为一种载体在阶级关系中的性别政治化过程。《街头女郎梅吉》和《贫穷实验》这两部作品均从阶级与男性气质的关系上传递出克莱恩对于 19 世纪 90 年代男性气质危机问题的早期认识:城市他者性是中产阶级男性反思和建构自身男性气质的参照面。克莱恩试图从阶级差异对性别等级所产生的具有巨大可见性的影响,诱导出中产阶级对于自身男性气质建构的主流意识形态的反省。

这种反省在《红色英勇勋章》的创作中得到进一步的具体展现。第二章对于《红色英勇勋章》的分析表明克莱恩对男性气质危机问题的认识从早期创作中的城市他者性转移至了对中产阶级自身性属的关注和探究上,以男性气质的欲望生产为作品重心,落墨于中产阶级男性自我的能量积聚和释放方式。作品在有关内战记忆的向后看欲望和统一话语的和平诉求中,混融了 19 世纪 90 年代男性气质重构的复杂性,包含了 19 世纪 90 年代美国男性在文化、身体和精神上的重重困扰,也糅合了克莱恩本人的身体和精神痛苦,展示出 19 世纪 90 年代男性气质观中的怀旧本质。

然而,克莱恩在作品中并没有囿于这种怀旧本质,没有将男性气质理解为单一的怀旧重复,而是辨识到男性气质的历史可变性和男性气质性属生产的动力源泉。作品中虽然充满了社会达尔文主义的思想痕迹,但克莱恩更多表现出对达尔文思想的超越,而非盲目遵循,他力图通过作品传达出从退化论的男性气质演变中觅求重生力量的思想。所以,在追索同质性的男性气质品质时,如何利用异质性,如何获取生命驱动力,如何实现男性气质的突破生产成为克莱恩在作品中探讨的主题。作品进而再现出男性性别结构中权利关系、生产关系和欲力投注的共同作用,从主人公实现男性气质欲望的实践和心理活动,揭示出性别秩序重建中男性性属生产和重构的意义及价值。克莱恩在作品中以主人公个体的男性气质发生学过程展演,呼应了 19 世纪 90 年代在内战记忆和统一话语语境中回荡的男子气概观,以一个战争片段的书写记载下他对于男性气质重构方式的探索，为19世纪90年代的美国中产阶级白人男性，也为克莱恩本人走出男性气质危机提供一条出路。

尤为重要的是，克莱恩通过《红色英勇勋章》传示出自己对于19世纪90年代男性气质重构模式的理想意愿和诉求——对平和式男性气质的向往和预见，从一个层面抒发出在19世纪90年代南北统一文化中，美国国民重构国民男性气质的共同愿望和现实要求，包纳了克莱恩本人在国民身份建构充满矛盾冲突的集体语境中，对和谐平静的追寻和对爱的憧憬的男性气质观，讽喻了19世纪90年代主流意识的英雄主义男性气质观。由此可见，克莱恩在其看似矛盾和质疑的个性以及萦绕着怀旧情绪的作品再现中，内心深处仍然荡漾着一种积极情怀和现实关照。相比《街头女郎梅吉》和《贫穷实验》从阶级他者引发出对中产阶级男性气质的忧虑和反身性思考，克莱恩在《红色英勇勋章》中更多倾注了对中产阶级自身解决男性气质危机问题的关怀。在从早期作品中的阶级他者走向中期作品中的自我性属生产的过程中，克莱恩对于男性气质危机问题的思考也日益深入。

这种深入在其后期作品《怪兽》中得到更加淋漓尽致的体现。在《怪兽》中，克莱恩进一步从种族与男性气质的关系探讨中，揭开了有关19世纪90年代中产阶级白人男性气质建构的一个重要问题：种族权力和种族意识形态与美国男性气质建构和国民身份建构的关系问题，触及美国国民身份建构历史中一直存在的有关种族和族裔的核心讨论话题。从这一意义看，《怪兽》作为克莱恩对于男性气质的种族想象之作，其思想性更甚于其早期和中期作品。克莱恩围绕白人性，将黑人男性气质的他性表演和白人男性气质的政治表演置放于鲜明的对比框架中，以黑人的脸/无脸为导引，勾画出白人在身份转型中所陷入的困境，突出了白人医生因黑人问题受到白人社群排斥的社会现实，并从这一线索中探索了同质社会的纽带与白人男性气质政治之间的关系。作品既与19世纪末期国民身份建构中的种族意识形态形成呼应和共鸣，表现出19世纪末期工业化转型中美国社群在旧与新的交替中对待种族问题的不同态度，也再现了美国社群对于国民身份建构中所包含的种族伦理关系的不同反响和矛盾困惑心理。尤其是克莱恩通过作品传递了一个重要思想：白人种族身份建构的主体性参照并非在白人自我本身，而是在异于自我的种族他者上，种族伦理关系的处理关乎美国的未来发展，美国国民身份建构不乏他者的颠覆踪迹。

从《怪兽》这部作品可以看出，克莱恩对于19世纪90年代美国男性气质危机中男性主体性问题的思考，从早期作品中的我思主体，经过中期作品中的身体主体，开始转向后期作品中对伦理主体的探究，一方面强调了国民身份建构中的伦理责任意识，另一方面包含了对国民身份建构中白人男性气质政治现实和前景的担忧，从本质上揭示了白人男性气质政治中新兴文化和残余文化进行较量的艰难性和不确定性，隐含了克莱恩对19世纪末期美国帝国主义狂热扩张中宣扬的男性气质观的批判和冷静理性的思考。作品中具有个性化的思想表达虽然泄露出其矛盾心态，但从作品塑造的自由黑人、女性化男性和男性化女性等表征男性气质危机的典型形象看，这些人物身上所蕴含的"向前看"的品质中包孕了美国男性身份建构的转机，预示了美国国民身份建构突破19世纪末期艰难的现实生存处境，迈向新世纪的未来走向。

从美国建国初期开始，中产阶级和上层阶级白人男性就通过与美国的公民身份和爱国主义等概念的联袂，在白人男性气质这一概念中赋予了政治色彩，将以阶级、性属和种族为基础的男性气质意识形态和再现方式，通过垄断权力和公共领域渗透至美国生活的中心内容里。克莱恩的作品对男性气质的多重想象，书写出19世纪末期中产阶级白人男性的历史现状，记载了男性气质在19世纪末期美国社会生活横截面上的一道历史印痕。在这些作品中，克莱恩从男性的视角演示出阶级、性属和种族话语在美国历史发展中的权力运作方式和构成过程，蕴藏了美国社群在19世纪末期的男性气质危机中对于维多利亚男性气质存留和转型的忧思，揭示了19世纪90年代男性气质作为一种文化力量介入且渗透至美国社会历史进程和社会结构重组中的作用及意义，彰显了美国帝国崛起时代国民身份建构中男性气质的意识形态意义。

在以"男性之手"绘制19世纪90年代中产阶级白人男性的精神地图时，克莱恩并不孤独，他与德莱塞、诺里斯（Frank Norris）、杰克·伦敦（Jack London）等男性作家一道，以文学创作共同推动了对于美国男性气质危机问题的思考，显示出男性气质问题与现代性之间的关联。但是，克莱恩却独异于人。他的独特性既体现在其作品形式上，也蕴含在其作品思想中，源自其波西米亚式桀骜不恭的个性。如凯普贝尔（Donna Campbell）所言，诞生于现代性危机之时的自然主义文学在某种程度上是一种充满矛盾忧虑的文学形式，削弱了假定的有关人性的科学法则的威力①，是对美国国家机器将自身作为物质进步和繁荣阵地，而非社会、政府、工业、科学和种族力量合谋压制个体性的国度的想象的纠正和补偿。在这种纠正和补偿中，克莱恩独自创立了一种他本人认为满意的艺术信条，彰显出自身个性化的思想和表现形式，以求实现对文化"真实性"的重新评价。他力图开创和实践本人对于真理的寻求，成为一名史无前例的真理探索者。在艺术追求上，他秉承"诚实"原则，认为"每个人带着自己的一双眼睛来到世界上，……只要对自己个人的诚实品德负责。努力保持这种个人的诚实品德是［他］的最高追求"②。这种"诚实"原则同样浓缩在克莱恩"只有当我们最接近自然和真理时我们在艺术上才是最成功的"的表达中③。并且，在1897年写给朋友的一封信中，克莱恩进一步阐释了自己对这一艺术信条的实践方式。

  我总是很小心不让所谓的理论或自己喜欢的观点表现在自己的作品中。在文学中说教是艺术失败的表现。我试图给读者展示生活的一小部分，如果说其中包含了什么道德或教训，我尽量不指出来，我会让读者自己品味。这样对读者和我自己都好。④

  因此，不管是表现底层阶级对中产阶级男性气质的误读，还是中产阶级对底层阶级男性气质的逾越，克莱恩均以对贫民窟的亲身考察为创作基础，

---

  ① 参见 Donna Campbell, "Naturalism: Turn-of-the-Century Modernism", *A Companion to the Modern American Novel* 1900–1950, Ed. John T. Matthews. Malden: Wiley-Blackwell, 2009, p. 164。
  ② Alfred Kazin, *An American Procession: Major American Writers*, 1830–1930, Cambridge: Harvard University Press, 1996, p. 261.
  ③ Stanley Wertheim & Paul Sorrentino, eds., *The Correspondence of Stephen Crane*, Vol. I, New York: Columbia University Press, 1988, p. 163.
  ④ 这封信件刊登在《纽约时报》1900年7月14日上，是克莱恩可能于1897年写给希里亚德（John Northern Hilliard）的，也是克莱恩对希望了解其艺术信条的评论者和编辑们的回答。参见 Ibid., pp. 322–323。

以现象学式的身体体验，书写出美国中产阶级和底层阶级的主体间性。《红色英勇勋章》虽然被誉为神奇的想象之作，但克莱恩仍然注重艺术表现的诚实原则，注重从生活观察的隐喻关联中，将历史现实融入印象主义风格的创作中。在《怪兽》中，克莱恩更加娴熟地实践了自己的创作观，不管是作品的思想性还是艺术性表现均日臻成熟，巧妙地将历史传统、历史现实和历史瞻望融汇在对现实生活的还原中。以自然诚实的创作观为基础，克莱恩十分强调在作品形式中以视觉再现去创造一种美学效果，使其作品具有很强的耐读性。这种美学效果，既展现出自然主义文学与现代性之间的关联，也呈现出克莱恩从新形式的追求进一步确立男性书写权威性的动机。究其本质，克莱恩的这种美学效果，隐藏了男性作家在19世纪90年代男性气质塑形上的危机感，宣告了以克莱恩本人为代表的美国中产阶级白人男性对男性气质权威的渴求和重建。

在迎接现代性莅临的社会转型期里表述这种渴求和重建之意时，克莱恩的作品毫无疑义地表达出达尔文思想的影响痕迹和19世纪90年代的历史性特征。其作品虽然也充满了怀旧色彩，然而更多地蕴蓄了怀旧倾向和前景瞻望之间的摩擦碰撞，矛盾冲突和焦虑不安中的对抗斗争。克莱恩以其艺术表现的先锋性和独特性，开启了美国现代主义文学的男性话语表征，成为海明威、诺曼·梅勒（Norman Mailer）、约瑟夫·海勒（Joseph Heller）和蒂姆·奥布莱恩（Tim O'Brien）等后继者的直接效仿典范。

本著作仅选取了克莱恩的几部代表作，对克莱恩有关男性气质的想象进行了一定层次的分析，管中窥豹地从男性气质的视角挖掘出克莱恩的作品、克莱恩的时代、克莱恩的个性之间的关联，诠释出在19世纪90年代美国男性气质危机的历史语境中，克莱恩作为一位具有代表性的男性作家，其创作思想和形式与男性话语、男性情感、男性权利之间的必然关系。本著作从社会性别的角度展现出克莱恩作品的再现面貌及其深层创作动机，从人本主义的层面揭开了克莱恩男性书写的价值和意义。克莱恩作品所再现的男性气质与其中所蕴含的他个人的思考，表明19世纪90年代的美国中产阶级白人男性遭遇的所谓的"男性气质危机"，实质上是中产阶级白人男性的权力话语变形给其传统身份带来的冲击和震撼。在此情形中，克莱恩也深感困惑和矛盾。

但是，他以作家的敏感性认识到男性气质的历史可变性与文明化社会转型之间的关联。他以自己具有理性的思考，从怀疑主义出发，对美国男性气质的历史建构现实进行审察、反省，对于主流意识形态的社会性别崇拜进行质疑，同时又以一种开放的态度对待中产阶级白人男性气质的重构。他以亲身经历和文学创作手段，积极投身于男性气质的重构浪潮，在美国男性气质的过去、现在和未来图景中力图觅获美国中产阶级白人男性身份的建构活力。虽然对于美国国民身份的未来发展，克莱恩并不确定，充满了一种矛盾心态，但是从他的作品中可以看出，克莱恩充满了人道主义的思想理想，并从人性的本质上表达了自己对新世纪和新美国国民身份的迎接。克莱恩充满男性色彩的作品创作展示出社会性别作为一种具体历史情境下的产物，承载了转型期的矛盾的意识形态，也表明社会性别是思考人性、反思自我的一种主要方式。所以，克莱恩的男性主义创作是从男性的性别视角表达了挑战人类理解自身人性的方式，打开了一条再现人类思考自身和反思自身的途径。由此可见，本著作所揭示的其作品中有关工业化转型期社会性别变化的意义以及现代化的文明化程度和性别源驱力之间的矛盾关系，具有普适性意义，对于反省美国后工业化时代的性别意义不无启示作用，对于思考今日中国社会转型语境中社会性别的变化意义也具有现实的参考价值。

  然而，针对克莱恩这样一位涉猎多种文类的多产作家，这种研究仍然具有局限性。首先，研究的作品非常有限，对克莱恩创作中的其他成就，如诗歌创作、新闻创作、著名小说和短篇故事，尤其是其西部故事中的男性气质问题未曾涉及，对于克莱恩后期转向罗曼司创作的倾向也未能涉及。因此，著作就克莱恩的矛盾性和时代的矛盾性之间的互动关系及其对其作品中男性气质表征的影响力依然展示不够。有关克莱恩作品中的男性气质再现研究还可以从克莱恩西部故事中的男性气质与美国西部精神之间的关系、其后期创作中的男性气质再现与美国帝国主义意识形态之间的关系、其诗歌创作中的男性气质表征与其个人和社会心理欲求之间的关系等方面进一步拓展和深入。其次，男性气质构成的复杂性使男性气质这一概念本身多少带有悖论的含义，在后结构主义理论影响下，男性气质研究理论更多强调男性权力话语的运作，其研究目标在于重新凸显性别差异，作为对女性主义激进发展的反驳，其保守主义立场与整个性别权利中立化的社会发展趋势中所包含的民主抱负构成了矛盾。因此如何更好地将性别研究理论运用于克莱恩的文学作品分析中,如何全面考察克莱恩作品中的性别问题也是本研究今后不断拓展和深入的努力方向。

参考文献

Alice Fahs, "The Feminized Civil War: Gender, Northern Popular Literature and Memory of the War", *The Journal of American History*, Vol. 85, 1999.

——, *The Imagined Civil War: Popular Literature of the North and South*, 1861 - 1865, Chapel Hill: University of North Carolina Press, 2003.

Alfred Habegger, "Fighting Words: The Talk of Men at War in *The Red Badge of Courage*", *Critical Essays on Stephen Crane's The Red Badge of Courage*, ed., Donald Pizer, Boston: G. K. Hall & Co., 1990.

Ann Douglas, *The Feminization of American Culture*, New York: Alfred Knopf, Inc., 1977.

Benedict Giamo, *On the Bowery: Confronting Homelessness in American Society*, Iowa: University of Iowa Press, 1989.

Bert Bender, *Evolution and the "Sex Problem": American Narratives During the Eclipse of Darwinism*, Ohio: Kent University Press, 2004.

Bill Brown, *The Material Unconscious: American Amusement, Stephen Crane and the Economies of Play*, Cambridge: Harvard University Press, 1996.

Bret E. Carroll, ed., *American Masculinities: A Historical Encyclopedia*, Thousand Oaks, California: Sage, 2003.

Bryant Keith Alexander, "Passing, Cultural Performance and Individual Agency." *Men and Masculinities: Critical Concepts in Sociology*, Vol. IV, ed., Stephen M. Whitehead, London & New York: Routledge, 2006.

Carol B. Hafer, "The Red Badge of Absurdity: Irony in *The Red Badge of*

Courage", *College Language Association Journal*, Vol. 14, 1971.

Carol Hurd Green, "Stephen Crane and the Fallen Women", *Stephen Crane*, ed., Harold Bloom, New York: Chelsea House Publishers, 1987.

——, "Crane's View of Women", *Readings on Stephen Crane*, ed., Bonnie Szumski, San Diego: Greenhaven Press, 1998.

Chris Beasley, "Mind the Gap? Masculinity Studies and Contemporary Gender/Sexuality Thinking", *Australian Feminist Studies*, Vol. 28, No. 75, 2013.

Christine Brooke-Rose, "Ill Logics of Irony", *New Essays on The Red Badge of Courage*, ed. Lee Clark Mitchell, Cambridge: Cambridge University Press, 1986/ Beijing University Press, 2007.

Christopher Benfey, *The Double Life of Stephen Crane*, New York: Knopf, 1992.

Claire Colebrook, *Understanding Deleuze*, Crows Nest: Allen & Unwin, 2002.

Clinton S. Burhans Jr., "Twin Lights on Henry Fleming: Structural Parallels in *The Red Badge of Courage*", *Arizona Quarterly*, Vol. 30, 1974.

Daniel Aaron, *The Unwritten War: American Writers and The Civil War*, Oxford: Oxford University Press, 1975.

David Fitelson, "*Maggie: A Girl of the Streets* Portrays a 'Survival of the Fittest' World", *Readings on Stephen Crane*, ed., Bonnie Szumski, San Diego: Greenhaven Press, 1998.

David W. Blight, *Race and Reunion: The Civil War in American Memory*, Cambridge: Harvard University Press, 2001.

——, *Beyond the Battlefield: Race, Memory & American Civil War*, Amherst: University of Massachusetts Press, 2002.

David William Fleming, "Restricted Space: The Urban Tenement and the American Literary Imagination", Diss., Indiana University, 1994.

Don Dingledine, "'It Could Have Been Any Street': Ann Petry, Stephen Crane, and the Fate of Naturalism", *Studies in American Fiction*, Vol. 34, No. 1, 2006.

Donald B. Gibson, *The Red Badge of Courage: Redefining the Hero*, Boston: Twayne, 1988.

—, *The Fiction of Stephen Crane*, Carbondale: Southern Illinois University Press, 1968.

Donna Campbell, "Naturalism: Turn-of-the-Century Modernism", *A Companion to the Modern American Novel* 1900-1950, ed., John T. Matthews, Malden: Wiley-Blackwell, 2009.

Edwin Cady, *Stephen Crane*, Boston: Twayne Publishers, 1980.

Elaine Baldwin et al., *Introducing Cultural Studies*, London: Prentice Hall, 2004.

Elaine Flanigan, "Maternal Deprivation and the Disruption of the Cult of Domesticity: Three Case Studies in Hawthorn, Crane and Chopin", Diss., Saint Louis University, 2000.

Fidelma Ashe, *The New Politics of Masculinity: Men, Power and Resistance*, New York: Routledge, 2007.

Frank Bergon, *Stephen Crane's Artistry*, New York: Columbia University Press, 1975.

Gail Bederman, *Manliness and Civilization: A Cultural History of Gender and Race in the United States*, 1880-1917, Chicago: University of Chicago Press, 1996.

George M. Fredrickson, *The Black Image in the White Mind: The Debate on Afro-American Character and Destiny*, 1817-1914, Middletown: Wesleyan University Press, 1987.

Gilles Deleuze, *Negotiations: 1972-1990*, Trans. Martin Joughin, New York: Columbia University Press, 1995.

Gilles Deleuze & Felix Guattari, *Anti-Oedipus: Capitalism and Schizophrenia*, Trans. Mark Robert Hurley, Minneapolis: University of Minnesota Press, 1983.

—, *A Thousand Plateau: Capitalism and Schizophrenia*, Trans. Brian Massumi, Minneapolis: University of Minnesota Press, 2005.

Giuseppe Balirano & Paul Baker, *Queering Masculinities in Language and Culture*, 1st ed., London: Palgrave Macmillan, 2018.

Harold Beaver, "Stephen Crane: The Hero as Victim", *Yearbook of English Studies*, Vol. 12, 1982.

Harry Brod, "The Case for Men's Studies", *The Making of Masculinities: The New Men's Studies*, ed., Harry Brod, Boston: Allen and Unwin, 1987.

Henry Louis Gates & Gene Andrew Jarret, eds., *The New Negro: Readings on Race, Representation and African–American Culture*, 1892–1938, New Jersey: Princeton University Press, 2007.

Hmoud Alotaibi, "The Power of Society in *The Red Badge of Courage*", MA Thesis, Cleveland State University, 2009.

Irene Gammel, *Sexualizing Power in Naturalism: Theodore Dreiser and Frederick Philip Grove*, Calgary: University of Calgary Press, 1994.

Jack Beatty, *Age of Betrayal: The Triumph of Money in American*, 1865–1900, New York: Alfred A. Knopf, 2007.

Jacques Donzelot, "An Antisociology", *Deleuze and Guattari: Critical Assessments of Leading Philosophers*, ed., Gary Genosko, Trans. Mark Seem, London: Routledge, 2001.

Jacquline DeniseGoldsby, *A Spectacular Secret: Lynching in American Life and Literature*, Chicago: University of Chicago Press, 2006.

James B. Colvert, "Structure and Theme in Stephen Crane's Fiction", *Modern Fiction Studies*, Vol. 5, Autumn 1959.

—, *Stephen Crane*, San Diego: Harcourt Brace Jovanovich Publishers, 1984.

James Edwin Feast, "The Figure of Crowd in the Late Nineteenth Century America and its Appearance in Stephen Crane's Writings and Pulitzer's *New York World*", Diss., New York University, 1991.

Jennifer CarolCook, *Machine and Metaphor: The Ethics of Language in American Realism*, New York: Taylor & Francis Group, 2007.

Joanne Entwistle & Elizabeth Wilson, eds., *Body Dressing*, 2001, Oxford:

Berg, 2005.

John Allen, *Homelessness in American Literature: Romanticism, Realism, and Testimony*, New York: Routledge, 2004.

John AnthonyCasey, "Searching for a War of One's Own: Stephen Crane, *The Read Badge of Courage*, and the Glorious Burden of the Civil War Veteran", *American Literary Realism*, Vol. 44, 2011.

John Berryman, *Stephen Crane: A Critical Biography*, New York: Sloane, 1950.

John Cleman, "Blunders of Virtue: The Problem of Race in Stephen Crane's 'The Monster'", *American Literary Realism*, Vol. 34, 2002.

John Clendenning, "Visions of War and Versions of Manhood", "Stephen Crane in War and Peace", A Special Issue of *War, Literature, and the Arts: An International Journal of the Humanities*, 1999.

John Dudley, *A Man's Game: Masculinity and the Anti-Aesthetics of American Literary Naturalism*, Tuscaloosa: The University of Alabama Press, 2004.

John E. Curran Jr., "'Nobody Seems to Know Where We Go': Uncertainty, History, and Irony in the *Red Badge of Courage*", *American Literary Realism*, Vol. 26, No. 1, 1993.

John Fagg, *On the Cusp: Stephen Crane, George Bellows, and Modernism*, Tuscaloosa: University of Alabama Press, 2009.

John Fraser, "Crime and Forgiveness: 'The Red Badge' in Time of War", *Criticism: A Quarterly for Literature and the Arts*, Vol. 9, 1967.

John J. Conder, "*The Red Badge of Courage*: Form and Function", *Modern American Fiction: Form and Function*, ed., Thomas Daniel Young, Baton Rouge: Louisiana State University Press, 1989.

Joseph Entin, "'Unhuman Humanity': Bodies of the Urban Poor and the Collapse of Realistic Legibility", *Novel: A Forum on Fiction*, Vol. 34, No. 3, Summer 2001.

Judith Butler, "Performative Acts and Gender Constitution: An Essay in

Phenomenology and Feminist Theory", *Feminist Theory Reader: Local and Global Perspective*, eds., Carole Ruth McCann & Seung – Kyung Kim, New York: Routledge, 2003.

Judith Kegan Gardiner, *Masculinity Studies and Feminist Theory: New Directions*, New York: Columbia University Press, 2002.

Kathleen Franz, " 'The Open Road': Automobility and Racial Uplift in the Interwar Years", *Technology and the African American Experience: Needs and Opportunities for Study*, ed., Bruce Sinclair, Cambridge, MA: Massachusetts Institute of Technology, 2004.

Keith Fudge, "Sisterhood Born from Seduction: Susanna Rowson's Charlotte Temple, and Stephen Crane's Maggie Johnson", *Journal of American Culture*, Vol. 19, No. 1, 1996.

Keith Gandal, "Stephen Crane's 'Maggie' and the Modern Soul", *Elh*, Vol. 60, No. 3, 1993.

—, "A Spiritual Autopsy of Stephen Crane", *Nineteenth – Century Literature*, Vol. 51, No. 4, Mar. 1997.

—, *The Virtues of the Vicious: Jacob Riis, Stephen Crane, and the Spectacle of the Slum*, New York: Oxford University Press, 1997.

—, *Class Representation in Modern Fiction and Film*, New York: Palgrave MacMillan, 2007.

Kristen Campbell, *Jacques Lacan and Feminist Epistemology*, New York: Routledge, 2004.

LeRoy Ashby, *With Amusement for All: A History of American Popular Culture Since 1830*, Lexington: University Press of Kentucky, 2006.

Linda H. Davis, "The Red Room: Stephen Crane and Me", *American Scholar*, Vol. 64, No. 2, Spring 1995.

—, *Badge of Courage: The Life of Stephen Crane*, New York: Houghton Mifflin, 1998.

Lorna K. M. Brittan, "Pressured Identities: American Individualism in the Age of the Crowd", Diss., Princeton University, 2003.

Louis A. Cuddy & Claire M. Roche, eds., *Evolution and Eugenics in American Literature and Culture*, 1880 – 1930: *Essays on Ideological Conflict and Complicit*, Lewisburg: Bucknell University Press, 2003.

Margaret A. Farley, *Just Love: a Framework for Christian Sexual Ethics*, New York: The Continuum International Publishing Group Inc., 2006.

Mary Esteve, *The Aesthetics and Politics of the Crowd in American Literature*, New York: Cambridge University Press, 2003.

Mary Jane Clerkin, "A Feminist Interpretation of Three Nineteenth Century Literary Heroines: Hardy's Tess, Crane's Maggie and Ibsen's Nora", Diss., St. John's University, 1992.

Matthew Quinn Evertson, "Strenuous Lives: Stephen Crane, Theodore Roosevelt and the American 1890s", Diss., Arizona State University, 2003.

Melani Budianta, "A Glimpse of Another World: Representations of Difference and 'Race'", Diss., Cornell University, 1992.

Melissa Green, "Fleming's 'Escape' in *The Red Badge of Courage*: A Jungian Analysis", *American Literary Realism*, Vol. 28, No. 1, 1995.

Michael A. Bellesiles, ed., *Lethal Imagination: Violence and Brutality in American History*, New York: New York University Press, 1999.

Michael DavittBell, "Irony, Parody and Transcendental Realism: Stephen Crane", *The Problem of American Realism: Studies in the Cultural History of a Literary Idea*, ed., Michael Davitt Bell, Chicago: University of Chicago Press, 1993.

Michael Fried, *Realism, Writing, Disfiguration: On Thomas Eakins and Stephen Crane*, Chicago: The University of Chicago Press, 1987.

Michael T. Gilmore, *The War on Words: Slavery, Race and Free Speech in American Literature*, Chicago: University of Chicago Press, 2010.

Michel Foucault, *The History of Sexuality. Vol. 1: An Introduction*, London: Penguine, 1984.

Mike Featherstone, et al., eds., *The Body: Social Process and Cultural Theory*, London: Sage, 1991.

Nan Goodman, *Shifting the Blame: Literature, Law, and the Theory of Accidents in Nineteenth-century America*, New Jersey: Princeton University Press, 1998.

Nicholas Gaskill, "Red Cars with Red Lights and Red Drivers: Color, Crane, and Qualia", *American Literature: A Journal of Literary History, Criticism, and Bibliography*, Vol. 81, No. 4, 2009.

Nick Crossley, *The Social Body: Habit, Identity and Desire*, London: Sage, 2001.

Patrick K. Dooley, *The Pluralistic Philosophy of Stephen Crane*, Urbana: University of Illinois Press, 1993.

Paul Breslin, "Courage and Convention: The Red Badge of Courage", *Yale Review: A National Quarterly*, Vol. 66, 1976.

Philip D. Beidler, "Stephen Crane's The Red Badge of Courage: Henry Fleming's Courage in Its Contexts", *CLIO: A Journal of Literature, History, and the Philosophy of History*, Vol. 20, No. 3, 1991.

Philomena Essed, David Theo Goldberg & Audrey Kobayashi, *A Companion to Gender Studies*, Malden, MA: Wiley-Blackwell, 2009.

Phyllis Frus, "Writing after the Fact: Crane, Journalism, and Fiction", *The Politics and Poetics of Journalistic Narrative: The Timely and the Timeless*, ed., Phyllis Frus, Cambridge: Cambridge University Press, 1994.

Rachel Adams & David Savran, eds., *The Masculinity Study Reader*, Malden: Blackwell Publishers Ltd., 2002.

Ralph Ellison, *Shadow and Act*, 1964, New York: Vintage, 1995.

Robert C. Bannister, *Social Darwinism: Science and Myth in the Anglo-American Social Thought*, Philadelphia: Temple University Press, 1989.

Robert Dowling, *Slumming in New York: From the Waterfront to Mythic Harlem*, Urbana: University of Illinois Press, 2007.

Robert Hamlett Bremner, *From the Depths: The Discovery of Poverty in the United States*, New Brunswick: Transaction Publishers, 1992.

Ronald K. Giles, "Responding to Crane's 'The Monster'", *South Atlantic Review*, Vol. 57, No. 2, May 1992.

Rudolf Bernet, "Gaze, Drive and Body in Lacan and Merleau - Ponty", *Psychosis: Phenomenological and Pschoanalytical Approaches*, eds., Jozef Corveleyn & Paul Moyaert, Leuven (Belgium): Leuven University Press, 2003.

Ruth Frankenberg, *White Women, Race Matters: The Social Construction of Whiteness*, Minneapolis: University of Minnesota Press, 1993.

R. W. Connell, *Masculinities*, 2nd edition, Cambridge: Polity Press, 2005.

—, *Gender*, 2nd ed., Cambridge: Polity Press, 2009.

Sandra Gunning, *Race, Rape, and Lynching: The Red Record of American Literature*, 1890 - 1912, Oxford: Oxford University Press, 1996.

Scott S. Derrick, *Monumental Anxieties: Homoerotic Desire and Feminine Influence in 19th Century U. S. Literature*, New Brunswick: Rutgers University Press, 1997.

Sheldon George, "Realism's Racial Gaze and Stephen Crane's 'The Monster'", *Synthesis*, Vol. 3, Winter 2011.

Simon De Beauvoir, *The Second Sex*, 8th edition, New York: Alfred A. Knopf, Inc., 1965.

Simon Dentith, *Bakhtinian Thought: An Introductory Reader*, London: Routledge, 1995.

Stanley B. Greenfield, "The Unmistakable Stephen Crane", *PMLA*, Vol. 73, No. 5, 1958.

Stephen Crane, *Prose and Poetry*, ed., J. C. Levenson, New York: Library of America. 1984.

Steve Gamer, *Whiteness: an Introduction*, Oxon: Routledge, 2007.

Thomas A. Gullason, "Stephen Crane: Anti - Imperialist", *American Literature*, Vol. 30, May 1958.

—, "Modern Pictures of War in Stephen Crane's Short Stories", *War, Literature and the Arts*, 1999.

Thomas Beer, *Stephen Crane: A Study in American Letters*, New York: Garden City Publishing, 1923.

Thomas Carlyle, *On Heroes, Hero-Worship and the Heroic in History* 1869, Teddington: The Echo Library, 2007.

Thomas J. Brown, *Reconstructions: New Perspectives on the Postbellum United States*, New York: Oxford University Press, 2006.

Tim Carrigan, Bob Connell, & John Lee, "Towards a New Sociology of Masculinity", *The Making of New Masculinites: The New Men's Studies*, ed., Harry Brod Boston: Allen & Unwin, 1987.

Tim Edwards, *Cultures of Masculinity*, London: Routledge, 2006.

Timothy Beneke, "Deep Masculinity as Social Control: Foucault, Bly and Masculinity", *The Politics of Manhood: Profeminist Men Respond to the Mythepoetic Men's Movement (and Mythepoetic Leader Answer)*, ed., Michael S. Kimmel, Philadelphia: Temple University Press, 1995.

Wilson Follet, ed., *The Works of Stephen Crane*, New York: Alfred A. Knopf, 1926.

二 中文文献

［美］里奥·布劳迪：《从骑士精神到恐怖主义：战争和男性气质的变迁》，杨述伊等译，东方出版社2007年版。

陈永国：《理论的逃逸》，北京大学出版社2008年版。

程党根：《主体之命运：从"我思"主体到"身体"主体》，《南京社会科学》2008年第12期。

［英］柯林·戴维斯：《列维纳斯》，李瑞华译，江苏人民出版社2006年版。

［美］M. H. 邓洛普：《镀金城市：世纪之交纽约城的丑闻与轰动事件》，刘筠等译，新星出版社2006年版。

董衡巽等编著：《美国文学简史·上册》，人民文学出版社1978年版。

方成：《美国自然主义文学传统的文化建构与价值传承》，上海外语教育出版社2007年版。

冯俊：《评列维纳斯的伦理学》，《列维纳斯的世纪或他者的命运——"杭州列维纳斯国际学术研讨会"论文集》，杨大春等主编，中国人民大学出版社2008年版。

冯俊：《当代法国伦理思想》，同济大学出版社2007年版。

［法］米歇尔·福柯：《性经验史》，佘碧平译，上海人民出版社2002年版。

黄文前：《德勒兹和加塔利精神分裂分析的基本概念及其特点》，《国外理论动态》2007年第10期。

姜宇辉：《德勒兹身体美学研究》，华东师范大学出版社2007年版。

姜宇辉：《"无世界的他者"与"无他者的世界"》，《列维纳斯的世纪或他者的命运——"杭州列维纳斯国际学术研讨会"论文集》，杨大春等主编，中国人民大学出版社2008年版。

［美］斯蒂芬·克莱恩：《街头女郎玛吉》，孙致礼译，辽宁教育出版社2000年版。

［美］斯蒂芬·克莱恩：《红色的英勇标志》，刘士聪等译，人民文学出版社2004年版。

Simon Critchley：《分裂的主体》，徐晟译，《列维纳斯的世纪或他者的命运——"杭州列维纳斯国际学术研讨会"论文集》，杨大春等主编，中国人民大学出版社2008年版。

廖炳惠编著：《关键词200：文学与批评的通用词汇汇编》，江苏教育出版社2006年版。

［法］安德烈·罗宾耐：《模糊暧昧的哲学——梅洛-庞蒂传》，宋刚译，北京大学出版社2006年版。

麦永雄：《生成论的魅力》，《文艺研究》2004年第3期。

［法］莫里斯·梅洛-庞蒂：《可见的与不可见的》，罗国详译，商务印书馆2008年版。

［法］莫里斯·梅洛-庞蒂：《眼与心》，刘韵涵译，中国社会科学出版社

1992年版。

［美］尼古拉斯·米尔佐夫编著：《视觉文化导论》，倪伟译，江苏人民出版社2007年版。

莫伟民：《列维纳斯主体观研究》，《列维纳斯的世纪或他者的命运——"杭州列维纳斯国际学术研讨会"论文集》，杨大春等主编，中国人民大学出版社2008年版。

莫伟民等：《二十世纪法国哲学》，人民出版社2008年版。

潘于旭：《断裂的时间与"异质性"的存在——德勒兹〈差异与重复〉的文本解读》，浙江大学出版社2007年版。

潘于旭等：《德勒兹的"死亡本能"探源》，《浙江社会科学》2006年第2期。

佘碧平：《梅洛－庞蒂历史现象学研究》，复旦大学出版社2007年版。

申丹：《叙事、文体与潜文本——重读英美经典短篇小说》，北京大学出版社2009年版。

王长荣：《现代美国小说史》，上海外语教育出版社1992年版。

王恒：《时间性：自身与他者：从胡塞尔、海德格尔到列维纳斯》，江苏人民出版社2008年版。

汪民安：《福柯的界限》，南京大学出版社2008年版。

王晓东：《西方哲学主体间性理论批判：一种形态学视野》，中国社会科学出版社2004年版。

王晓路：《性属/社会性别》，《外国文学》2005年第1期。

［英］弗吉尼亚·伍尔夫：《一间自己的屋子》，王还译，上海人民出版社2008年版。

吴富恒主编：《外国著名文学家评传（三）》，山东教育出版社1990年版。

杨大春：《感性的诗学：梅洛－庞蒂与法国哲学主流》，人民出版社2005年版。

杨金才：《评〈红色英勇勋章〉中的战争意识》，《外国文学研究》1999年第4期。

杨为珍等编著：《外国文学家小传·第一分册》，广西人民出版社1982

年版。

于奇智:《欲望机器》,《外国文学》2004 年第 6 期。

张法:《文化与符号权力——布尔迪厄的文化社会学导论》,中国社会科学出版社 2005 年版。

张放放:《〈红色英勇勋章〉中英雄典型弗莱明的心理解读》,《外国文学研究》2005 年第 5 期。

张合珍:《简论斯蒂芬·克兰作品中的自然主义》,《杭州师院学报》(社科版) 1982 年第 3 期。

周宪:《视觉文化的转向》,北京大学出版社 2008 年版。

朱刚:《新编美国文学史·第二卷(1860—1914)》,上海外语教育出版社 2002 年版。

后　　记

　　这本著作是在我的博士论文基础上修改完成的。我十分感谢自己做出了攻读博士学位的决定,有幸成为杨金才教授的弟子。杨老师博学多才、思维活跃的学术素养开阔了我的学术视野,提升了我的学术批评能力,磨练了我的思想表达。他严以治学、宽厚待人的君子风范,让我油然而生敬重钦佩之意,领会到真正的治学之道。南京大学优良的学术研究环境和雄厚的英语文学师资,让我接受了严格的学术熏陶和良好的学术训练。

　　该著作的写作充满了学术研究的辛苦,但不乏个中乐趣。个人以为学术研究俨然一场成人智力游戏和体力游戏的混合,从选题到论证都是在测验研究者的思考能力、逻辑推理能力、总结概括能力、分析判断能力等等。写作过程既是对研究者思想表达能力的磨练,也是对研究者沟通交流能力的检验,还是对研究者体力的一场考核。对于学术写作规范的遵守则体现了研究者的学术道德感。有时仅以研究者一己之力是无法完成这一富有挑战性的工作的。一份研究成果的最终面世不仅凝聚着研究者个人的心血,也承载了家庭、团队的支持和帮助。因此我要对曾支持和帮助我著作写作的所有人,恕我不在此一一列举,表示我由衷的感激之情。同时也要感谢中国社会科学出版社的郭晓鸿女士和宗彦辉先生对著作出版给予的支持帮助。

　　我深知学术研究道路充满坎坷和艰辛,是一件苦中作乐的事情。但是我愿意谨记"路漫漫其修远兮,吾将上下而求索"的名言,并以之自勉。